恋する真夏のシンデレラ

Very Best of Summer Sizzlers

ローリー・フォスター／キャロル・モーティマー
キム・ローレンス／サラ・モーガン　他

Published by Harlequin Japan,
a Division of K.K. HarperCollins Japan, 2018

Contents

Marrying Mary

プレゼントは愛

ローリー・フォスター／川井蒼子 訳

ローリー・フォスター

愛に対する確固たる信念を、セクシーな作風と切れ味のいい文章で表現し、読者の支持を得ている。高校時代からの恋人である夫と共にアメリカのオハイオ州に住む。小説を書くことは大好きだが、いちばん大切なのは、どんなときも家族だという。

主要登場人物

メアリー・ドレイク……建設作業員。
リード・ダーリン……食堂《ダイナー》経営。

1

オハイオ州の小さな町クーパーに住むリード・ダーリンにとって、もっとも心をそそられるのがメアリー・ドレイクの存在だった。養豚場や小さな発電所、とうもろこし畑が点在するのどかな町のなかで、メアリーほど目を引かれるものはない。町の広場にある初代市長のさびついた――しかも鳩《はと》の糞《ふん》まみれの銅像など、彼女の足もとにも及ばなかった。

メアリーがほかの客たちに軽く会釈をしながら、リードの経営する食堂《ダイナー》に入ってきた。彼はその姿をいとおしげにじっと見つめた。メアリーのようにさっそうと歩く女性はほかにいない。彼女は男性にまじって建設現場で働いていた。そんな女性は、この町でメアリーひとりだけだ。彼女は普通の主婦や店員、農場の娘たちとはまったく違い、〝生意気〟などという言葉では表現できないほど個性的な存在だった。リードはそんなメアリーが好きだった。心から。

注文をきかないうちから、リードはメアリーのためにコーヒーを用意した。いつものようにミルクは入れず、砂糖をたっぷりと入れる。ダイナーのリノリウムの床に、メアリーがはいているコンクリートまみれのすり減った作業靴が鈍い音をたてた。着古したジーンズは両膝がすり切れて穴があいている。そこからのぞく日焼けしたなめらかな肌を見たとたん、リードは欲望がこみあげてくるのを感じた。しかたなくメアリーのタンクトップに目を移したものの、欲望はますます募った。小さなタンクトップは汗で肌にはりつき、魅力的な胸のふくらみを際だたせている。仲間の男性と作業をするあいだはいつもコットンのプルオーバーを身につけているが、今はそれを脱いで、後ろのポケットからしっぽのようにぶらさげていた。

長いあいだ、リードにとってメアリーは最高の友達だった。しかし、彼女に対して友情よりも強い感情を抱くようになってからというもの、彼はなんとかメアリーにとって親友以上の存在になれないものかと考えてきた。長年の友達であるがゆえに、異性としてのメアリーの魅力に気づくのにずいぶん時間がかかってしまった。彼女がひとりの人間として自立し、偏見の目を向けてくる町の人々を見返すために必死に働いてきたことも災いした。メアリーはあえて〝普通の女の子〟とは異なる道を選んだのだ。しかし、これからは違う、とリードは自分に言い聞かせた。

今日こそリードは行動を起こすつもりだった。彼はポケットをぽんとたたいて指輪があることを確かめると、ほほえんだ。

チョコレートを思わせるメアリーのダークブラウンの目には、図書館の建設作業による疲労のせいか、いらだちの色がにじんでいる。

「リード・ダーリン、あなたの顔を見るとほっとするわ」

メアリーはまるでダーリンが姓ではなく愛称であるかのように、彼の名前をいつもフルネームで呼ぶ。

リードはこたえた。「メアリー、ハニー、それはよかった」

メアリーのしかめっ面がにこやかな笑顔に変わる。そのかわいらしい笑みを見たとたん、リードは今すぐ彼女をスツールからおろして唇を奪いたくなった。もちろん、そんなことをすれば、両親が店を切り盛りしていたころからの常連客たちが黙ってはいないだろう。それでなくともこの町の住民はそろって保守的で、女性が建設現場で働くなどもってのほかだと思っているのだ。

慎重にことを進める必要がある。あせらず、ゆっくりと計画を進めなければならない。町の住民たちにとって、メアリーはとても不可解な存在なのだ。だが、リードは彼女のことをよく理解していた。メアリーはどんな女性にも負けないほどセクシーで女らしい。しかし、母親が無力で父親が不精者ときては、なにもかも自分ひとりでせざるを得なかったのだ。

だからこそ、あんなに意地っぱりになったのだろう。リードはそんなメアリーに夢中だった。彼女はまさに理想の女性だ。メアリーほどすばらしい女性はほかにいない。

メアリーはまるでビールを飲み干すようにしてコーヒーをごくごく飲むと、カップを勢いよくカウンターに置き、リードに宣言した。「わたし、女としての歓《よろこ》びを知りたいの」

メアリーの真意をはかりかね、リードは彼女をじっと見つめた。性的なイメージばかりが頭のなかに渦巻く。「なんだって？」

「ちゃんと聞こえたでしょう、リード・ダーリン？もうすぐわたしの誕生日よ。したいことを我慢するのはもういや。わたしだって人並に女の歓びを味わってみたいの」

今の発言を誰にも聞かれていないことを祈りながら、リードはあたりをちらちらと見まわした。「女としてのなんだって？」

「歓びよ。ねえ、あなたが体験させてくれないかしら？」

その意味をじっくりと噛《か》みしめながら、リードは後ろで結んでいたエプロンの紐《ひも》をほどき、エプロンをカウンターに置いた。

「ちょっと来るんだ」彼はそう言うと、カウンター越しにメアリーの肘をつかんで、カウンターの端まで無理やり引っぱっていき、オフィスへと押しこんだ。

ドアを閉めようとしたとき客の誰かに呼ばれたが、無視した。そしてメアリーを——かわいらしくて、無邪気で、好奇心いっぱいのメアリーを見おろした。彼女はいたずらっぽい笑みを浮かべていた。

「いったいなんのつもりだい？　あんなことを言うなんて」

メアリーは思わず吹きだした。「なんて顔をしているの？　まるで山羊《やぎ》でも丸のみしたみたい」

「ぼくをからかったのか？」リードはほっと胸を撫《な》でおろしたものの、心のどこかで失望感を覚えてもいた。

「いいえ」メアリーが首を振ると、つややかなブロンドの髪が肩の上で揺れた。「わたしはもうすぐ二十一歳になるわ。二十一歳よ、リード・ダーリン！　それなのにわたしは一度も——」

リードは思わず片手でメアリーの口をふさいだ。首筋がかっと熱くなる。彼女が言いかけたことが、ぼくの想像どおりでなければいいのだが。「まさかきみは——」

「ええ、そうよ。オーガズムを味わったことがないの。そんなのおかしいと思わない？」

メアリーが返事を待っているので、リードはしかたなく答えた。「そうだね」そして、思わず問い返した。「本当に……一度もないのかい？」

「この町の男性はわたしをデートに誘ったりしないから」メアリーは顔をしかめた。「わたしは別に気にしていないけれど。みんながわたしのことをどう思おうとかまわないわ……だってしかたがないもの」

リードはメアリーの話の一部をわざと聞き流した。彼女がほかの男とデートをすることなど考えたくもない。想像しただけでどうにかなってしまいそうだった。

「自分でやっても……だめなのかい？」

メアリーがリードの胸にパンチをお見舞いした。

顔がまっ赤になっている。「レディに向かってなんてことをきくのよ」

リードは笑いながら、メアリーの小さな拳《こぶし》があたったところをさすった。「メアリー、ハニー、きみは〝レディ〟とはほど遠いじゃないか。きみに比べれば、ぼくのほうがまだ〝レディ〟に近いかもしれないぞ。ぼくは少なくとも料理ができるからな」

メアリーは指先に視線を落とし、ぎざぎざの爪をいじった。「あなたの料理の腕前はすばらしいわ。この店だって、あなたがご両親のあとを引き継いでから、ますます繁盛している。あなたのつくるアップルパイは本当においしいし。でも今はそんな話をしているんじゃないわ。わたしが知りたいのは、あなたに女性を歓ばせることができるかってことなの。わたしは真剣よ。この計画をたてたとき、まっ先にあなたのことを思い浮かべたわ。町の女性はみんな誘うような目であなたを見ているから、あなたならできるかと思って。もちろん、あなたがいやでなければの話だけれど」

彼女はちらりとリードを見あげ、頬をピンクに染めた。

「わたしたちはこれまで……ずっと仲のいい友達だったから、あなたのことは信用しているわ。それにもし失敗したとしても、友達であることに変わりはない。つまり、あなたなら安心なのよ」

「突拍子もない申し出だが……」リードはにっこり笑った。「引き受けよう」

そうこたえてから、彼はポケットの指輪のことを思いだした。一夜の快楽だけをメアリーに与えたいわけではない。一生、毎晩同じベッドで眠りたいのだ。メアリーを誰にも渡したくなかった。

小学生のころからずっとリードはメアリーに対して特別な絆《きずな》を感じてきたが、それは単なる友情だと思いこんでいた。だが数カ月前、彼女への思いがただの友情ではないと気づいたのだ。メアリーはぼくの妻となるべき女性だ。ふたりでいると楽しかったし、メアリーのことを友人以上の存在だと意識してからは、彼女がとてもセクシーであることにも気づいた――彼女はそんな魅力をあえて隠そうとしていたが。

メアリーもふたりが結ばれる運命にあると、うすうす感じているのではないだろうか？　こんな突拍子もない申し出をすること自体、ぼくに対する秘めた思いを物語っているのかもしれない。このチャンスを逃したくない。この機会を大いに利用して、ぼくがただの友達でも、一夜の戯れの相手でもないことをメアリーに納得させなくては。

リードは尋ねた。「ぼくの考えていることがわかるかい？」

メアリーは肩をすくめた。「あなただって男性だもの。だいたい想像はつくわ」

「おそらくきみにはまだ経験していないことがたくさんあると思うんだ」

「たとえば？」メアリーはダークブラウンの目を大きく見開き、意味ありげにほほえんだ。「つまり……セックスについてね？」

メアリーから前代未聞の相談を受け、リードの自制心はそろそろ限界に達していた。それでなくともこのところみだらな妄想に悩まされているというのに、彼女にこんな調子で挑発され続けたら、自制心など完全に吹きとんでしまうだろう。そんなことになれば店の客たちにも気づかれるに違いない。メアリーが町の噂《うわさ》の的になるのだけはどうしても避けたかった。今でさえ心ない陰口をたたく人がいるのだから。

「その話はあとでしよう」リードは息苦しさを覚えながら、メアリーに約束した。「ぼくが言いたいのは、それ以外のことなんだ。たとえば……そうだな、これまでしたくてもできなかったことはなにかないのかい？」

「もちろんあるわ。たとえば刺青《タトゥー》を入れて――」

「だめだ！」

「思いきって髪をベリーショートにして、つんつんにたて――」

「メアリー」彼女の柔らかい髪を指ですきながら、リードは言った。「ひと房でも髪を切ってみろ。ただではおかないからな」

メアリーが誘惑するようにほほえんだ。「わたしの髪が好きなの？」

「ああ、大好きだ」リードはうめき声をもらしそうになった。メアリーの長いブロンドの髪に顔をうずめる夢を何度見たことか。「まじめに考えてごらん。〝女としての歓び〟とやらのほかにも、したくてもできなかったことがなにかあるはずだ」

メアリーは眉根を寄せて考えこんだ。「馬に乗ることかしら」茶化されると思ったのか、彼女はリードをにらみつけた。「でも、わたしがそういうくだらないことに興味がないのはあなたも知っているでしょう？」

もちろんリードは知っていた。町の住人たちも知っている。だがメアリーは、みんなに知られていることをひどくいやがった。おそらく、どんなささいなことでも他人に弱みを見せたくないのだろう。

メアリーは声を落としてぶつぶつ言った。「だいたい、乗馬のどこがそんなにおもしろいの？」

「それは、誰とどんなふうに馬に乗るかによるよ」リードはメアリーの肩に腕をまわしてドアへと促した。「今夜、八時にぼくの家においで。ビスケットに乗せてあげよう」

「ビスケットに？」メアリーが不安げな声で問い返す。

だが、それは無理もなかった。かわいらしい名前に似合わず、ビスケットは大きくてたくましい牡馬《ぼば》だからだ。しかし、飼い主のリードにはよくなついているし、きちんとしつけられているから、乗馬のレッスンにうってつけだった。

「ビスケットはおとなしいから安心してくれ」リードは身をかがめ、わざとメアリーの耳もとに唇を寄せてささやいた。「きっと乗馬が好きになるよ」

メアリーは振り返ってリードの顔をのぞきこもうとしたが、彼は彼女の肩をつかんでオフィスから押しだした。

「じゃあ、八時に」リードはふとためらった。「メアリー？」

彼女の目は好奇心に燃えている。「なあに？」

「ほかにもしてみたいことを考えておいてくれ。今週はきみの誕生日なんだから」

ふたりは毎年、くだらないプレゼントをしたり悪ふざけをしたりして誕生日の一週間を祝っていた。誕生日を祝うには一日では足りなかったからだ。

リードはジーンズのポケットに手を入れると、指輪があるのを確かめてから、小さなプラスチックの箱をとりだした。「ほら、一日目のプレゼントだよ」

プラスチックの箱に四つ葉のクローバーが入っているのを見て、メアリーはにっこり笑った。小さな手で箱を受けとる。「幸運を祈ってくれるの？」

正直に言えば、リードは自分の幸運を願っていた。今夜のことを考えると、どうやら祈りは通じたらしい。

「遅れないでくれよ」

「がっかりさせないでね」

メアリーはそう言ってコーヒー代をカウンターに置くと、ゆっくりと店を出ていった。ぴったりしたジーンズのなかできゅっと引きしまったヒップが揺れている。リードは鼓動が激しくなるのを感じた。せっかくメアリーに新たな好奇心が芽生えたのだから、この一週間のうちに理想的な伴侶《はんりょ》としての自分をアピールしなくては。

メアリーを納得させられたら、彼女はぼくのものになるだろう。永遠に。

2

メアリーが近寄ると、ビスケットは小さくいないた。いつもなら怖くてそばに近寄ろうとはしないのだが、今はこの牡馬《ぼば》のすぐ横にリードが立っているため、彼女は引き寄せられるようにしてどんどん近づいていった。身長が百八十三センチあるリードと一緒にいると、百五十八センチしかない自分がますます小さく感じられる。建設現場で働いているため体は丈夫でよく鍛えられているが、それでもリードの引きしまったたくましい体とは比べるべくもなかった。

今夜のリードは、はき古したジーンズにカウボーイブーツ、そして体にぴったりとフィットした白い

Tシャツというでたちだった。帽子を深くかぶっているため、豊かな黒髪が隠れている。メアリーも似たような服装だが、Tシャツは黄色で、帽子はかぶっていなかった。

リードのすぐそばにいられると思うと、メアリーの胸は高鳴った。近ごろリードのことが頭から離れないのだ。いつしか彼に対して、これまでとは異なる感情を抱くようになっていた。ようやく生活が落ち着いたせいかもしれない。母の再婚が決まったし、自宅の修繕も終えた。仕事も順調で、銀行にはかなりの額の貯金がある。それでも町の人たちから白い目で見られるなら、もうあきらめるしかないだろう。できるだけのことはしたのだから。

だがこうした悩みを別にすれば、心に余裕ができていた。だから、リードがいかにセクシーで男らしいかということばかりを考えてしまうのだろう。一日じゅうエプロンをつけて働きながら、そのまなざしだけで女性客をうっとりさせられる男性など、リードのほかにはいないはずだ。

女性客たちがリードに色目をつかっているかと思うと、メアリーは落ち着かなかった。リードに対する思いが変化してからというもの、彼がほかの女性とつきあうのは我慢できなかった。

メアリーがなによりもてあましていたのは、自分自身の嫉妬《しっと》心だった。

「すてきなところね」

これまでふたりは世間話などしたことがなかった。リードがけげんそうに眉をつりあげる。「ありがとう。なんとかやっているよ。両親がフロリダに隠居してからは、家畜も減らしたしね。馬だけでぼくには手いっぱいだよ」

リードは小さな食堂《ダイナー》だけでなく農場も両親から受け継いでいた。かつてはたくさんの家畜であふれていた農場も、今では野の花が咲き、果樹が植えられているだけでひっそりとしている。

「心の準備はいいかい？」メアリーの全身をじっと見つめながら、リードが尋ねた。

リードはこれからなにをしようか考えているんだわ、とメアリーは思った。だけど、なぜ馬に乗る必要があるのかしら？「ええ。馬に鞍《くら》を置いてさっさとやりましょう」

「そんな投げやりな態度はいけないな。ぼくは〝さっさとやる〟つもりはない。ゆっくりと時間をかけて楽しむんだ」

メアリーははっと息をのんだ。なんて官能的な響きだろう。胸をどきどきさせながら、彼女はようやく尋ねた。「鞍はどうするの、リード・ダーリン？」

「鞍はいらないよ、メアリー、ハニー」

「いらないって……どういうこと？　鞍をつけないの？」おじけづいたと思われるのは癪《しゃく》にさわるが、大きな葦毛《あしげ》の馬に鞍もつけずに乗るかと思うと、メアリーは足がすくんでしまった。

リードが愛馬の肩を撫《な》でながら、大股でメアリーに近づいてくる。葦毛の馬は物珍しそうに耳をぴくっと動かしただけでじっとしていた。

彼はメアリーのそばまで来ると立ちどまり、片手をさしだした。「さあ、おいで」

リードを信じるのよ、とメアリーは自分に言い聞かせた。幼いころからずっと、リードはなんでも打ち明けられる親友であり、一緒に悪ふざけをする仲間でもあった。お互いのことは知りつくしている。

自分は両親とは違うのだと町の人々に証明するために必死で働く必要がなかったら、もっと早くリードのすべてがほしいと思ったに違いない。

メアリーはリードの手をとった。「ねえ……キスをしてもらえないかしら？」彼女ははにかみながら尋ねた。「いつもの友達同士のキスじゃだめよ。レイチェルがあなたのキスは最高だって話していたわ。

ベス・スーもうなずいていた。そういう本格的なキスをしてほしいの」

リードは唖然《あぜん》とした。「ふたりにキスをしたのは高校時代だぞ！」

「高校時代のキスのことがいまだに忘れられないのかしら？」メアリーは胃がきゅっと引きしぼられるような感覚を覚えた。「きっと強烈なキスだったんでしょうね」そして、ひと呼吸置いてから言った。「わたしにもそんな情熱的なキスをして」

リードがメアリーの唇に視線を落とした。唇を開いて深く息を吸いこみ、彼女の手をさらに強く握る。次の瞬間にはメアリーはリードに抱き寄せられていた。爪先立ちになって、膝から胸までぴったりと体を寄り添わせる。彼の熱い唇が唇に押しつけられると、メアリーははっと息をのんだが、あとはもうなにも考えられなくなった。

リードのキスはとても情熱的だった。彼のあたたかい舌がメアリーの舌をじらすようにもてあそんだ。彼女はリードにしがみついていたが、ようやく彼が顔をあげると、舌で唇をなめ、息を切らしながら言った。「まさにくらくらするような強烈なキスだったわ」

リードが黙ったままきびすを返し、ブロックを踏み台にして愛馬に飛び乗った。そして、再びメアリーに手をさしだす。メアリーは、彼の熱いまなざしや内に秘められた情熱につき動かされてその手をとった。

リードはメアリーを前に乗せ、ビスケットのたてがみをつかむよう促すと、ゆっくりと馬を進ませた。

「馬の動きに身をゆだねて」

耳もとでそうささやかれた瞬間、メアリーの腕に鳥肌がたった。腿はリードのかたい腿に触れている。リードと頬を寄せあい、彼の香りに包まれていると、体がぞくぞくした。リードがたくましい腕をしていることはもちろん知っていた。農場で長年働いてきたおかげで、彼の体はまさに女性が夢見るような理想的な体に鍛えあげられている。だが、こうして実際にリードの力強い腕のなかにいると、メアリーはまったく新しい感覚を覚えた。

これがリードなんだわ。彼はただの友達なんかではない。

リードが手綱を片手にまとめ、あいた手をメアリーのウエストにまわした。「リラックスしてくれ、メアリー。ビスケットがきみの緊張を感じとってしまうんだ。深呼吸して、くつろいで」

無茶なことを言わないで、とメアリーは心のなかでつぶやいた。「わかったわ」そう言ってリラックスしようと努める。緊張しているのは恐怖のせいではなかった。ぞくぞくするような興奮を味わっているからだ。リードの荒い息づかいと激しい鼓動が感じられる。

「きみとこうするのが夢だったんだ」リードがささやきかけてくる。「きみの話し方や歩き方、身のこなしがずっとたまらなく好きだった。とてもセクシーだから」

メアリーは笑い声をあげた。「そんなふうに思っているのはあなただけよ、リード・ダーリン。町の人たちはわたしのことを変わり者だと思っているわ」

「きみは変わり者ではなくて、手ごわい存在なんだ。たいていの男は強い女性を敬遠するものさ」

「あなたはそうじゃないの？」

うなじにキスをされた瞬間、メアリーは吐息をもらした。町の住人たちから避けられているため、キスの経験もほとんどなかった。

両親が町の嫌われ者だったせいで、娘のメアリーも冷たい目で見られた。とはいえ、町の人たちを責めるつもりはない。怠け者で自堕落な生活を送る両親が、古風で落ち着いたコミュニティで受け入れられなかったのは当然だ。

それにしても、うなじがこれほど敏感だなんて……。

「ぼくはガッツのある女性が好きだ」リードがつぶやいた。「信念を持った女性がね」

「まあ、リード……」感激のあまり、メアリーは泣きだしてしまいそうになった。これまで人からほめられたことなどほとんどなかった。こんなに心に深くしみこむような賛辞を受けたのは初めてだ。

リードがさらに続けた。「ぼくがきみにどんなことをしたいと思っているか、きみには想像もつかないだろうな」

メアリーはしんみりした様子から一転、目をきらめかせて言った。「教えて」

「ありとあらゆることさ。男がセクシーな女性と一緒にしたいと思うことはすべて」

リードがそんな欲求を抱いていたなんて思いもしなかった。メアリーはけげんそうに尋ねた。「いつからそう思っていたの？」

馬はどこをめざすでもなく、ただゆっくりと歩いていた。聞こえてくるのはふたりの息づかいと、木々が風にさざめく音だけだ。

リードがうなじに鼻をすり寄せてくると、メアリーは思わず身を震わせた。

「きみは自分の魅力に無頓着《むとんじやく》すぎるよ」

「だってわたしには魅力なんてないんだもの」

リードが鼻を鳴らした。「この町できみほどセクシーな女性はいないよ。もしそう言われたことがないとしたら、それはきみのせいだ。きみがかたくなに心を閉ざし、みんなと打ち解けようとしないからだよ。きみはいつも、〝近寄らないで〟というサインを全身から発している。たいていひとりでいるし、みんなと目を合わせようともしない」

メアリーが反論しようとすると、リードは彼女を制して続けた。

「たしかに年寄りのなかには、まだ子供だったきみにつらくあたった人もいるだろう。彼らはきみのご両親を受け入れようとはしなかったし、自立の道を歩み始めたきみに対してもやはり厳しい目を向けてきた。クーパーの住民たちはみな、隣人が普通の人であってほしいと願っているんだよ。だが、きみは違う。だからこそ、きみのことが怖いんだろう」

「わたしは変わり者だから」

「それはちょっと違うな」

リードがまたメアリーのうなじにキスをした。彼女はそのキスがすっかり気に入った。ああ、このまずっと、首筋をついばむようなキスを続けてくれたらいいのに。

「きみには独特の存在感があるんだよ。実際、町の女性の多くがきみを賞賛のまなざしで見つめている。たとえみんなと違っていようと、自分がしたいことをするのは、すごく勇気のいることだからね」

メアリーは振り返ってリードを見た。「わたしは腕もいいわよ」

リードは笑った。「それは間違いないな。建設現場で働く男たちの半数はきみにかなわないとこぼしているよ。体力はさておき、きみの根性には舌を巻くってね」

相手によっては失礼とも受けとれる発言だったが、メアリーにとってこれほどうれしい言葉はなかった。

「だけどみんな、わたしと一緒に作業をするのをいやがるわよ」

「彼らがきみに対して反感を抱いているようには見えないけどな。おそらくみんな、きみの意志の強さに戸惑い、きみがベッドでもそうなのかと想像しているんだろう」

メアリーは目をしばたたいた。「どうしてそのふたつがつながるの？」

「ハニー、男というのはなんでもセックスと結びつけて考えるものなんだよ。みんなはきみがベッドでもそんなにエネルギッシュなのか、積極的なのか、知りたいのさ」

「わたしをからかっているのね」

「いや」リードはメアリーをさらに抱き寄せ、声を落としてハスキーな声でささやいた。「ぼくにはわかるんだよ。ぼくも同じことを考えていたから」

メアリーの全身がこわばった。リードが本気なのかどうか確かめようと、首をひねって彼に顔を向ける。その瞬間、唇を奪われた。先ほどのキスが燃えるように熱いキスだったとすれば、今度のはまさに焼きつくさんばかりに激しいキスだった。

いつのまにかメアリーはのけぞるようにしてリードの腕に寄りかかっていた。リードが彼女の唇を開かせ、キスの歓《よろこ》びを存分に教えこむ。メアリーは積極的にキスにこたえていたが、不意にリードが唇を離した。

メアリーは呆然《ぼうぜん》としてゆっくりと目を開けた。リードの自宅が見える。どうやらビスケットは農場をぐるりとまわっただけらしい。かたわらの小さな池では、鴨《かも》の群れが滑るように泳ぎ、魚が跳ねていた。

「大丈夫かい？」リードがメアリーの頬を撫でながら、かすれた声で尋ねた。

メアリーはため息をもらした。あまりにもすばらしくて、ついわれを忘れてしまった。彼女は笑みを浮かべた。「あなたはキスがとても上手なのね」

「さて、これからなにをしようか？」リードが思わせぶりに言う。

メアリーはこの新たな楽しみをできるだけ引きのばすことに決めた。「ドライブイン・シアターでデートをしたいわ」

「なんだって？」リードの声は低くかすれていた。

「明日の夜に」メアリーは自分のウエストにまわされたリードの大きな手をそっと撫で、彼のあたたかい胸に頬をすり寄せた。「車のなかであなたに甘えてみたいの、リード・ダーリン」

リードが一瞬ためらってから尋ねる。「ドライブイン・シアターでデートをするのも初めてなのかい？」

「そうよ。たぶんみんな、わたしみたいな変わり者と〝ダーティ・デント〟でデートをしているところを見られたくなかったんでしょう。あそこだとすぐに噂《うわさ》になるから」

町のドライブイン・シアター〈デント・ドライブイン〉は、カップルが人目を気にせず車のなかで熱いデートを楽しめるため、〝いかがわしい《ダーティ》・デント〟と呼ばれているのだ。

リードが首をかしげてメアリーの喉もとにキスをした。「さっきも言ったように、みんなはきみが怖いだけなんだ」

「わたしはあなたを怖がらせたりしないわ」メアリーはきっぱりと言った。

「ああ」リードは深く息を吸いこむと、厩舎《きゅうしゃ》へ向かってビスケットを走らせた。「明日、九時半に迎えに行くよ」

メアリーの顔から笑みがこぼれた。「楽しみにしているわ」

3

　閉店時間までまだ数分あったが、リードは客たちを早々に追いだし始めた。いつも閉店までねばるニーリィ老人がぶつぶつ文句を言う。しかし、メアリーとデートの約束をしているとリードが得意げに打ち明けると、ニーリィはにやりと笑い、食堂《ダイナー》からゆっくりと出ていった。

　メアリーとデートをしたことは、明日の朝には町じゅうに知られているだろう。つまり、ぼくは彼女とつきあっていると宣言したわけで、町の男性全員がふたりの仲を知ることになる。ぼくにとっては願ってもないことだ。ぐずぐずしているうちにメアリーのような魅力的な女性をつかまえ損ねたと、みんなさぞ悔しがるに違いない。

　リードは自宅に向かって車を走らせていたが、ハンドルを握る手は震え、もう少しで農場に入る私道を見逃すところだった。ふたりで馬に乗ってからというもの、メアリーに対する欲望が抑えきれなくなっていた。

　しかも彼女はドライブイン・シアターでぼくに甘えてみたいという。

　期待はいやがうえにも高まり、冷たいシャワーを浴びても興奮は少しも静まらなかった。もう何年も前、リードはメアリーをドライブイン・シアターに誘おうとしたことがあった。彼の思春期のホルモンは、メアリーが魅力的な女の子で、欲望を満たす相手として申し分ないと訴えていた。だが当時、メアリーはなによりも友達を必要としていたし、リード自身も彼女のことを大切に思っていたからこそ、一線を越えるのは思いとどまったのだった。

今になってみれば、それが最大の間違いだったのかもしれない。

メアリーをずっと友達として見ていたせいで、思春期のころに気づいていた彼女の魅力やセクシーさ、そして聡明《そうめい》さを危うく見逃すところだった。メアリーはぼくにとって理想の女性そのものだ。この計画が成功すれば、その理想の女性がまもなくぼくの恋人に、そして人生の伴侶《はんりょ》になるだろう。

メアリーの家の前で急ブレーキをかけると、トラックのタイヤが不満を訴えるかのように大きくきしんだ。リードがトラックからおりると、メアリーが玄関ポーチに現れた。そのとたん、彼は目の玉が飛びだすかと思うほど驚いた。歩道に目を走らせ、誰もメアリーの姿を見ていないことを確認すると、あわてて彼女に駆け寄り、腕をつかんでトラックに押しこんだ。

「まったく、なんて格好をしているんだ」

メアリーはにっこり笑って助手席に腰を落ち着けると、デニムのミニスカートの裾《すそ》をのばし、レースがあしらわれたキャミソールの細い肩紐《かたひも》を引っぱった。「女らしい服装をしてみただけよ、リード・ダーリン」

リードは運転席に座り、エンジンをかけながら、メアリーに向かって眉をひそめた。「ぼくには下着にしか見えないぞ」

メアリーがリードの横顔をにらんで、シートベルトをしめた。「二、三週間前にあなたがダイナーで女性客たちを相手にふざけているのを見たけど、彼女たちの半分はこういう服装をしていたじゃない！」

メアリーがいくら反論しても、リードは納得できなかった。「ほかの女性のことはどうだっていいんだ。それに、ぼくはふざけていたわけじゃない。その……お客に愛想よくしていただけさ。こっちも商売だからね」

メアリーがすねると、リードは思わず口もとをほころばせた。メアリーがやきもちをやいているかと思うとうれしかった。ここ数カ月、彼女への思いは募るばかりで、どうやってふたりの関係を友情から一歩先へ進めたらいいかと考えていたのだ。

メアリーの恋人になりたい。自分がそう願っていることをはっきりと自覚してからというもの、ほかの女性はいっさい目に入らなかった。なにしろ、安全帽をかぶったメアリーを見るだけで、体はとんでもない反応を見せるのだ。金槌《かなづち》を振るう彼女の姿を目にしたら、どうなることか……。

町の住民には強がってみせているものの、メアリーが心の奥にもろさを隠していることには気づいていた。だからこそ彼女に引かれるのだろう。少し風変わりではあるが、メアリーはとても女らしい。しかもしっかりとした信念を持ち、運動やアウトドア活動を好み、女性としての歓《よろこ》びを教えてくれと親友のぼくに頼むほど好奇心も強い。そんな彼女をぼくは心から愛している。リードにとってメアリーほど完璧《かんぺき》な女性はいなかった。

「なにか上にはおるものは持ってきたかい？　入口で料金を払って車をとめるまではそれを着ていたほうがいい」

「料金所の係員がいやらしい目でわたしを見るとでも言うの？」

「そうに決まっているさ……」リードは助手席に手をのばしてメアリーの膝を撫《な》でた。「だってぼく自身あらぬことを想像しているんだから。すごくみだらなことをね」

メアリーはバッグからコットンのブラウスをとりだしてはおった。「これでいいかしら？」

「ああ。ドライブイン・シアターの暗がりに落ち着いたら、その邪魔なブラウスをまた脱がせてあげよう」片手をメアリーの膝に置いたまま、リードはそっと打ち明けた。「きみを誰にも見られたくないんだ。いやらしい目つきの男にはなおさらね」

メアリーはすっかり機嫌が直ったらしい。「あなたひとりが見つめてくれたらわたしは満足なの。そのつもりで服を選んだのよ」

リードは笑った。「それなら目的は達成したよ」

ふたりが到着するころには、ドライブイン・シアターはすでに混雑していた。おそらくあと少しですっかり暗くなり、映画の上映が始まるだろう。リードは後ろに車が来ないよう、トラックをいちばん奥の生垣の手前にとめた。右側には四列ほど向こうにステーションワゴンが一台とまっているものの、左側には一台もない。スクリーンを眺めるには最高の場所とは言えないが、彼にとってそんなことはどうでもよかった。

リードがスピーカーを車の窓に引っかけてメアリーのほうを向いたとたん、彼女がいきなり彼の顔じゅうにキスの雨を降らせてきた。リードは笑い声をあげた。「あせらないで、ハニー」

「あなたのことばかり考えていたのよ！」

リードはその言葉を素直に喜んだ。長いあいだメアリーに対して悶々《もんもん》とした思いを抱いてきたからこそ、いっそううれしかった。だが、彼女を妻に迎えるために、もうしばらく我慢しなければ。メアリーと一緒なら、どんなときも楽しく過ごせるとわかっている。あとはふたりが肉体的に引かれあっていることを証明してみせればいい。

とはいえ、あせってはいけない。メアリーにとっては初めての体験なのだ。もてあそばれたと彼女が誤解してしまっては、元も子もない。単なる一夜の戯れではなく、愛しているからこそ抱いたのだと伝えなくては。そのためには言葉だけでは足りなかった。なにしろメアリーの両親は、いつも口約束ばかりで実行したためしがなかったのだから。

メアリーのつらい子供時代を思いだしながら、リードは彼女の顔を両手で包み、むさぼるようにキスをした。しばらくしてスピーカーが作動し、スクリーンが明るくなると、ふたりの熱気で窓ガラスが曇っているのがわかった。ぼくはメアリーを、それこそ本人の言う〝変わり者〟の部分まですべて愛している。そのことを彼女に知ってもらわなければ。映画には目もくれず、リードはキスを続け、自ら歓びを味わうとともにメアリーに歓びを与えた。リードの腕のなかで彼女はあえぎながら興奮に身を震わせている。

メアリーが身じろぎしたのをきっかけに、リードは手をゆっくりと彼女の肩から胸に滑らせ、片方のかたくなった頂に触れた。メアリーが大きく吐息をもらすと、彼は一瞬手をとめ、そっと尋ねた。「感じるかい？」

「ええ」

リードは体をずらしてメアリーから離れると、さっと運転席のシートを倒し、助手席から彼女を抱き寄せて膝の上に座らせた。メアリーが彼の肩をつかんだ。目を大きく見開いている。リードは再び彼女にキスをした。

そのときスピーカーからもれるうめき声に気づき、ふたりは顔をあげた。

メアリーが背筋をのばしたとたん、彼女の丸いヒップが下腹部に押しあてられ、リードも思わずうめいた。

「なにをしているのかしら？」

メアリーは息を切らしてスクリーン上の行為に見入っている。リードははやる心を抑え、なんとかスクリーンに目を凝らすと、にやりと笑った。「あれはかなり濃厚なペッティングだね」

メアリーはリードに向き直り、無邪気な顔で問いかけた。「あれをわたしとしてみたい？」

リードははっとした。「もちろんさ。きみの体じゅうに触れてみたいよ、メアリー、ハニー」

メアリーが考えこんだ。「でもわたし……」

リードは彼女の唇にそっと指を押しあてた。「ぼくもしばらく迷っていた。きみと一緒に遊んだり笑ったり楽しんだりするだけで……つまり、きみといるだけで幸せだとずっと思っていたからね。だが、あるとき気づいたんだ。きみと一緒だとぼくは自分自身でいられると。男友達といるときは男らしくふるまわないといけないからね」

「どんなふうに？」

リードは適切な言葉を探して肩をすくめた。「たとえば、ビールを飲んで、スポーツの話や下品なジョークで盛りあがらなければならない」

「わたしたちもたまにはそんなことをして楽しむじゃない」

リードの膝の上にいることなど忘れて、メアリーが話し続ける。彼は荒い息づかいを抑えるだけでせいいっぱいだった。

「ああ。でもきみといるときは……」メアリーのしっとりと濡《ぬ》れた唇を見つめながら、リードは続けた。「ぼくは自分から望んでそうしている。みんなに合わせているわけじゃない」

メアリーがリードの胸に手をあて、筋肉の感触を確かめるかのようにおずおずと撫でる。それから、不意に尋ねた。「ほかの女性といるときはどう？やはり自分らしくいられないの？」

リードは鼻で笑った。「正直に言うと、頭がおかしくなりそうだよ。みんなやたらとめかしこんで、くだらないことばかりべらべらしゃべるからね」

「わたしはおしゃれが好きじゃないから……。でもリード、わたしたちだってくだらない話をするときもあるでしょう」

リードは両手でメアリーの顔を包み、引き寄せた。「まさにそこがポイントなんだよ。きみと一緒だとくだらない話にならないんだ」

メアリーは大きく息を吸うと、はっきりと言った。「あなたに触れてみたいわ。わたし……男の人のあそこにさわったことがないの」

リードははっと息をのんだ。心臓が激しく打ちだすのを感じながらささやく。「なんでもきみの好きにすればいい、メアリー」その言葉に嘘《うそ》はなかった。

メアリーは振り返ってしばらくじっとスクリーンを見つめたあと、下唇を噛《か》んでジーンズ越しにリードの高まりに触れた。彼は全身をびくっとこわばらせ、低くうめいた。

「気持ちいい？」

「ああ」

「これは？」メアリーがおそるおそる手を動かすと、リードの体から汗が吹きだした。

「すごくいいよ」リードは声をしぼりだすようにして言った。「キスをしてくれたら、もっとうれしいな」

「ここに？」メアリーの指がリードの敏感な場所を押す。

リードは自制心が吹きとびそうになった。メアリーの声に好奇心が満ちあふれていたからだ。「いや……ぼくの口にだよ。そこをさわりながら」

「まあ」

メアリーは落胆したのだろうか？　リードはもう我慢できそうになかった。「舌を使ってくれ」

「わかったわ」

メアリーはキスが上手だった。彼女がキスをしながら、はりつめた下腹部をそっと撫でると、リードは危うく果ててしまいそうになった。

「もういい」

「でもあなたにもっとさわりたいの」

メアリーはもう一度キスをしようと顔を近づけたが、リードが顔をそむけたので、彼の耳もとに唇があたった。そのまま舌でそこをくすぐり、柔らかい息を吹きかけてリードの欲望をかきたてる。

「信じてくれ。ぼくだってもっとさわってほしいさ」リードはうめくように言った。

「それなら……」

「だめだ。もうこれ以上我慢できない」リードは苦しそうにあえいでから続けた。「ドライブイン・シアターみたいなところできみを抱きたくないんだ。それなのに、もう少しでそうしてしまうところだった」

巨大なスクリーンの鈍い光を受けて、メアリーのダークブラウンの目が輝いた。「そんなにわたしがほしいの？」

「ぼくの話を聞いていなかったのかい？」

メアリーは口もとをほころばせ、まばゆいばかりの笑みを浮かべた。「いいえ、もちろん聞いていたわ。でも、こんなことをするのにまだ慣れていないから」

メアリーの戸惑いはリードにもよくわかった。だからこそ、じっくりと慎重に進めたいのだ。メアリーが怖がって逃げだしたり、ぼくの意図を誤解したりすれば、すべてが水の泡だ。しかし、だからといって手をこまねいていては、ほかの男に彼女を奪われてしまうかもしれない。以前、町の男たちがメアリーに言い寄ろうとしたことがあった。あのときのことを思いだすだけで、冷や汗が出てくる。

幸い、メアリーはまともにとりあわなかった。彼女は町の住民たちから疎まれていたから、誘惑されてもぴんとこなかったのだろう。それだけにリードはなおさらメアリーに伝えたかった。自分が彼女のことをどんなに大切に、どんなにいとおしく思っているかを。

リードの知る限り、メアリーほど自尊心の強い人間はいなかった。町でもっともさげすまれていた一家に育ったがゆえに、彼女は強固で揺るぎない盾のように自尊心を磨きあげたのだろう。リードはそんなメアリーから信頼され、求められたかった。メアリーにとって唯一心を許せる存在になりたかった。

リードはメアリーの顔を自分の肩に引き寄せ、こめかみにそっとキスをした。「次はなにがしたい?」

メアリーが体をすり寄せてくると、リードは熱い思いがこみあげ、頭がくらくらした。「星が見たいわ」

リードはにっこり笑った。「どういうことだい?」両手でメアリーの背中を撫でながら尋ねる。

「夜空の星を眺めながら眠りたいの。今夜、あなたと」

「いいね」リードはつぶやいた。トラックのエンジンをかけると、メアリーを助手席におろしてスカートの乱れを直し、シートベルトをしめてやる。彼女はベルベットを思わせるダークブラウンの瞳でじっとリードを見つめていた。

「ねえ」メアリーがささやいた。「今夜はもう一歩先に進めるかしら?」

一瞬、リードは言葉を失ったが、大きく息を吸いこんで答えた。「もちろんさ」

それから三十秒もしないうちにリードはドライブイン・シアターからトラックを出した。夜空には星がまたたき、いとしいメアリーがせがんでいるのだ。彼ははやる気持ちを抑えきれなかった。

4

「最高の夜だね」

リードが話しているのは満天の星空のことだとわかっていたが、メアリーには彼がいるだけでいつも最高の夜になるように思えた。

メアリーはリードの新たな面を次々と発見していた。リードがあんなにキスが上手だとは思いもよらなかったし、彼に愛撫《あいぶ》されるとまさに体がとろけそうになった。彼は女性の扱いがとてもうまいという噂《うわさ》を耳にするたびに、無性に腹がたったものだ。しかし実際に経験してみると、癪《しやく》にさわるどころか、まさに天にものぼる心地だった。

リードはもちろん大切な友人だし、誰よりも尊敬しているが、メアリーは今や彼を男性として見ていた。リードに対してこれまで抱いてきたありとあらゆる感情が、まだ混沌《こんとん》としているとはいえ心にあふれてくる。

リードのことはずっと信頼してきた。その気持ちは今も変わらないが、女として彼から求められていることについてはまだ実感がわかず、とても信じられなかった。自分がほかの男性からも性的な対象として見られており、町の女性たちからは賞賛のまなざしを受けていることも、やはり信じがたかったが。

枝を大きくのばした高い樫《かし》の木の下にリードがブランケットを敷くと、メアリーはその上に座り、長年の友人を新たなまなざしで見つめた。彼は相変わらずやさしかったが、そのやさしさも以前とはやや異なっているように感じられた。リードに触れられると、その慈しむような手つきに胸が熱くなった。

誰かにこれほど大切にされた記憶はない。町の住民はもちろん、両親でさえ、こんな思いやりは見せてくれなかった。

苦い思いを振り払い、メアリーは暗闇《くらやみ》に包まれた敷地を見渡して言った。「昔からずっとここが大好きだったの」

リードはブランケットの上にいくつかクッションを並べた。彼のたくましい体とやさしい顔が月光や星明かりに浮かびあがっている。

「中学生のころから、きみはこの農場を気に入っていたね。ぼくの考えていることがわかるかい？」

メアリーは心のなかで願った。わたしのことを考えていてくれたら、わたしがあなたとどんなことをしたいか想像してくれていたら、と。「なにを考えているの？」

「きみの家とはまったく違うからこそ、きみはここが好きなんだろうって考えていたんだ」

たしかにそのとおりだった。リードがきちんと手入れの行き届いた広々とした農場でのびのびと育ったのに対し、メアリーはあばら屋に近い、狭苦しいバンガローで大きくなった。彼女の母は、どうせ家屋がみすぼらしいのだから、猫の額ほどの小さな庭を手入れしてもたいして見栄えはよくならないと愚痴をこぼすばかりで、重い腰をあげようとはしなかった。父も父で、雨もりがしようが屋根板が吹きとばされようがいっこうに頓着《とんちやく》せず、町の住民たちからさげすまれてもどこ吹く風だった。

しかし、メアリーは両親とは違った。父が亡くなる前から、彼女は両親に代わって家の修繕にとりくんでいた。だがそのせいで、いつしか友達のあいだで孤立していった。おそらく誰も、メアリーがそんなことに一生懸命になる気持ちが理解できなかったからだろう。メアリーがアルバイトに励んだのは、新しいブラウスを買うためではなく、工具を手に入れるためだった。みんながダンスパーティに出かけても、メアリーはひとりで水まわりの修理をしていた。そんな彼女の心情を理解していたのはリードだけだった。

今、彼だけがメアリーのなかに新たに芽生えた好奇心を理解しているように。

「シャツを脱いで、リード・ダーリン。あなたの体をよく見たいの」

リードはためらうことなくシャツを脱いだ。「きみも脱いで」彼はさらりと言った。

メアリーは首を横に振った。「そんなことをしたら、あなたの気が散って、わたしの好きにできないわ」

「きみはどうしたいんだい、ハニー？」

「あなたに触れたいの。わたしにしてくれるみたいにあなたを気持ちよくしてあげたいのよ」

リードがその提案について考えながらメアリーをじっと見つめる。ようやく彼はうなずいた。「わかった。でもそのあとはぼくの番だよ」

「わかったわ」メアリーは後ろ向きに彼の腿の上に座った。「ブーツを脱がせてあげるわね」

リードが後ろに両手をついて体を支え、片足をあげる。「ああ、きみのヒップはなんてかわいらしいんだ」

メアリーは振り向いてリードに笑いかけ、片方のブーツを足から引きぬいた。「あなたがそんなにいやらしい男性だとは思ってもみなかったわ。いつからそんな目でわたしを見ていたの？」

「きみの胸がふくらみ始めてからさ」

メアリーは大笑いしながら、もう片方のブーツを脱がせた。「ということは、わたしが十三歳のころから？」

リードの手が腿にのびてくると、メアリーははっとして身をこわばらせた。

「ああ」彼がうめくように答える。「まあ、そんなところだな」

リードの指の動きにわれを忘れてしまわないうちに、メアリーはくるりと前を向いた。そして彼を押し倒して覆いかぶさり、鼻と鼻が触れあいそうなほど顔を近づけた。「まさか、わたしがまだ鼻水を垂らしていたころからだなんて言うんじゃないでしょうね？」

リードの大きな手がメアリーの頬をやさしく包みこんだ。「そうだよ。でもきみは鼻水を垂らすような子供じゃなかった。意地っぱりで頑固だったけど、決して――」

メアリーが彼のおなかの上に腰をおろすと、リードは低くうめいた。

「嘘《うそ》つきね」

「本当だよ」リードはメアリーのウエストをつかんだ。「思春期のころ、ぼくはきみの夢ばかり見ていた。どれだけ眠れない夜を過ごしたことか。でもしばらくして、友達のままでいるのがいちばんだと思い直したんだ。きみほどすばらしい友達はいないし、きみを失うくらいなら死んだほうがましだからね。だけど最近になって、やはり友情だけでは満足できなくなった」彼の親指がメアリーのウエストをやさしく、まるで説得するように撫《な》でる。やがてリードはきっぱりと言った。「きみのすべてがほしい」

「まあ、リード」

メアリーにとってこれほどうれしい言葉はなかった。リードはいつもやさしかった。わたしが落ちこんでいるときは、冗談で気をまぎらせてくれたり、冷静に自分を見つめ直せるまでとことん話を聞いてくれたりしたものだ。

わたしが自宅の修繕を始めると、水まわりの修理を手伝ってくれたし、彼の父親と一緒に大工仕事も教えてくれた。わたしもときにはリードと一緒に農場で汗を流したり、彼の母親がリビングルームの模様替えをするのを手伝ったりした。リードや彼の家族と過ごす時間は、わたしにとってかけがえのないものだった。

リードは古い家を維持していくために大工仕事を覚えたらしいが、わたしのように大工仕事が好きだったわけではない。食堂《ダイナー》を切り盛りするほうがずっと性に合っているといつも言っていたものだ。

父が亡くなったときも、リードはわたしを支えてくれた。葬儀が終わるまでずっとそばについていてくれたし、おいしいピーチパイも焼いてくれた。しかもあの夜、ひとりになりたいと言う母に家から追いだされて泣きじゃくるわたしを、やさしく抱きしめてくれた。わたしが涙を見せたのはリードが初めてだった。

メアリーは胸がいっぱいになり、かがみこんでリードにそっとキスをした。「あなたがいないと、わたしはなにもできないわ」

リードはメアリーの髪を耳にかけ、きっぱりと言った。「そんなことはない。きみはなんでもできるさ」

リードがもう一度キスをしようとすると、メアリーは顔をそむけた。「あなたはわたしのすべてがほしいと言ったわね」リードの頬から喉、そして胸へと指を滑らせる。「わたしも同じ気持ちなの。あなたに触れたいわ」彼女は座ったままリードの膝のあたりまでさがると、彼の腹部から頭へと視線を這《は》わせた。

「そんなことを言われると、興奮してしまうよ」リードがうなるように言う。

「よかった」

リードが興奮していると知って、メアリーはうれしかった。お互いに熱くなっているほうがなぜか安全な気がした。

「この小悪魔め」リードの声はかすれていた。体もこわばっているようだ。

「リラックスして、リード・ダーリン。わたしがやり方を間違ったら教えてね」

夜の庭はひっそりと静まり返っていた。聞こえるのは小枝が風にそよぐ音だけだ。そこにふたりの息づかいがまじった。

メアリーはリードの胸板に両手を押しあて、かたい筋肉の感触を味わった。「あなたのたくましい胸が好きよ」

リードが息をのむ。

「それに強くて思いやりがあるところも」メアリーはかがみこんでリードの鎖骨に、かたい胸板に、そして片方の小さな頂にキスをした。

「きみがこうしてくれているなんて信じられない」

メアリーも信じられなかった。だが同時に、とても自然なことにも思えた。「しいっ」彼女はリードに注意した。

「やっぱりきみは主導権を握るタイプだったな。ぼくのみだらな妄想のとおりだ」リードの声には茶目っ気と欲望が入りまじっていた。

メアリーがリードの胸の先端に指を這わせると、彼の体がさらにこわばった。

「ああ、ベイビー――」

メアリーはリードの胸板に頰をすり寄せ、息を吸いこんだ。「あなたはいいにおいがするわ。食べてしまいたいくらいよ」

メアリーもめくるめく感覚にとらわれていた。リードの両手が髪をまさぐっている。彼はメアリーの頰を両手で包み、唇を自らの体へと導きながら、励ましとも哀願ともとれる声をもらした。

リードに促されて、メアリーは彼の全身をくまなく愛撫した。がっしりした肩から引きしまった腹部、はりつめた腿へと手をのばす――そして腿のあいだへと。

リードがはじかれたように腰をあげ、拳《こぶし》をぎゅっと握りしめた。「メアリー」声が震えている。「もう我慢できないよ、ベイビー。これ以上はだめだ――」

メアリーは驚きの声をあげた。「すごく大きいわ」

リードがあわててメアリーから身を引きはがす。

彼の胸は大きく波打ち、呼吸は苦しそうに乱れていた。リードはメアリーを脇《わき》に寝かせてきつく抱きしめると、彼女の喉もとに顔をうずめ、小刻みに身を震わせた。そんな彼の姿を目のあたりにして、メアリーは興奮を抑えきれなかった。リードの肩にキスをし、広い背中を両手で撫でながら、そっと歌を口ずさむ。

遠くから犬の遠吠《とおぼ》えが聞こえ、ふたりの頭上でふくろうが枝から飛びたった。

メアリーは新たに生まれた多くの感情に戸惑っていたものの、ようやく否定しようのない事実に気づいた。リードを心から、狂おしいほど熱烈に愛していると。

今にして思えば、ずいぶん前からそうだった。わたしはずっとリードを愛していたが、それは愛情ではなく友情なのだと信じこんでいたのだ。まさか彼がわたしに対して友情以上のものを望んでいようとは夢にも思わなかった。だからこそ、リードに対する愛情を認めることを自分に許さなかったのだ。しかし、彼のおかげで、ようやく胸に秘めていた思いに気づいた。もはや自分に嘘はつけない。

リードはわたしを抱きたいのだ。そしてわたしも心からリードを求めている。だがリードとともにあたたかい家庭を築き、一生幸せに暮らしたいと願っているのに、体の欲求を満たすだけで満足できるのだろうか？

おそらく、それで満足すべきなのだろう。喉もとにリードのあたたかい唇を感じながら、メアリーは心のなかでつぶやいた。リードがわたしにくれるのは、今夜ひと晩だけに違いない。この幸せを逃せば、きっと後悔するだろう。

5

「すまない」メアリーを抱きしめている腕の力をゆるめ、リードは自制心を必死にとり戻そうとした。メアリーはぼくのものだ。彼女のすばらしい人間性も、積極的でユーモアにあふれた性格もすべてぼくのものなのだ。「危うく抑えがきかなくなるところだった」

メアリーは顔をあげ、リードに笑いかけた。「これもわたしには初体験だったわ」

リードはかろうじて笑い声をあげ、猛《たけ》り狂うような激しい欲望を隠した。ピクニック用ブランケットの上にメアリーを押し倒して愛の行為に及ぶのだけは、どうしても避けたかった。彼女とは一夜限りの関係で終わるつもりは毛頭ないのだから。

「興奮しているときのあなたの顔が好きよ」メアリーは片肘をついて体を起こすと、リードの頬骨やこめかみ、鼻を指先でなぞった。「とても美しいわ」

「ぼくは男だよ」リードはあきれたようにこたえた。

「男に美しいという言葉はそぐわない」

「リード・ダーリン、あなたほど美しい人はいないわ。心も外見も」

リードはメアリーの言葉に感激した。ふたりのあいだのわずかな距離を埋め、メアリーの唇にやさしくキスをする。すると彼女の唇から吐息がもれた。

ハスキーな声でリードはささやいた。「美しいのはきみだよ。きみに触れていいかい？」

「ええ」

そのとたん、リードの心臓は肋骨《ろっこつ》にぶつかるのではないかと思うほど激しく打ち始めた。だが、メアリーが言葉を続けると、すとんと胃のあたりまで落ちたような気がした。

「でも今はだめよ。今は満天の星を眺めながら、あなたにやさしく抱かれていたいの」

リードはその言葉の意味を考えた。おそらくメアリーは、誰かにしっかりと抱きしめてもらったことがないのだろう。メアリーが幼いころから、彼女の両親は身勝手で娘に無関心だった。メアリーは両親を愛していたが、両親のほうは娘の愛情を受けとるだけで愛を与えようとはしなかったのだ。胸に熱いものがこみあげ、リードはさらに強くメアリーを抱きしめた。どんなに愛しているか、どんなに求めているか、彼女にどうしても伝えたい。歓《よろこ》びを分かちあうだけではなく、愛しあう男と女として心のうちもすべて語りあいたかった。

リードは両親の深い愛情を受けて育ったが、メアリーは両親からまったくと言っていいほど関心を寄せてもらえなかった。つまり、彼女にとって頼れるのは自分自身だけだったのだ。リードはメアリーにもっと頼ってほしかった。これからずっと毎晩一緒に眠りたいと願ってほしかった。ふたりでベッドをともにすることが――愛の営みだけでなく、語りあい、思いを分かちあうことがどんなにすばらしいか。メアリーに伝えられたら、おそらくプロポーズを拒絶されることはないだろう。

リードはメアリーの耳もとにささやいた。「その邪魔な服を脱げば、もっと気持ちよく抱きあえるよ。ぼくはきみを、きみのすべてを感じたい。きみが抱きあって眠りたいなら、ぼくはそれでもかまわない。でもふたりのあいだを妨げるものはとり去ってしまいたいんだ」

メアリーはじっと考えていたが、ようやくゆっくりとうなずいた。「わかったわ」

そしてリードのかたわらで体を起こし、小さなキャミソールを脱ぎ捨てた。月明かりに照らされ、彼女の胸が青白く輝いている。リードは思わずそのふくらみをやさしく手で包みこんだ。

「リード……」

メアリーが不安げな声を出すと、リードは笑みを浮かべた。「きみほど美しい人はいないよ、メアリー、ハニー」そして、手を離して起きあがった。

「さあ、横になって」

「約束したわよね」

「約束は絶対に守るよ……きみがそう望む限りはね。でも、きみの服を脱がせることをぼくはもう何度も夢見てきたんだ。少しは楽しませてくれないか」

メアリーの全身に緊張が走るのを見て、あせりすぎたかとリードは不安になった。だが、彼女はこたえた。「いいわ」

リードは意志の力を総動員して、あらわになったメアリーの胸のふくらみから視線をそらした。そして小さなサンダルを脱がせ、ブランケットのそばの草の上に置くと、彼女の体をうつぶせにする。「ファスナーをおろすよ」

メアリーは顎の下で腕を組み、くすくす笑った。「やさしくしてね。昨日の乗馬のせいでお尻が痛いの。たぶん普段使わない筋肉を使ったからだと思うわ」

リードはふと手をとめた。「そうなのか？」メアリーのヒップを見おろして、笑みを浮かべる。彼女は体を鍛えているので、筋肉痛になるなんて思いもしなかった。

リードは一気にスカートをおろした。メアリーは一瞬小さく悲鳴をあげたが、すぐに静かになった。ショーツを脱がせたときも、腕に顔をうずめただけだった。

「ああ」リードは苦しげにうめいた。「なんてきれいなんだ、メアリー、ハニー」

「お世辞が上手なんだから」メアリーがからかうように言う。

リードはメアリーの腿にまたがると、両方のてのひらで彼女のヒップをやさしく撫《な》でた。「痛みを和らげてあげよう」メアリーの体に触れるためなら、どんな口実だって思いついただろう。

「マッサージをしてくれるの？　生まれたままの姿で？」メアリーが降参したようにうっとりした声をもらす。「よくそんなことを思いついたわね」

男なら誰だって思いつくさ。リードは心のなかでつぶやきながら、マッサージに専念しようとした。セクシーな女性のヒップにさわっていて、冷静でいられるはずもなかったが。

「ほら、黙ってリラックスして。体の凝りをほぐしたら、一緒に少し眠ろう」

「これも初体験だわ」

「よかった」

メアリーがいやがるそぶりを見せないので、リードは全身をマッサージし始めた。彼女がうっとりとため息をもらす。「まるで天国だわ」

「ああ」

リードの指はメアリーの筋肉をしっかりともみほぐし、彼女の心と体の緊張を和らげていった。

かすかに風が吹くたびに、メアリーの体からほのかに女らしい香りが漂ってくる。月光に照らされたメアリーの裸身やなめらかな肌の感触に、リードは彼女のなかに身をうずめたい衝動に駆られた。愛を交わしながら、彼女の顔をじっと見つめたかった。

メアリーの体は引きしまっていて、弱々しさは感じられない。手足も長くてセクシーだ。リードは身をかがめて片方の肩に唇を寄せ、さらに腰やヒップにもキスをした。メアリーが吐息をついて身じろぎし、また吐息をもらす。

リードはいぶかしく思い、体を起こしてメアリーを見た。いつのまにか彼女は寝息をたてている。自然と口もとに笑みが浮かんだが、同時に胸がしめつけられるような痛みも覚えた。自分が一人前であることを自分自身に証明するため、メアリーはくたくたに疲れ果てるまで懸命に働いている。体力では男性に及ばないだろうが、彼女はそれを強い意志の力でカバーしているのだ。

メアリーのヒップをぽんとたたくと、リードはキルトに手をのばし、彼女の背中にかけてやった。すぐ隣にあおむけに寝て、メアリーの体をそっと抱き寄せる。今夜、夜空の星々はぼくに味方してくれた。満天の星がメアリーの美しい顔を照らしだしている。まっすぐな鼻、負けん気の強そうなとがった顎、右眉の上にある、木から落ちたときの小さな傷跡。とっくにすべて記憶に刻みこまれているというのに、リードは彼女の顔を目でなぞっていった。

そよ風にブロンドの髪をくすぐられ、メアリーがぶるっと身震いした。そして、ぬくもりを求めてリードにすり寄ってくる。彼女が片脚をリードの腹部にのせると、ちょうど膝が敏感な場所にあたった。リードは思わず歯を噛《か》みしめ、星空に意識を集中させた。

メアリーがなにやら寝言をつぶやき、手をのばしてきてリードの口をふさぐ。メアリーの寝息が胸の頂にかかり、髪が肌をくすぐった。

もうかまうものか。リードは頭のなかで叫んだ。再び欲望が燃えあがり、もはや我慢できなくなっていた。ここまで刺激されては、自制心を保つのはとても無理だ。彼はついに欲望のままにふるまおうと、メアリーの顔をのぞきこんだ。必要とあればメアリーをなんとかくどき落として、この責め苦を終わらせるつもりだった。

しかし、メアリーの小さな寝息を耳にしたとたん、リードははっとわれに返った。

眠っている女性にこれほど欲望をかきたてられるとは！　リードは信じられない思いでメアリーを見つめた。しかし、それはまぎれもない事実で、下腹部はかたくこわばっている。それなのにメアリーはすやすや眠っているのだ。

自嘲《じちょう》気味にうめき声をもらすと、リードは頭をおろした。魅惑的な女性が一糸まとわぬ姿で隣に寝ているのだから、むしろラッキーではないかと自分を慰める。とはいえ、メアリーからも激しく求めてほしかった。ぼくだけを、それこそ狂おしいほどに……。

ともかく今は、メアリーが望むものをすべて与えてやりたい。そして誕生日が終わるころには、彼女が自らぼくの妻になりたいと思っていてほしい。〝あなたを愛しているわ〟という言葉をメアリーの口から聞きたかった。

体は相変わらずうずいていたが、メアリーの寝息が大きくなると、つい笑みがこぼれた。

どうやらメアリーはこのレッスンが気に入っているらしい。性的な好奇心を通じて、ふたりの心の結びつきにも気づいてくれればいいのだが。ぼくがなにごとにおいても初体験の相手となれば、メアリーもふたりが特別な絆《きずな》で結ばれていると実感するに違いない。

リードはこれからの数日間が楽しみでならなかった。

6

メアリーは目を覚まして、きょろきょろとあたりを見まわした。上半身を起こすと、キルトが肩から滑り落ちた。彼女は朝の日ざしのなか、あらわになった胸をまじまじと見つめた。頭上からは、りすの鳴き声や、小鳥が木から木へと飛び移る音が聞こえてくる。

庭を見渡すと、池が目に入った。水面が太陽の光を反射してまぶしいほどにきらめいている。鴨《かも》の群れがすいすいと泳ぎ、魚が跳びはねていた。驚くほど美しい朝だった。そしてメアリーは恋をしていた。

リード。心のなかでそうつぶやくだけで、笑みがこぼれる。わたしはこれまでずっと彼に恋をしていながら、愚かにもそのことに気づいていなかった。しかし、リードにキスをし、この手で彼の肌に触れ、ひと晩じゅう彼の腕に抱かれて眠ってみて、ようやく自分の本心がわかったのだ。多くのことに――特に男女の愛の営みに興味があったのは事実だが、もとはと言えば、そういったことをリードと分かちあいたかったのだろう。今にして思えば、ほか男性には心を引かれたことがなかった。リードほどすばらしい男性はいない。

「なにをぼんやりしているんだい？」

メアリーがさっとキルトをつかんで振り向くと、リードが裸足《はだし》で家から出てきたところだった。彼はジーンズをはいただけで、コーヒーとクッキーをのせたトレイを手に、いたずらっぽい笑みを浮かべている。メアリーは急に空腹を覚えた。

「考えていたの」彼女は嘘《うそ》をついた。「池で泳いだら気持ちよさそうだなって。よくあそこで泳いだのを覚えている？」

「忘れるはずがないだろう。十二歳のとき、きみのせいで溺《おぼ》れそうになったんだから」

メアリーは笑って否定した。「わたしのせいじゃないわ。あなたが宙返りをしようとして、池の底で頭を打ったのよ」

「母はかんかんで、あの夏はそのあと池で泳がせてもらえなかった」

「そのせいでわたしも池に近寄れなくなったわ」

リードからカップを受けとると、メアリーは豊かな香りを堪能《たんのう》してからゆっくりとコーヒーを飲んだ。リードがそばに脚を組んで座る。

「いつも思っていたの。あなたのお母さんは最高だって」

リードは一瞬ためらったが、慎重に言葉を選んで言った。「ぼくの母もきみをとても大切に思っていたよ。できるものなら、きみをわが家に引きとりたかったに違いない」

そうなっていたら、どんなに幸せだっただろう。メアリーにとって子供時代のいちばんいい思い出は、ダーリン家で過ごしたひとときだった。自分の家にはないものがすべてそこにあった。愛情、笑顔、誇り、そして献身が。

悲しみがこみあげてきて、メアリーは思わず顔をそむけた。彼女はダーリン一家が大好きだった。だが、彼らのせいで家族のあるべき姿を目のあたりにし、自分の家庭がとても家庭とは呼べないものであることを痛感させられたとも言えるだろう。

「母が再婚するらしいの」

メアリーがちらりと見ると、リードの視線は彼女のむきだしの肩に注がれていた。朝の日ざしはすでにあたたかかった。今ごろは町も目覚めているだろう。通りでは車や人々が行き交い、店のシャッターも開いているはずだ。リードは週に二日、アシスタントに店を開けてもらうことにしていた。今日は午後遅くに行けばよかった。

メアリーはキルトを引っぱり、わざと少しだけ下にずらしてみた。リードが深く息を吸いこむ。「きみのお母さんは再婚すべきだよ。まだ若いんだから、なんでも娘に頼ろうとしてはだめだ」

メアリーは顔をしかめた。「母はこれまでずっと……」

「きみを頼ってきた？　ああ、そうとも。だからといって、いつまでもきみに甘えていていいわけじゃない。それにきみもそろそろ自分の人生を大事にしなくては」

さりげない忠告にもかかわらず、リードの口調になにか引っかかるものを感じ、メアリーは彼に視線を向けた。しかし、当の本人はただじっと池を見つめている。リードがなにげなく口にしたやさしい言葉に過剰な期待を抱くつもりはなかった。しょせん町のはみだし者でしかないわたしを、リードのような男性が本気で好きになるはずがないのだから。

リードの性的な関心はさし引いて考えなければならない。わたしだってばかではない。女性からあんな誘いを受ければ、男性はみな喜んでイエスと答えるだろう。噂《うわさ》によると、リードは普通の男性以上に愛のテクニックにたけているらしいから、なおさらノーとは言わなかったはずだ。

メアリーは投げやりに肩をすくめると、キャミソールに手をのばした。さりげないふうを装ってキルトを落とし、キャミソールを頭からかぶる。つい大胆な気持ちになり、リードの自制心を試してみたくなった。

「わたしはしっかりと自分の人生を歩んでいるわ。だからこうしているじゃないの」メアリーはキャミソールのしわをのばしながら言った。

リードが息をのむ。「こうしてって？」

「このあいだからふたりでしていることよ。いろんなことを試しているじゃない」冷静で落ち着いて見えますようにと願いながらも、メアリーは内心、めまいがしそうだった。彼女はクッキーをひとつ口に入れた。そしていかにもおいしそうに食べてから、話を続けた。「それで思いだしたわ。ずっとやりたかったけれど恥ずかしくて口に出せなかったことがあるの」

リードがかすれた声で尋ねた。「なんだい？」

「裸で泳ぎたいの」メアリーはなんとしてもリードとふたりきりの時間を引きのばしたかった。「池で泳ぐとき、あなたはいつもショートパンツをはいていたでしょう。そんなとき、わたしはいつもあなたの裸を想像していたのよ」

リードの眉がつりあがった。「本当に？」

「ええ。だってあなたはうっとりするほどすてきなんですもの、リード」

彼はややうろたえてはいるものの、うれしそうに見えた。

「どこもかしこもたくましくて。特にあなたのおなかが好きだったわ」

リードの引きしまったセクシーな腹部をじっと見つめて、メアリーはため息をもらした。

「そこにはもう手を触れてみたから……」彼女は目をしばたたき、上目づかいにリードを見た。「今度は全部見せてもらえないかと思って」

「メアリー」彼女に熱いまなざしを向けながら、リードは忠告した。「言葉に気をつけないと、ぼくはもう我慢できないよ」

「なんのこと？」

「理性を失いそうなんだ。今だって、そのキルトをはぎとりたくてたまらないんだから」

メアリーは期待どおりの効果に満足し、さりげなくコーヒーをひと口飲んだ。「キルトをはぎとってどうしたいの？」

「キスをするんだ。きみの体じゅうに」

マグカップを握ったメアリーの手が震えた。「体じゅうって？」

リードは身をのりだしてメアリーの手からマグカップをとると、そっと脇《わき》に置いた。そして彼女の肩をつかみ、背中をゆっくりとブランケットに押しつける。

メアリーにのしかかるようにして、彼はそっとささやいた。「そうとも、ぼくが触れたいところから、きみが触れてほしいところまで、いたるところにキスの雨を降らせてあげよう」そして、メアリーにそっとキスをした。

そのとたん、メアリーの全身を熱いものが駆けめぐった。だが、彼女はふと眉をひそめた。「あなたはいったい何人の女性とこうしてきたの？　かなり経験が豊富そうだけれど」

「妬《や》いているのかい？」リードがからかった。

「いいえ、ただ知りたいだけ。だってあなたは女性の体のことを知りつくしているみたいなんですもの」

「それが気に入らないのか？」リードが体を起こしてコーヒーを飲み干した。

メアリーはむっとした。リードに対する恋心を自覚していないころは、彼が誰とつきあおうが関係ないと思っていた。リードがデートをしているのを見かけるたびに、よく息苦しくなったり胸がつかえたりしたものだが、それは相手の女性がリードにふさわしくないため、彼のことが心配なだけだと思いこんでいたのだ。

しかし、ようやく悟った。リードにふさわしいのはわたし自身だと。「別に気に入らないわけじゃないわ」メアリーは弁解した。「ただ……」

「メアリー」リードがセクシーな笑みを浮かべて立

立ちあがった。「心配しなくていい。きみが気にするほどの女性はいなかった」

メアリーがリードの真意をはかりかねているうちに、彼はファスナーをおろしてジーンズを脱ぎ、くるりと背を向けて池へと歩きだした。

「泳がないのか？」

メアリーは、遠ざかっていくリードの引きしまったヒップや日焼けした背中にうっとりと見とれた。彼は自分の魅力がわかっていて、わたしに見せつけているのだ。女性関係についての質問をはぐらかすために。メアリーはするりとブランケットからぬけだすと、あたりを見まわしてどんぐりをいくつか拾い、ねらいをつけた。

ちょうど一発目を投げたとき、リードが立ちどまった。どんぐりがほぼねらいどおり彼のヒップに命中する。

「痛っ！　なにをするんだ……」リードはくるりと

向き直ると、メアリーがまたしてもねらいを定めているのを見て叫んだ。「見てろよ！」

リードがさっと木の後ろに隠れたので、メアリーの二発目は木の幹を直撃しただけだった。彼はひょいと顔を出して、メアリーの頭のてっぺんから爪先までつぶさに観察し、口もとをほころばせた。

「これは楽しくなりそうだ」

「えっ？」メアリーは攻撃のチャンスをねらって、腕を振りあげた。

木の後ろからリードが叫んだ。「ほとんど裸同然の女性から攻撃されるとは」

なんてこと！　リードと一緒だととても心地よくて、それについ癪《しゃく》にさわって、身につけているのは薄いキャミソール一枚だけで、下半身があらわになっていることをすっかり忘れていた。メアリーはキルトをとろうと振り向いたが、そこにリードが突進してきた。

メアリーは悲鳴をあげ、キルトをあきらめて一目散に逃げだした。後ろからリードの笑い声が聞こえる。

「なんともいい眺めだよ、メアリー、ハニー！」

メアリー自身にもヒップがはずんでいるのがわかった。それほど必死に走っていた。しかし、逃げ場はどこにもない。リードは背が高くてたくましく、脚も長いので、ふたりの距離はぐんぐん縮まっていく。彼の手がメアリーのキャミソールをつかみ、あっというまに彼女は抱きあげられてしまった。

メアリーは興奮のあまり大声で叫んだ。そして気がつけばリードのがっしりした肩にかつがれ、つい先ほどまで見とれていた、彼の引きしまったヒップを見おろす格好になっていた。

「おろしてちょうだい！」

「オーケイ」

リードが池に向かって歩きだすと、メアリーは笑いがとまらなくなった。「やめてったら、リード・ダーリン！」

リードは大きな手でメアリーのヒップを撫《な》でると、そこにキスをした。「裸で泳ぎたいんだろう、メアリー、ハニー？　きみが言いだしたんだぞ。ぼくじゃない」

「でもわたし……」

そのとき、メアリーは体が宙に浮くのを感じた。次の瞬間には、冷たい水のなかに投げだされていた。驚いて悲鳴をあげた拍子に、ごくりと水を飲んでしまう。

メアリーがあわてて水面から顔を出すと、鴨たちが激しく鳴いて岸に逃げだし、大騒ぎになった。彼女は手足をばたつかせながら、顔にはりついた髪を振り払い、悪態をついたが、ふと気づくとすぐそばにリードがいた。彼がにっこり笑みを浮かべている。

池の底は苔《こけ》に覆われているため、つるつるして滑りやすいというのに、メアリーはリードに殴りかかった。だがリードがひょいとかがんだせいで、メアリーは勢いあまってくるりと一回転し、彼のたくましくてあたたかい胸に抱き寄せられてしまった。リードがむさぼるようにキスをしてくる。

「そうかっかしないで、メアリー、ハニー」リードが彼女の唇にささやく。「きみが泳ぎたくないなら、それでもかまわない。ぼくにはほかにやりたいことがたくさんあるからね」

リードの高まりがメアリーの腹部をそっとついたことで、彼の意図は彼女にも容易に想像がついた。正直に言えば、メアリーも同じ思いだった。「なにがしたいの？　教えて」

リードはメアリーのむきだしのヒップをつかんでぐいと引き寄せた。「家に戻ろう。あたたかいシャワーを浴びるんだ」

「シャワー？」メアリーの想像とはまったく異なる

答えだった。

「ああ。きみの体を隅々まできれいに洗ってあげよう」

シャワーにそんな楽しみ方があるなんて！　メアリーはがぜん楽しみになってきた。「それから？」

「きみの体をタオルでゆっくりとていねいにふいてあげる」

「〝ゆっくり〟というのはあまりうれしくないわ。わたしは早く次の段階に移りたいんだけれど」どうやら、リードのほうがわたしよりはるかに忍耐強いらしい。

「ぼくはとことんきみを楽しませたいんだよ。だから我慢してくれ。絶対にがっかりさせないから」

「どうやって楽しませてくれるの？」

「きみの体じゅうにキスをするんだ。頭のてっぺんから爪先までね。もちろん、そのあいだのとても敏感な場所にも」

メアリーはびっくりしてリードを見た。喉から心臓が飛びだしそうだ。膝ががくがくして、胸が高鳴り、水面に波紋が広がらないのが不思議なほどだった。彼女はリードの横をすりぬけた。

「どこへ行くんだい？」リードがきいた。

メアリーは歩き続けた。心臓が激しく打っている。

「もちろん、家に決まっているでしょう。とても楽しみな約束をしてくれたんですもの。ちゃんと守ってほしいわ」

7

期待のあまり体がぶるぶる震えているのを悟られないよう祈りながら、リードはメアリーの手を握りしめて家に入った。彼女がほしかった。ずっとほしくてたまらなかった。けれどもそれは単なる肉体的欲求ではない。これまでの戯れにすぎない行為とはわけが違う。

メアリーは黙ったままリードについてきた。バスルームに入り、彼がシャワーの蛇口をひねって湯の温度を調節しても、口を開こうとしなかった。

そのとき、メアリーがほほえんだ。その期待に満ちた笑みを見たとたん、リードはいてもたってもいられなくなった。メアリーをバスタブに引き入れ、両手で石鹸《せっけん》を泡だてながら彼女を見つめる。そして、これからしようとしていることを頭のなかでリハーサルした。

全身にあたたかいシャワーを浴び、リードの両手で胸を愛撫《あいぶ》されると、メアリーはようやく声をもらした。「リード！」

せつない声で名前を呼ばれたとたん、リードの鼓動は激しくなった。彼は興奮したときのメアリーの声が好きだった。せがむようなセクシーな声がたまらない。

「ぼくにもたれてリラックスするんだ、スウィートハート」

メアリーはリードに背中をあずけ、正面からシャワーを浴びた。石鹸がついたリードの両手が、彼女の腿から腹部、そして再び胸のふくらみへと滑っていく。

彼はメアリーの耳もとでささやいた。「ぼくたちはずいぶん時間を無駄にしてしまったね。もっと早くきみの服を脱がしておくべきだった」

　メアリーが腿を震わせ、肩をリードに押しつけた。

「あなたはほかの女性を追いかけまわすのに忙しかったんでしょう？」

「きみにたどりつくまで時間をつぶしていただけさ」

　その告白を聞いて、一瞬、メアリーは身をこわばらせたが、リードが両手をさらに下へと滑らせると、すすり泣くような声をあげた。シャワーを浴びながら、とうとうメアリーはあえぎだした。

「きれいだ」リードはつぶやいた。

　メアリーが後ろに手をのばし、彼のヒップをぐいと引き寄せようとする。リードはもうそろそろ限界に近づいていた。片腕で彼女の体を支えながらシャワーをとめる。するとメアリーは身を翻して彼を見つめた。

「次は……キスね？　体じゅうにキスをしてくれるんでしょう？」

　リードはゆっくりとうなずき、メアリーの全身に視線を注いだ。「ああ」

　シャワーカーテンを開けて、自分の体を手早くふく。そのあいだ、メアリーはじっと待っていた。濡《ぬ》れた髪が肩にかかり、肌は興奮でピンクに染まっている。リードは彼女の体をタオルで包むと、もう一枚タオルをとって、髪をふいてやった。いくらでも世話をやいて甘やかしてやりたい。メアリーは大切に扱ってしかるべき女性なのだから。彼女がじっとしたまますべてを任せてくれるのが、リードにはうれしくてたまらなかった。

　髪のもつれは直せなかったが、メアリーはあまり気にしていないらしい。リードは彼女の両手を背中にまわして片手で押さえると、柔らかいタオルで体をふいていった。

「脚を開いてごらん、メアリー」

　メアリーから視線を離さず、リードは彼女の腿のあいだにタオルをあてた。そして、そっと前後に動かす。

「気持ちいいだろう？」

　彼女はうなずき、深く息を吸いこんだ。「あなたが指で触れてくれたらもっとうれしいわ」

　リードはタオルを離した。「こんなふうに？」メアリーの秘められた場所を指先でじらすように撫《な》でる。奥へと指を滑らせると、彼女はたまらず目を閉じた。「ぼくを見るんだ、メアリー」

　メアリーにもふたりの絆《きずな》をはっきりと感じてほしかった。一時の快楽の相手ではなく、生涯のパートナーとして認めてほしかった。リードは身をかがめて、彼女のかたくなった胸の先端に唇を押しあてた。鋭い快感にメアリーがとっさに身を引くと、彼はさらにきつく彼女を抱きしめて頂をそっと噛《か》み、口に含んだ。

　メアリーの全身が緊張し、クライマックスに近づいているのがわかった。リードは体を起こしてじっとしていた。メアリーから手は離さなかったが、それ以上彼女を駆りたてはしなかった。

「まだだよ、ベイビー。我慢してくれ」

「どうして？」

　メアリーから手を離すと、リードは彼女をさっと抱きあげた。「きみはせっかちだね」

「わたしを楽しませてくれるんでしょう？」

「もちろん」メアリーがまるで挑発するかのように眉をつりあげると、リードは答えた。「次はキスだろう？」ドアをぬけてベッドへと向かいながら、メアリーの唇にかすめるように軽いキスをする。「きみを味わうのが待ちきれないよ」

　メアリーがリードにしがみつき、せつないうめき声をもらす。リードは彼女をそっとベッドにおろした。

「そんなにあせらないで」

　メアリーが急いでいるのはよくわかった。しかし、夢にまで見た最愛の女性が今ようやくこのベッドにいるのだから、リードは性急に行為に及ぶつもりはなかった。

「すべてぼくに任せてくれ」

　とたんにメアリーが眉をひそめた。「あなたがどうやっていろいろと学んだのかは考えたくないわ」

「考える必要はないさ」かたわらに横になると、リードはメアリーの手をとって自分の唇に持っていき、てのひらにキスをした。「ぼくがどんなにきみを求めていたと思う？　ぼくにとってきみほど心を引かれる女性はいないんだ。きみはそれだけを考えていればいい」彼女の指をそっと噛み、かすれた声で言い添える。「ああ、きみのことを考えてどれだけ狂おしい思いをしてきたことか、メアリー、ハニー」

　つい心情を吐露したものの、リードはメアリーの反応を恐れて、キスで彼女の唇をふさいだ。舌を滑りこませ、じらすようにそっとなかを探りながら、彼女の胸のふくらみにまた手をのばす。このまま何時間、いや何日でもメアリーの胸を愛撫していたかった。

「ぼくを信じてくれ。いいかい？　深呼吸してリラックスするんだ」

「わかったわ」メアリーはリードの肩をそっと押し、彼に続けるよう促した。

　激しい欲望に駆られながらも、リードは思わず口もとをほころばせた。メアリーはもう待ちきれないらしい。彼女の大胆さに、よりいっそういとしさが募った。むやみに恥じらってみせたりしないのがいい。メアリーは好奇心に満ちあふれ、熱く燃えて、ぼくに先を促しているのだ。

　メアリーは明らかにいらだった様子だったが、リードはたっぷりと時間をかけて彼女の両方の胸のふくらみにキスを繰り返した。平らな腹部やかわいいへそにもじっくりとキスをする。そしてようやく秘められた場所を探りあてると、そっと愛撫した。

メアリーが低くうめいて身をかたくする。「ああ、すごく感じるわ」

「ぼくにもわかるよ」

メアリーの反応に注意しながら、リードはさらになかを探った。彼女が腰をぐっとつきあげる。彼はまず熱い息を吹きかけてから鼻をすり寄せると、大胆にも舌を這《は》わせた。

「ああ、ああ……」メアリーが何度も叫び声をあげる。

欲望が高まるあまりなかばもうろうとしていなければ、メアリーの歓《よろこ》びの声を耳にしてリードは笑みをもらしたことだろう。徐々に彼女をエクスタシーへと導こうと、彼はやさしい愛撫を繰り返した。

メアリーがうめき声をもらし、腰をくねらせる。彼女のヒップを抱きかかえるようにして固定すると、リードはこれまでメアリーを相手に思い描いていた夢をすべてかなえようと、思う存分舌を使った。

リードの下腹部は痛いほどはりつめ、そろそろ限界に達していた。それでも彼は愛撫をやめようとはしなかった。なにがあろうとメアリーとの約束を破りたくない。彼女にめくるめく歓びを与え、この日のことを、この体験を一生忘れられないよう心に刻んでもらいたかった。自分のすべてを受け入れてほしかった。

メアリーが腰を浮かせ、哀願するような悩ましい声をあげると、リードはついにこらえきれなくなった。もっとも敏感な場所を探りあて、激しい快感へとメアリーをやさしく導く。やがて彼女はクライマックスに達した。

メアリーが全身を震わせているのがわかった。リードは、この日のことは永遠に忘れないだろうと思った。彼女は想像していたよりはるかにすばらしかった。

彼女はぼくのものだ。リードは心のなかでつぶやいた。

ようやくエクスタシーの波が去ると、リードはメアリーのもっともひそやかな場所に名残惜しそうにそっと唇を寄せてから、彼女の隣に体を戻した。メアリーの唇がかすかに開いている。その誘うような唇に、リードは身をかがめてキスをした。そのとき、彼女のダークブラウンの目がうっすらと開いた。

リードはメアリーの顎を押さえ、今度はもっと激しくキスをした。彼女は短く驚きの声をもらすと、両手をリードの肩にまわしてきた。

「きみはぼくのものだ」彼の声は思いのほか荒々しく響いた。

メアリーの目がさらに大きく開かれ、リードをまじまじと見つめる。

リードは自分の気持ちを抑えた。さもないと、メアリーの反発を招く恐れがある。彼女は他人から指図されるのが嫌いで、誰かの命令に素直にしたがったためしがない。プロポーズをするなら――もちろんそのつもりだが――メアリーにふさわしい、しかるべき態度でのぞまなくてはならないだろう。

だが、まずは自分自身の欲望を満たさないと、まともに頭が働きそうになかった。

リードは体を起こしてベッドの端に腰かけ、ナイトテーブルの引きだしを開けた。

ためらいがちにメアリーが尋ねた。「なにをしているの？」

「避妊具をとりだしているのさ」リードは避妊具を手にしてメアリーを振り返った。「これからきみのすべてをぼくのものにするんだ」

メアリーが視線をリードから小さな銀色の包みに

移す。彼女の顔に小悪魔のような笑みが浮かんだ。

「まあ、やっとなのね、リード・ダーリン！」

そしてメアリーはリードの腕をつかんで彼をベッドに引き戻した。いよいよ彼女の望みをかなえるときがきたのだ。

8

「このときをずっと待っていたわ」リードが近づいてくるのを見つめながら、メアリーはつぶやいた。

彼に教わった愛の営みは、噂《うわさ》に聞いていたよりもずっとすばらしかった。女性たちは花火やら爆発やらにたとえていたが、リードとの体験はそれをはるかに超えていた。そこには精神的な充足感があった。

メアリーは、リードによって身も心もすっかり満たされていくのがわかった。

リードはわたしを大切に扱ってくれた。それはなにも今に始まったことではないが、彼の真剣な思いがよりいっそう強く感じられた。リードを愛することと、実際に愛しあうこととは、まったく別の体験だった。

「きみを傷つけたくない」メアリーの腿のあいだに割って入りながら、リードがそっとささやいた。「痛かったら、いつでも言ってくれ。急がないつもりだが――」

「しゃべりすぎよ」メアリーは両脚をリードの腰に巻きつけ、ヒップを持ちあげた。「まだじらすなんてひどいわ。わたしにお願いと言わせたいの？」

「いや」リードはうめくように答えた。「その必要はないさ」彼はごくゆっくりとメアリーのなかに入ってきた。リードの広い肩が汗で光っている。

メアリーはうめき声をもらした。痛みのせいではない。強烈な快感のせいだった。

「ああ、もっと」

リードはうなるような笑い声をあげたかと思うと、次の瞬間にはメアリーの要望にこたえていた。リードが深く押し入ってくるにつれて圧迫感が強まったが、メアリーは彼のかたく引きしまった体の重みをしっかりと感じとっていた。リード……かつては親友であり、今は恋人となった男性。彼のにおいにメアリーは本能を刺激され、リードのすべてを受け入れたくなった。

「愛しているわ」メアリーは思わずそうささやいたが、はっとわれに返って唇を噛《か》んだ。こんなことを口走るつもりはなかった。ロマンティックな雰囲気に流されてこんな告白をし、リードにプレッシャーをかけたり不快な思いをさせたりする気はなかったのに。「わたしは……」

リードの目が熱を帯びてきらめき、体がこわばった。「もうとり消せないぞ」彼はかすれた声で言うと、荒々しくうめいてメアリーを奥まで貫いた。

リードがゆっくりとリズムを刻みだすと、メアリーは彼にしがみついた。リードの動きが速くなるにつれて息もつけなくなり、無我夢中で彼の肩に爪をたてた。リードがメアリーをきつく抱きしめながら絶叫した瞬間、彼女はまるで自分が彼の一部になってとけてしまったような気がした。花火は見えなかったが、手足や指先で、そして胸のなかでなにかが爆発したような感覚に襲われた。

「もう動けないよ」数分後、リードがうめいた。

メアリーはリードの背中にまわした腕に力をこめて、ぎゅっと抱きしめた。「このままでいいわ」

彼女は涙をこらえるだけでせいいっぱいだった。なぜ泣きたいのか自分でもわからない。しかし、メアリーの声がおかしいことにリードは気づいたらしい。顔をあげたかと思うと、メアリーと無理やり視線を合わせた。

「メアリー?」

メアリーは懸命にこらえていたが、とうとうひと粒の涙が頬を伝った。そんな自分が情けなかった。わたしはめそめそ泣くような人間ではなかったはずだ。どんなに両親にないがしろにされても、一度も泣かなかった。町の人たちに白い目で見られても、心の痛みは胸の奥深くにしまっておいた。ところが、こうして信じがたいほど甘美な歓《よろこ》びを味わったとたん、抑えていた感情があふれだしてきたのだ。愚かで女々しい行為だということはわかっているのに。

そのとき、もうひと筋涙が頬を伝った。

リードが身をのりだして、彼女の涙を唇でそっとぬぐった。「大丈夫かい?」

メアリーはうなずいた。「ええ。とてもすてきな気分なの。あなたはすばらしかったわ」そう言うと、弱々しい笑みを浮かべた。「ありがとう」

リードはなにも言わなかった。ただじっとメアリーを見つめている。そのまなざしはまるで彼女の心の奥底までのぞきこみ、胸の痛みさえ見通しているかのようだった。

彼は頬をメアリーの腹部にのせて言った。「いつも夢見ていたんだ」

メアリーはリードの黒髪を撫《な》でながら尋ねた。

「なにを?」

「きみとこうするのを」リードは起きあがり、メアリーに笑いかけた。「きみに贈りたいものがある。ひとつずつ渡そうと思っていたのに、つい夢中になって……忘れていたよ」

リードの目の輝きに戸惑いながら、メアリーは横向きになって彼を見た。「なにかしら?」

リードはクローゼットに行って、いくつか包みを抱えて戻ってくると、まずいちばん大きな箱からメアリーにさしだした。「開けてごらん」

メアリーは笑いながら起きあがり、プレゼントを受けとった。実の母親でさえ、わたしの誕生日を覚えていなかった。母は再婚話に浮かれ、娘の存在すら忘れかけているらしい。

メアリーはゆっくりと箱を開け、デイジーが描かれた、明るい黄色のヘルメットをとりだした。笑いを噛み殺してそれをかぶってみせると、彼女は尋ねた。「どう? 似合うかしら?」

「とてもかわいいよ」メアリーの膝に置かれたリードの手に力がこもった。「ヘルメット姿のきみを見ると、ぼくはなぜか体が熱くなってしまうんだ」

メアリーの顔から笑みが消えた。「本当に?」

ゆっくりとうなずいてから、リードは次の包みを渡した。「ついこのあいだ、これを贈ろうと決めたんだ」

今度の贈り物は縦十三センチ、横十八センチほどの大きさで、平たい形をしている。銀色の包装紙を破って、リードと愛馬ビスケットの写真を目にしたとたん、メアリーは心があたたかくなるのを感じた。上半身裸で馬櫛《まぐし》を手にしている彼は、とてもハンサムに写っている。

「ずいぶん前に父が撮ったんだよ。きみがベッドのそばに置いて、ぼくのことを思いだしてくれたらと思ったけれど、どうやらこの写真は新たな思い出の品になりそうだ」

メアリーは写真を胸に抱きしめた。「そうね」はにかみながら笑った彼女の頬を、また涙が伝った。「それをわたしの枕《まくら》もとに飾ったら、とても眠れそうにないわ」

リードが大きく息を吸いこんだ。手にはもうひとつ、いちばん小さくて、もっとも凝った包装をされた箱が残っている。

「いや」彼が言った。「きみのベッドのかたわらに置いてもらっては困る」

「えっ？」

「ぼくのベッドのそばに置いてほしいんだ」メアリーは口を開きかけたが、リードが彼女の唇に人さし指を押しあてた。「きみにはぼくのベッドで眠ってもらいたいから」

メアリーはあっけにとられて、ただじっとリードを見つめた。

リードがメアリーの肩をつかんでベッドに押し倒す。その拍子に最後に残ったプレゼントが床に落ちたが、彼はかまわず覆いかぶさるようにしてメアリーを押さえつけた。「結婚してくれ」

驚きのあまり、メアリーは目を大きく見開いた。

「結婚？」

「いいだろう？」そう言ってから、リードは頭を振って髪をかきむしった。「まったく。もっと上手にプロポーズするつもりだったのに。花束を手に、片膝をついて」メアリーの困惑したようなまなざしを見つめ返す。「でも今さら後悔しても始まらない。きみはぼくを求めている。きみははっきりと言っただろう……ぼくを愛しているとね」

そういうわけなのね、とメアリーは心のなかでつぶやいた。悲しみで胸がつまりそうになったが、必死に自分を抑えた。リードを心から愛しているからこそ、彼の同情心につけ入るようなまねはできない。

「リード、あなたは本気でわたしと結婚したいわけじゃないでしょう。それに、町の人たちがなんて言うか……」

「町の人たちのことはどうでもいい！　それに頭のいい人間なら、きみを射とめたぼくがどんなにラッキーかわかるはずさ」

メアリーは首を振った。「わたしが女としての歓びを知りたいなんてばかげた話を持ちださなければ、あなたは絶対に――」

リードにやさしく揺さぶられ、メアリーははっと息をのんだ。

「あれはばかげた話なんかじゃない！　どのみちぼくはきみにプロポーズするつもりだったんだ。きみがあの話を持ちかけるずいぶん前から心に決めていた」

なにを信じたらいいのかわからず、メアリーは疑うような目でリードを見つめた。わたしはリードを愛している。今になってようやくはっきりと自覚したとはいえ、おそらくこれまでずっと彼を愛してきたのだろう。わたしが心から愛情を抱ける相手は、この世でリードただひとりだ。ところが、彼のほうは違う。しかも彼は、やさしい両親からたっぷりと愛情を注がれ、町の住民たちからは尊敬を集め、独身女性の半数からは慕われている。そんなリードがどうしてわたしと結婚したがるの？

リードはメアリーをちらりと見てため息をついた。もどかしい思いをこらえ、指を折りながらプロポーズの理由をあげ始めた。「きみはきれいでセクシーだ。それに頭がいいし、自立している。ユーモアのセンスもある」彼はそこでいったん言葉を切った。「きみはぼくを笑わせてくれる。きみとふざけるのが楽しいんだ。今日、きみがどんぐりをぶつけてきたときみたいに」再び指を折って理由をあげていく。「きみは芯《しん》の強い人だ。それに個性的だし、意志が強い。聡明《そうめい》だということはもう言ったかな？」

メアリーは無意識のうちに笑っていた。「あなたったら、どうかしているわ！　ええ、さっき言ったわよ。頭がいいって。聡明と同じ意味だわ」

「きみを愛している」

メアリーは両手をおろした。そして、じっとリードを見つめた。

「メアリー、きみでないとだめなんだ」リードは熱いまなざしをメアリーに向けた。「ほかの女性とではぼくは幸せになれない」

メアリーは深く息を吸いこんだ。「ああ、リード……」

「この数日間一緒に過ごして、ぼくたちの相性は最高だってことがわかったはずだ。そして、ぼくたちが特別な絆《きずな》で結ばれていることも」

メアリーはごくりとつばをのみこむと、不安げにうなずいた。これは夢ではないかしら？

「もうひとつ贈り物があるんだ」リードは床に落ちた小さな箱をとりあげ、メアリーに手渡した。「気に入らなければ、一緒に選び直そう」

メアリーの胸は高鳴り、てのひらに汗がにじんだ。包装紙をはがして、ベルベット張りの小箱を開く。なかには、周囲に小粒のルビーをちりばめたダイヤモンドの指輪があった。涙があふれだしてとまらなくなる。こらえようとしても無理だった。

「まあ」メアリーは何度も目をしばたたき、嗚咽《おえつ》をもらした。「わたし……こんなに美しいものを見たのは初めてよ！」

リードは満面に笑みをたたえ、親指でメアリーの涙をぬぐった。「ぼくにとってもっとも美しいのはきみだよ。さあ、ハニー、イエスと言ってくれ」

メアリーはすぐにもイエスと答えたかった。だけど、その前に……。「わたしはあなたを愛していると告白したわ」

リードがうなずいた。「ぼくの人生で最高に幸せな瞬間だったよ」

「あなたもわたしを愛してくれているのよね？」

リードはたまらずメアリーにキスをした。「愛しているよ、メアリー、ハニー。ずっと前からきみのことを愛していた。ぼくの妻になって、この家をあたたかい家庭にしてくれ。ぼくの家族になって、ずっと一緒に暮らしてほしい。きみと乗馬を楽しみ、裸になって池で泳ぎたい。これから死ぬまで毎晩きみを抱きたい。ときには星空を眺めながら、ときにはこのベッドで。そしてときにはキッチンのテーブルでも」震える手で彼女の頬をやさしく包みこむ。「さあ、イエスと言ってくれ」

メアリーは泣きながらも笑顔を見せると、リードに抱きついて叫んだ。「答えはイエスよ！」

「やった！」

リードの首に頬ずりしながら、メアリーはささやいた。「こんなに幸せな誕生日は初めてだわ」

「約束するよ。これからは毎日きみを幸せにすると」

メアリーはリードの約束を心から信じた。

Baby And The Boss

秘書に魅せられて

キム・ローレンス／大森みち花 訳

キム・ローレンス

イギリスの作家。ウェールズ北西部のアングルジー島の農場に住む。毎日3キロほどのジョギングでリフレッシュし、執筆のインスピレーションを得ている。夫と元気な男の子が2人。それに、いつのまにか居ついたさまざまな動物たちもいる。もともと小説を読むのは好きだが、今は書くことに熱中している。

主要登場人物

ナタリー・ジョーンズ……………………秘書。愛称ナイア。
ジェイク・プレンティス…………………建築家。
ジョッシュ・プレンティス………………ジェイクの弟。
リーアム……………………………………ジョッシュの息子。
ブライディー………………………………ジョッシュの亡妻。ジェイクの元恋人。
デューナル・フィッツジェラルド………ブライディーの父。
メーブ・フィッツジェラルド……………ブライディーの母。

1

ナイアは息を切らしながらデスクにかけもどった。仕切りドアがあいている。そのむこうにボスの姿はなかった。めずらしく、今日はまだ昼食からもどってきていないようだ。ほっと胸をなでおろす。腕の時計を見る。二分遅刻だ。いそいで荷物をデスクの下にほうりこみ、なにごともなかったような顔で椅子に腰をかけて気持ちを落ち着かせた。

実際のところ、ナイアは冷静で仕事もよくできた。だが、今度のボスはそれを見せかけだと思っているようだ。

派遣社員として働いていると、自分を相手に合わせるすべが身についてくるものだ。だが、合わせやすい雇い主なんてあまりいない。今までの経験から見ると、ジェイク・プレンティスはそれほどやりにくい相手ではなかった。だけど……。バレッタをはずして燃えるように赤い髪を束ねなおそうかどうしようか迷いながら、ナイアは思った。感じの悪さならトップクラスだ。

ろくな説明もなしに仕事をぽんとよこし、そのおかげでこちらがきりきり舞いしていることを気にもとめないような相手と、良好な人間関係など築けるわけがない。

私にだけ特別無愛想なのではないだろうけれど、初めて会ったときのあの態度ときたら……。いや、今思えば、あれもたいして意味はなかったのかもしれない。たぶん、私のことを、オフィスの備品の一つかなにかぐらいにしか思っていないのだ。有能な派遣社員はカメレオンのようであるべきなのはわかっている。だけど、それにも限度というものがある。

円滑な労使関係のために、かつらまでかぶるつもりなんてないわ!

「きみは赤毛じゃないか」

唖然《あぜん》としたような、非難めいた言葉のあとには、三十秒ほどの気まずい沈黙が続いた。ジェイク・プレンティスが当惑したような様子を見せたのは、唯一、そのときだけだ。ナイアが、なんということを言う人だと、露骨に顔をしかめたせいかもしれない。

それからずっと彼女は、厄介なものでも扱うような接し方をされている。それにしても、ジェイクはあのとき私にどうしてほしかったのかしら? 彼の言葉は想像力に欠けていた。あれが、建築業界でもっとも才能があり、もっとも革新的な一人と言われている人間が言うことだとは。だが三十歳そこそこという若さで、あれだけの国際的な名声があるのだから、彼は有能なのだろう。

ジェイクが感性豊かで独創的なタイプだとは思えないが、キャビネットにメダルやトロフィーがずらりと並んでいるところからすると、私はなにか見落としているに違いない。それでも、彼が第一級の仕事人間であり、細かいことにまでいちいち注文をつけることは見落としていない。

なにか間違いを犯せば、必ずそれに気づかされるのだ。彼は言葉を発することはせず、片方の眉をあげ、不機嫌な表情を浮かべる。家族の写真や控えめな鉢植えをオフィスに持ちこんでほしくないと考えていることなどはとてもよくわかった。

その件に関してナイアは、むきになって反論しようとは思わなかった。相手は、むだなことはいっさい排除するタイプだし、こちらは給料をもらう身なのだ。かっかしてもしかたがない。それ以来、彼女はデスクのまわりを自分のスペースとして飾るのはやめにした。

「ミス・ジョーンズ、弟にコーヒーを頼む」

ナイアはびくっとし、その拍子にファイル・フォルダを床に落としてしまった。

「弟?」なんのことだろう。

幸運にも、ジェイクに読心術の心得はないはずだが、あんな目の持ち主なら、もしかしてということもある。彼の目にはどこか不思議なものがあった。虹彩《こうさい》に黒いふちどりのある淡いグレーの瞳と、長くてカールした豊かなまつげ。いかめしい顔なのに、そこだけがうわついた感じで、やけに印象に残る。

足音もたてずに、いつの間にもどっていたのだろう。これまでにも同じことは何度もあった。このビルの床は全面楡材《にれざい》のフローリングだから、自分など、歩くとヒールの音が、まるで軍隊のようにかっかっと響きわたるのに。彼の前世は案外殺し屋だったりして。きっとそうよ。ナイアは勝手に納得した。彫刻のように整った顔にはどことなく冷酷な感じがあるもの。がんこそうな、四角ばったあごのラインだって……。そのとき、彼女ははっとした。階段で会ったさっきの人!

「弟さんならもう帰られましたよ」ナイアは確信をもって言った。ボスの黒い眉がいぶかしげにゆがむのを見て、あわてて補足する。「階段でばったり会ったんです。そのときは弟さんだとは思わなかったんですが、そういえば……」

たしかに顔が似ていた。けれど、そのできごとをはっきり覚えているのは、相手がとても悲しそうな目をしていたからだ。まあ、それと、罪深いほど魅力的な男性だったからでもある。ということは、罪深いほど魅力的な男性がここにも一人いるということ……? ほんとうに瓜《うり》二つだ。しゃくにはさわるが、自分の雇い主が絶世の美男子だということは認めざるをえない。

たぶん、あの表情のせいなのだ、とナイアは思った。ジェイク・プレンティスみたいな人が相手だと、いつもそばにいて、こちらからなんでもしてあげたいとは、ぜったい思わない。だけど、あの弟だったら、そういう気持ちになるかも。

ただ、ナイアもそれなりに都会での生活に慣れ、やたらと見ず知らずの他人を追いかけ、助けを申し出るような真似《まね》をするべきでないことぐらいはわかっていた。あの男性と雇い主の間に、家族的なつながりがあることに気づかなかったのも当然だ。ジェイク・プレンティスほど、他人の助けを必要としない人もいないに違いない。

ジェイクは唇をかたく結んだまま、ぶっきらぼうにうなずいた。「双子の弟だ。ストックホルムから電話があったら、すぐにつないでくれ」

双子！　どうりで。頭の中で二人の顔がぴったり重なりあう。なるほど似ているわけだ。だけど、どこか違う。ジェイクが自分の部屋に入るのを確認してから、ナイアはふうっと息をついた。気づまりな相手がそばにいると息をとめるという、変なくせがついてしまっている。階段で会った、無精ひげをはやして、肩まである髪をきれいになでつけたあの男性と、ジェイク・プレンティスはほんとうに似ているだろうか？

頭の中で、つやのある短い髪を、長くしなやかな髪に変えてみる。長い髪のボスなんて、まったく想像できない。階段で最初に目に入ったのは、近づいてくる、長くてがっしりした脚だった。堂々とした上半身も思い出す。

ということは、双子なのだから、彼の兄も同じように恵まれているということになる。外見にかぎって言えばだが。しかし、それほど意外ではない。地味ではあっても仕立てのいいスーツの下に、鍛えあげられた肉体がかくされているのは、以前からわかっていたことだ。あちこちから活力がにじみ出ているのだから。

ジェイクの体つきを思い浮かべていたナイアは、インターホンの音ではっとわれに返った。頬をほんのり赤く染めたまま、落ち着いた口調で冷静にインターホンに答える。

「ミス・ジョーンズ、僕の部屋に動物がいる」

「ほんとうですか？」ナイアはうさんくさそうにききかえした。

「嘘《うそ》をついてどうする！　声が聞こえたんだ。猫だ。きみのか？」

両親や友人の写真を持ちこむ人間は、オフィスで動物園でもやりかねないということ？　とくに赤毛の人間は！「私、猫アレルギーなんです。犬だったらよかったんですけど……。警備員を呼びましょうか？」ナイアはていねいに言葉を返した。

「いや、自分でなんとかする」そのとき、彼が息をのむ音がしたかと思うと、続いて動揺した叫び声が聞こえてきた。「嘘だろ？　まったくなんてことだ！　ジョッシュめ、あいつ！」

あのジェイク・プレンティスがこんなにとりみだした声をあげるなんて、なにかとんでもないことが起こったに違いない。ナイアは椅子から飛び出した。とはいえ、助けなければという気持ちよりも、好奇心のほうが強かった。

ナイアは靴好きだった。銀行口座の残高などそっちのけで、靴と見れば買ってしまう。今日はいているおしゃれな靴も、バーゲンでひと目ぼれし、すこしきつめだったのにもかかわらず購入したものだった。靴音をうるさいくらいに響かせながら、ナイアは奥の部屋にかけこんだ。

奥は一面ガラス張りになっていて、町の不動産屋が見たら口笛の一つでも出てきそうな部屋だった。もう百年もたてばアンティークとして価値が出そうな家具が並んでいる。

ナイアはインテリアにはあまり興味がなかった。

それよりも、ジェイクの信じられないような格好に目が釘《くぎ》づけになる。百八十センチの長身が、曲線を描く淡い色調の大きな木製デスクの前で、四つんばいになっていた。

「どうしたんですか?」

ジェイクは片手をそっとあげ、一瞬ナイアを見てから、すこしだけ体の位置をずらした。そのとき、ナイアにもそこにあるものが見えた。

「まあ、なんてこと!　赤ちゃんだわ」ベビーキャリアーにすっぽりおさまった赤ん坊の姿に、ナイアは目を疑った。ジェイクが見ひらいた目を自分にむけたので、あわてて首を振る。「私の子ではありません」

彼は、ばかばかしいにもほどがあるという顔をした。「そんなことは、わかっている」

「じゃあ、あなたの子なのね」ナイアは大きく息を吸い、すっかり思いこんで言った。よく見ると、豊かなまつげにふちどられたグレーの目には、見慣れたものがある。

「まさか。僕の子じゃない!」

「ほんとうに、ほんとうですか?」ナイアは赤ん坊のぽっちゃりした顔から、よく似た大人のけわしい表情に視線をうつしながら、疑わしげにきいた。

ジェイクは、ベビーキャリアーの持ち手をつかみ、病原菌かなにかのように、できるだけ体から離して立ちあがった。

「ミス・ジョーンズ、この赤ん坊は僕の子じゃない。百パーセント断言できる」ジェイクはつとめて感情をおさえながら言った。だが僕にも我慢の限界はある。彼女はそれをためす気か?

ナイアは、はたと気づいて眉間《みけん》にしわを寄せ、同情したような顔で言った。「そうだったんですか。知りませんでした」

「なにを知らないだって?」ジェイクは、悪い夢でも見ているような気分で、必死に冷静さをとりもどそうとした。

「あなたが男性不妊だなんて。でもあきらめてはだめです。現代の医学では、そういった分野の研究はものすごく進んでいるんですから。先週も、テレビを見ていたらドキュメンタリーで――」

「ミス・ジョーンズ！」ジェイクはどなり声をあげ、得意げに語るナイアの言葉をさえぎった。

彼女はむっとし、ふっくらした唇を真一文字に結んで、緑色の瞳に反抗的な色を浮かべた。

彼女はプロの秘書らしく分をわきまえるということを知らないのだろうか？　どうして天気のこととか、あたりさわりのない話だけしていられないんだ？　ちょっと前から、オフィスは失恋した人間がかけこむたまり場みたいになっている。泣きごとも同情もよそでやってほしかった。

ジェイクはふっと目を閉じ、前の秘書が家族を増やしたいと言いだしたときのことを、腹だたしく思いかえした。あのままフィオーナがいてくれたら、デスクの下には赤ん坊だろうが子どもだろうが、いなかったはずだ。

「すこし、だまってくれ」ジェイクはぐっとこらえ、笑顔で対応しようとした。フィオーナはこんなふうにじゃらじゃらしたイヤリングをつけたりもしなかった。もどってきてくれたら、うんと給料をあげてやるのに。そのかわり、もう退職はさせないぞ。

ジェイクの注意は、まだ体から離すようにして持っているベビーキャリアーの中の赤ん坊にむけられた。先ほどまでの喉をごろごろ鳴らすような音は、不機嫌そうな、なにかを訴えるような声に変わっており、小さな顔はひどく赤くなっている。

「赤ちゃんは大きな声がきらいなんです」ナイアがほらみたことかというように注意した。「私も」あてつけがましくつけたす。「きらいです」

「僕は男性不妊じゃない」

「そうですよね」ナイアはやさしく答えた。

僕の言葉をまったく信じていない！「いいか、よく聞いてくれ」ジェイクはくいしばった歯のあいだからしぼり出すように言った。「僕はこの子が自分の子じゃないのをはっきりと知っている。なぜなら、弟の子だからだ」

「あらまあ！」ナイアは鼻にしわを寄せた。「でも、よくわかりません。弟さんはなぜ置いていったんですか？　この……ええと、男の子かしら、女の子かしら？」

「男だ」

「自分の息子をなぜあなたのデスクの下に？」いくらなんでも、うっかり忘れていくなんてありえない。

「あいつに会ってきいてくれ」ジェイクはつっけんどんに返した。

「会う？」ナイアはけげんな顔をした。「今日の午後、僕の予定はどうなっている？」

「あいているのは十五秒ほどですね」

ジェイクはナイアのいやみを無視した。かちんときたが、今は女性の助けがないと困る。そのとき、赤ん坊がそうだそうだと言わんばかりに、耳をつんざくような声で泣きだした。

「スケジュールを調整してくれ」彼は早口で言った。「ジョッシュをさがす。きみは赤ん坊を頼む」

私が手伝うのが当然だという態度ね。ナイアはむっとした。まったくこの人らしい。「私？　どうして私が？」ビクトリアとかジャスミンとか、ほかの人に頼めばいいいじゃない……。ベビーシッターを頼まれたときの彼女たちの顔を想像すると吹き出しそうになった。

「きみは女性だろ？」ジェイクは赤ん坊の泣き声にかき消されないよう声をはりあげた。

彼が自分を女性だと気づいていたとはおどろきだ

った。「女性だったら、赤ん坊の面倒をみて当然なんですか？」目を見ひらき、くってかかる。

「ほんのすこし協力しあおうと言っているだけだよ、ミス・ジョーンズ。緊急事態だからね」

よほど困っているみたいだ。ジェイクは、ジャスミンやビクトリア、あとは、そう、セリーナにしか見せないようなとびきりの笑顔まで見せている。折れそうに細くて、すらりと背の高い美女たちも、この笑顔を見せられれば、何時間待たされようと、ころりと許してしまうのだ。

だけど、私がしっぽを振ってご機嫌をとると思ったら大間違いよ。男性優位の家庭で育ったナイアは、経験からして、男のほうが協力などという言葉を口にするときは、たいてい女が割をくうことになると知っていた。

「今週はもう三日、二時間早く出社しているんですから、私のほうがお返しをしていただく番です。たしか、今日の午後は三時に帰っていいという約束でしたよね。さがしてほしいとは思っていないかもしれない弟さんを、あなたがさがしに行ってしまうとなると、私はほんとうにそんな時間に帰れるんでしょうか？」

「それはとても自分勝手な見方だ」高まる不快感をあらわにしてジェイクは言った。

「慰めになるかはわかりませんが、兄たちにもそう言われるんです。自分勝手だって。五人全員からです。あごで使える都合のいい人間をお望みならご愁傷さまです、ミスター・プレンティス」ナイアは率直に言った。「私はあなたの都合に合わせるために、プライベートを犠牲にしようとは思いませんから。でも一つ、当たり前とも言えるいい提案があります。弟さんの奥さんに電話をしてみてはいかが？」

「それができるならね。弟の妻は死んだんだ」ジェイクは表情を変えずに言った。

淡々と告げられた事実に、ナイアの顔から勝ち誇ったような笑みが消えた。けわしい表情のジェイクから、小さな赤ん坊に視線をうつす。鼻の奥がつんとなった。

「まあ……なんて……」ナイアは言葉につまった。〝気の毒〟という言葉だけではたりない気がする。階段で会った若者がなぜあんなに悲しそうだったのか、これでわかった。あのとき、自分の心に従って声をかけてさえいれば。ナイアの感じやすい胸は痛んだ。彼がどこかに消えてしまいたくなったのも無理はない。

「ああ」ジェイクはうなずいた。

うるんだ目から涙がひと粒こぼれ、なめらかな頬を伝い落ちるのをジェイクは見た。ナイアはその涙をさっと指でぬぐった。

「これで譲歩してもらえるかな？」

譲歩！　ジェイク・プレンティスが？　ナイアは目をしばたたき、この人の辞書にもそんな言葉があったのかとおどろいた。

「三人で」ジェイクは赤ん坊を見た。「ジョッシュをさがしに行く。三時になったらきみは帰っていい。ひどく大事な用があるようだからね」

「そういうことなら」ナイアはしぶしぶ承知した。

そう言うジェイクも、彼女以上に気は重いようだった。「きみがおむつをとりかえたり、ミルクを飲ませたり、いろいろやってくれるかな？」

「お互いに協力するのだと思っていましたけど。うちは大家族でしたが、私、子守りの経験はゼロです。末っ子だったので」

つまり、生まれたその日からわがまま放題だったというわけか。ジェイクは皮肉まじりに思いながら、ナイアの右頬のえくぼに目をやった。彼女は、相手が若いサンドイッチ配達人だろうが、訪れた政府の高官だろうが、誰にでも笑いかける。そして笑うとそのえくぼがとても魅力的な感じになることに、ジェイクは気づいていた。彼女は僕には笑いかけたりしないが、そのほうがありがたい。

「じゃあ、もし僕がこの装置をはずすとして……」

「それほどたいへんではないはずですよね」

装置だなんて、機械かなにかみたい。ナイアが見ていると、ジェイクは難しい顔をした赤ん坊を、ベビーキャリアーごと、どっしりした革のソファに置いた。

ナイアは笑いをかみ殺した。彼にはああ言ったけれど、ほんとうは赤ん坊を世話した経験は結構ある。

「自信に満ちた態度って大切ですよね」ナイアはかがみ、ふわふわした黄色のうさぎの飾りがついた、大きなバッグを持ちあげた。「ここにいろいろ入っていそう」バッグをジェイクにむかってほうる。

彼はそれを片手で軽々と受けとった。たしかに運動神経はばつぐんにいい。オフィスで彼の姿に見とれてしまうことがあるのは、そのせいかもしれない。

「だけど……」

「予定をキャンセルしてきます」ナイアは、男性が困ったときに見せる、助けを求めるような目を無視して言った。

数分してナイアが戻ってみると、ジェイクは、使い捨て紙おむつのビニールテープに悪戦苦闘しているところだった。そのわきには、失敗した分が散乱している。赤ん坊は自由になったのがうれしいらしく、脚をばたばたさせていた。

ジェイクが振りむいて彼女を見た。細い足首、形のいいふくらはぎ、顔、と視線がうつる。彼の顔が少し赤くなった。

「なんてややこしいデザインなんだ」ナイアが横に来てかがむと、ジェイクは文句を言った。

「もうすこしやさしく扱ってみるとか？」

ジェイクはジャケットをぬいでたたみ、マットがわりに床に敷いていた。高級そうなシャツの生地ごしに、濃い胸毛がうっすらすけて見える。

これでは、誰が見たって裸に見えるじゃない。ナイアはいらいらして思った。突然、ジェイクを男性として意識したことに気づき、わけのわからない感覚を否定しようとしたが、うまくいかなかった。ルールその一よ、ナイア。ぜったいに、なにがあっても、上司にロマンティックな感情は持たないこと。それで自滅した友人を何人も見ているじゃない。

「扱い方がやさしくないなんて、今まで一度も言われたことがないよ」

自嘲《じちょう》気味に笑うジェイクの顔からは、その言葉に別の意味もこめられているのかはわからなかった。だが、その可能性を考えただけで、ナイアの口は思わずあいた。

「たしか、赤ん坊の扱い方を知らないんじゃなかったのか？」

ナイアが床に手をついて赤ん坊をのぞきこんだ。女性は小さくてかよわい存在に胸をくすぐられるものらしいが、彼女も意味不明な言葉で赤ん坊をあやしている。ナイアはいつも髪をまとめておこうとするが、その髪形が昼までもたないことをジェイクは知っていた。今も髪の半分がバレッタから落ちている。ラファエロ前派の絵に登場するような長い巻き毛が、肩を流れ落ち、床をかすめる。さわやかなシャンプーの香りが鼻をくすぐり、彼は引き締まった頬を緊張させた。

赤ん坊は、赤く燃えるような髪の束を、興味津々でながめている。遺伝だな、とジェイクは皮肉まじりに思った。そのとき甥《おい》が、それまでじっと考えていたことを実行にうつした。たまたま手が当たっただけかもしれないが、ちょうどよい位置にあった髪の房を、ぽっちゃりした指でわしづかみにしたのだ。ナイアは叫び声をあげたが、すぐにくすくす笑った。

「力が強いのね」やさしくほめる。指をはずそうとしたが、赤ん坊は離さなかった。

ジェイクは思った。もし、光によって金にも濃い褐色にも見える、あの燃えたつような髪の毛に指をすべりこませたのが自分だったら、彼女はあんなふうにおだやかな対応はしてくれなかっただろう。

「この子の名前は？」ナイアは笑顔のまま振りむいた。すると、胸がきゅっとなりそうな、真剣な顔のジェイクと目が合った。

彼は目をそらさない。なに？　ナイアはとまどった。からかっているの？　彼には女性の心を、その人の気持ちなどおかまいなしに、かきまわす力がある。たとえそれが、婚約者のいるはずの相手でも。

「リーアムだ」

「いい名前ね」低くかすれた声になってしまい、ナイアは唇をかんだ。まるで誘いでもかけているみたいな声。早く胸の鼓動がおさまってくれるといいのだけれど。

「ブライディーはアイルランド人だった」

「その人はなぜ……？　いいえ、立ち入ったことを――痛い！」ナイアは顔をしかめて、頭を下にさげた。赤ん坊が引っぱったのだ。

「じっとして」ジェイクは、また引っぱられないように、片手でナイアの柔らかな髪の束を軽く持ちあげ、もう一方の手で、ぎゅっと握られた赤ん坊の小さな手をひらこうとした。

彼女は息ができなかった。だから、ジェイクが手間どらなかったのは幸いだった。やっと赤ん坊の手が離れ、思いきり息を吸いこんだとき、胸の真ん中のボタンが二つ、勢いよくはずれた。あわてて前をかきあわせ、ラベンダー色のレースの下着をかくす。

オフィスでは、周囲が皆おとなしい服装だったので、ナイアもそれに合わせていた。けれど下着まではいいだろうと思っていたのだ。この瞬間までは。

〝手の早い上司なの？〟

以前、この仕事につくべきではなかったと打ち明けたとき、アパートメントの同居人であるトニーに心配そうに言われた。ナイアは少し引きつりながらではあったが、笑いとばした。あのジェイク・プレンティスが彼のデスクで、あるいは彼女のデスクでも、自分にしつこく言い寄るなんて、あまりにばかばかしくて想像する気さえ起こらなかった。そう、一度や二度きわどい夢を見たとしても、それは想像したことにはならないはずよね？　潜在意識には逆らえないものだというけれど。

そういえば、ジェイクは自分に指一本触れたことがないと、ナイアはそのとき初めて気がついた。ふとしたはずみに手が触れあうということさえなかった。そんなことがあれば、覚えているはずだ。これまでのことをさっと振りかえってみても、この引っかかる考えは、やはり思いすごしではない。彼は意図的に私に触れることを避けているかのようだ。彼女は頭を横に振り、ばかばかしい考えを払いのけた。

「ありがとう」頬をピンクに染め、ぎこちなくボタンをはめながら、ナイアはかすれた声で言った。

彼が手伝おうとしたらどうしよう？　ふいに、ジェイクの長くて器用そうな指がボタンにのびる光景が頭に浮かんだ。だが、その指はボタンをはめようとしているわけではない。ナイアは自分の色白の肌に、血がのぼるのがわかった。

「おなかがすいているんじゃないだろうか」

「粉ミルクでいいのかしら？」ナイアはわざと大きな声を出した。

「この子にはそれしかなかったからね」

「そうよね」無神経な質問をしたことが恥ずかしい。ジェイクがちらちらとこちらを気にしているので、ナイアは胸のボタンが全部かかっているか、あわてて確認した。

ほっとして目をあげると、ジェイクと視線がぶつかった。全身に電気が走ったような感覚がし、体のあちこちがとまどうほどに反応する。ナイアはうずきだした胸を手でかくしたかったが、かえって注意を引きそうだったので、腕をあげたりはしなかった。

ジェイクは彼女を前にした自分が、若い学生か鼻の下をのばした男のように視線を泳がせていることに気づき、おどろいた。母乳にかかわる話がまずかった。からかうようなクリーム色の胸の谷間をちらりと見てしまったあとだけになおさらだ。

「バッグの中に哺乳瓶《ほにゅうびん》が入っているんじゃないかしら？」ナイアは懸命に平静を装った。

「そうだな。なぜ考えつかなかったんだろう？」いやらしい目で秘書を見ているからだ。心の中で自分をあざけりながら、ジェイクは肩をすくめた。いつも女性問題を起こす人間だと、職場でうわさされるわけにはいかない。それに彼女にはもう決まった相手がいる。二人の間には共通するものがなにもないことを考えれば、かえってそのほうがいいのだろう。

「私が抱いています」ナイアが赤ん坊を抱きあげると、ジャケットの裏地に、しめった濃いしみが見えた。「あらあら」名前が刺繍《ししゅう》されているような高級品では、クリーニング代は高くつくだろう。

驚いたことに、ジェイクは笑顔を見せた。彼にもこんな表情ができるのかと思うほど、自然でいい笑顔だった。ナイアは眉根を寄せた。人情みのない、注文の多いボスでいてくれればよかったのに。いい人らしいところなんて見たくない。彼についてとんでもないことばかり考えるくせがついてしまった今はとくに。いや、実際のところ、ナイアは考えてなどいなかった。考える間もなく、とんでもないイメージの数々は、午後じゅう、かなり鮮明に彼女の頭にわき出し続けていたのだから。

2

ジェイクは、弟がむかいそうな場所を書き出し、それを二つに分けた。満腹になった赤ん坊が眠っているあいだに、二人で手分けしてかたっぱしから電話をかける。

「成果は？」仕切りのドアをあけ、ジェイクが部屋から出てきた。ドア枠に寄りかかり、首がこったのか、頭をゆっくり左右に動かしている。

いつも殺人的なスケジュールをこなしているのに、こんなに疲れた様子のジェイクを見るのは初めてだ。彼が眉をひそめたので、ナイアはあわてて首を横に振った。じろじろ見ていたらしい。

「じゃあ、家まで行ってみるか。そこにもいなかったらお手あげだな。さあ、行こう」

きいているのでも頼んでいるのでもない口調だった。ナイアは快くうなずきそうになって、思いとどまった。

「誰かに赤ん坊をあずけるわけにはいかないんですか？　おじいちゃんとかおばあちゃんとか……」

ジェイクはひたいにしわを寄せてナイアを横目で見た。彼女がヒールの高い靴をはいていることや、自分と脚の長さが違うことにやっと気づき、歩調をゆるめる。

「妹がもうすぐ双子を出産しそうだから、僕の母は今アメリカに行っている。ジョッシュの義理の両親なら、二つ返事で引き受けるだろうよ。なにせ、自分たちにはこの子を引きとる権利が九割方あると主張しているからね」ジェイクは冷ややかに言った。

ジェイクがジャガーの後部シートにベビーキャリアーをしっかりとりつけるのをながめながら、ナイアは彼がコンバーティブル好きの人だったら、自分はどこに座ることになったのだろうと考えた。たぶんトランクだ。

「まさか、それきりリーアムを返してくれないなんてことはないでしょう」

「ああ」ジェイクは、きわめて事務的な態度でドアをあけ、ナイアのために押さえながら言った。「僕もそう思う。ブライディーが死んだあと、彼女の両親は赤ん坊を自分たちの手もとに残すため、ジョッシュを説得しようとしたんだ。最初はそれとなく、だがしだいにあからさまに。弟が父親としてふさわしい男じゃないと、なんとかして証明したがった。ジョッシュは、ああいうやつだから」ジェイクの声はざらついていた。「わざわざ自分から、彼らが正しいと証明するような行動をとってしまっている。ブライディーの両親は、最初から二人の結婚には反対だったんだ」

ナイアはなにかが引っかかり、眉をひそめた。「違う相手と結婚させたがっていたとか？」直感でたずねる。

ジェイクはイグニッション・キーを回した。豪快な音とともに車のエンジンがかかる。やはり、仕事以外の場所で彼女とかかわりあうのは間違いだった。大きな二つの目は今にも涙にうるみそうだし、頼みもしないのに人の人生に口出しをしてくる気らしい。

「ああ」ジェイクはナイアの方をむいて言った。「僕と」

「あらまあ！」

意外な事実に、話がかなりややこしくなってきた。この人は、その堂々とした胸の奥にどんな思いを秘めているのだろう。誘惑にあらがえず、ナイアは問題の胸のあたりにちらりと視線を走らせた。

彼だって人間だ。双子の弟には複雑な感情を持っているだろうし、かつて愛した、そして今も愛しているのかもしれない女性の死にも痛手を受けているようだ。ややこしすぎる。自分には理解できない話だ。

「ほんとうに〝あらまあ〟さ」制服を着た地下駐車場の警備員に対して軽くうなずきながら、ジェイクは冗談めかすように言った。「ブライディーはジョッシュと出会う前、僕と婚約していた。僕の私生活についてなにか知りたいことがあったら、直接僕にきいてくれ。ようやくオフィス内のうわさが下火になったんだ。今さらむしかえされたくない」ジェイクは、どきりとするほど冷ややかな目で言った。

「私のことをたいした秘書じゃないとお思いなのは知っています、ミスター・プレンティス。でも、私はうわさ好きな人間じゃありません」ナイアはすこしむっとして言った。

「状況が状況だから、僕のことはジェイクと呼んでくれ。それから、きみの口がかたいことは知っている。もうすでに会社じゅうの人間から、人には言えないような秘密を打ち明けられているんだろうな。職業を間違えたんじゃないか？　他人の人生の悩みを解決することこそ、自分の使命だと思っているんだろう」

「今まで秘書としての能力にけちをつけられたことはありません。まあ、そんなには」ナイアは正直に言った。「でも、あれは私が悪いわけではないわ。体をべたべた触られるのはいやなんです」暗い声でつけたす。

「覚えておこう」そっけない返事だった。

「あなたのことを言っていたわけではありません」ナイアは動揺して打ち消した。「あなたはそんなことをしようなんて夢にも……」

「誰だって夢ぐらい見るさ、ナイア」ジェイクはぽつりと言った。

隣に座るこの男性が見るのかもしれない何とおり

もの夢が脳裏に浮かんできて、ナイアは胸が締めつけられる気がした。もちろん登場するのは私なんかじゃない。この人は赤毛がきらいだもの。そして、私の髪は遠くからでもはっきりわかるほど赤い。

気まずい沈黙のなか車は進み、しばらくしてナイアは口をひらいた。「弟さんはこの町には住んでいなかったんですね」

ナイアがいたことなど忘れていたらしく、ジェイクははっとして隣を見た。「ああ」

「遠いんですか？」頭の中でさっと計算する。どこまで行くのか知らないけれど、帰るのにどのくらい時間がかかるだろう？　返事がないので、はっきりとした言葉でつけたす。「約束の時間に解放してもらっても、町まで帰るのに何時間もかかるようでは困るんです」

「そういえば大事な用があるんだっけ」ばかにしたような口調でゆっくり言われ、ナイアはむっとして目を細くした。

「あなたの私生活にくらべたら、私のなんてどうせとるにたりません」

「そんなに大事な用って、いったいなんなんだ？」

「週末家に帰ることになっていて、電車の時間があるんです」

「そうか、谷に帰るんだったね」

「私の家は山です。谷じゃありません。私は南ではなく、北ウエールズの出身ですから」

「北の方の山に住んでいた人が、なんだってまた、ひと部屋しかない、せまくるしいアパートメントでの生活なんか選んだんだい？」

「ひと部屋でせまいって、どうして決めつけるんですか？　私はもっと広いアパートメントを人と一緒に借りています。とても住み心地のいいところを」

住み心地がいいかどうかは、人によるのだろうけど。ジェイク・プレンティスはきっと極上の生活に慣れているのだ。最高級の家に車。なめらかな革のシートに触れる。そして女性も。ナイアは非難がましい視線を彼に送った。

「そのアパートメントには婚約者と一緒に住んでいるのかい？」

ナイアは下をむいた。左手の、ガーネットと真珠がぎっしり並んだ古い指輪を気まずそうになでる。

「ヒューはウエールズにいます」簡単に答えた。

「だから、一秒でも早く故郷に帰りたいわけだ」ジェイクの声には、かすかだが明らかに鼻で笑うような響きがあった。「婚約者をよく遠くに行かせたものだな」彼女は強情だからな。意志の強そうな、角ばったあごを思い浮かべる。きっと一度言いだしたら聞かないんだろう。

ジェイクの目は、自分だったら彼女のことをそこまで信用しないと言っていた。

「山にはあまり働き口がないんです」

「じゃあ……そのヒューっていうのは？　仕事をしているのかい？」

「彼の実家は私の父の農場の隣です」触れられたくないことに話が及ぶのを心配しながら、ナイアは短く答えた。

「きみに農夫の妻が合うとは思えないな」

どういうものなら合うというのかしら。ジェイクの考えを知りたいのかどうか、ナイアは自分でもよくわからなかった。それに、彼の危うい勘違いを訂正する気もなかった。たしかにヒューの家は農家とも言える。丘陵地帯にかなり広い土地を持っているし、それよりもっと収入になる低地の牧場や森林も相当量所有している。地所にはたくさんの小作人がおり、家は美しい屋敷で、休日には一般開放するほどの庭園がある。

その地所はヒューが管理していたが、それも最近ではほとんど道楽に近くなっていて、一族の収入の多くは、レジャー産業にうまく投資することで生み出されていた。もし私がしているこの指輪が、祖母の形見ではなくヒューからもらった指輪で、私が今でもまだ彼の婚約者のままなら、ロンドンに行くことにもいい顔をしなかったかもしれない。だけど実際のところ、ヒューは胸をなでおろしているだろう。

ナイアは肩ごしに赤ん坊をちらりと振りかえった。悩みごとなどない顔ですやすや眠っている。車のスピードが落ち、馬に乗った数人の人をぬいた。どんどんいなかの風景になってくる。

「弟さんがこんなへんぴなところに住んでいるって、どうして最初に言ってくれなかったんですか？」

「もし言ってたら、一緒に来たかい？」ジェイクは口をとがらせているナイアを冷ややかに見た。「来なかっただろ」

「電車に乗り遅れてしまうわ。あなたにとってはどうでもいいことなんでしょうけど」ナイアは頭にきて文句を言った。「自分の思いどおりにことが運びさえすれば、それでいいのよね」

「じゃあ、きみは僕が午後じゅう相手をしたがっていると言うのか？　泣いている赤ん坊と……」ジェイクはあやしいくらい唐突に言葉を切り、思いやりを装うような調子で続けた。「今夜の電車に乗り遅れたら、月曜は休んでいいよ」

「赤ん坊と？」ナイアはおそろしいほど静かな声できいた。「赤ん坊となんです？」

「秘書だよ」

ナイアはふんと鼻を鳴らしたが、車がぬかるんだでこぼこ道を通っていたので、気のぬけた感じになってしまった。「違うことを言おうとしていたでしょう」

「気が変わったんだ」ジェイクはあっさり認め、絵からぬけ出たような、こぢんまりしたかわいらしいコテージの前で車をとめた。「赤毛の人には逆らわないことにしている。さあ、ついた」

見ればわかるわ。

「誰もいないみたいだな」ジェイクはあたりを見回し、むっつりと言った。

ナイアはジェイクがおりると、自分も車の外にはい出た。「赤毛がお好きでないのは知っています」かみつくように言う。思いがけず子どもっぽく、とげとげしい声になったので、自分でもぎょっとした。

ジェイクがこちらをにらんだように見え、一瞬どきりとしたが、すぐに、おもしろがるように口のはしがにやりとあがったのを、ナイアは見のがさなかった。そのまま歩きだしたが、丸石を敷きつめた路面でヒールがすべり、ジェイクが見ている前で、ぶざまによろめいた。なにをしているのよ。彼に笑う材料を与える気？

「農場の娘って言っていたかな？」

ナイアは息を整え、体をしゃんと起こした。「今日はオフィスワークにふさわしい服装で来たつもりですけど」せいいっぱいの威厳を見せながら言う。

「その服が？」ジェイクは薄緑色の柔らかそうなシルクふうのスカートから、それに合わせたブラウスまで、全身に視線を走らせた。折れそうなほど高いハイヒールがひときわ目を引く。

「どこか」ナイアはかなりむっとして胸をふくらませた。「いけませんか？　最初は髪の色。次は服のセンス。お気に召してもらえるところってあるのかしら？」

ジェイクの瞳がなにか言いたげに光ったが、すぐに、真っ黒なまつげがカーテンのようにそれをおおいかくした。「赤毛が嫌いだなんて言ったかな？」

「態度に表れていましたから」ナイアは言葉を返した。だが、一人でから騒ぎしているような気がしていらいらする。もちろん、どうでもいいことなのに。

「それ、ぬいだほうがいいんじゃないかな」ナイアがとがめるように自分を見続けているので、ジェイクはつけたした。「そのハイヒール」

「わかっています」ナイアは反抗的に答えた。彼はほかにもなにか脱いでほしいなんて、言ったりするかしら。彼女は不本意ながらも、ジェイクの提案に従った。せっかく高いヒールで身長をかせいでいたのに、彼の肩よりもずっと低くなってしまった。

「なにをぐずぐずしているんだ？」歩きだしてもついてこないナイアに、ジェイクは声をかけた。「抱きかかえてほしいのかい？」いやみな口調だ。

「なにか忘れているんじゃありませんか？」頭の中をかけめぐりはじめたとんでもない想像を振り払おうとして、ナイアはかなりとげとげしい声で言った。

手のひらが汗ばみ、膝が震えている。それが、たくましく強い腕に自分が軽々と抱きあげられるシーンを想像したせいだと認めるくらいなら、燃えている石炭の上を歩くほうがましだとナイアは思った。とくにその腕の持ち主が誰かということを考えると、どうにかなってしまいそうだ。

「なにを？」ジェイクはいらだたしげな目をむけた。

「赤ちゃんよ」

ジェイクの頭の中は、いそいで弟をさがし出さなくてはということでいっぱいだったのだろう。そのせいで、小さな、けれど大事な存在については、すっかり忘れてしまっていたようだ。彼ははっとし、なにをやっているんだというように、ひたいに手を当てた。目は自然と後部座席に行く。彼の肩がいかり、心を落ち着けているのがわかった。

「それとも車の中に置いていくつもりですか？」

「僕のあらさがしで忙しくなければ、あの荷物をいくらか持ってきてくれるかな？」ジェイクは、もろもろの赤ん坊用品をあごでさし、自分はベビーキャリアーを車からとりはずした。

ナイアは捨てぜりふを言いたかったが、それをこらえ、ジェイクのあとについて、絵のように美しいコテージに入っていった。

3

「こういう事態を想像できなかったんですか？」ナイアは思わず非難がましい口調になった。小さな肘かけ椅子の上に積みかさなった新聞紙の束をわきに押しのけ、どさりと座りこむ。「私が見たとき、弟さんは、なんというか……絶望に打ちひしがれた顔をしていましたけど」

ジェイクがナイアに目をやると、彼女はバレッタから落ちて顔にかかった髪を、腕でうるさそうにうしろに払っていた。赤い巻き毛が揺れ、肩のむこうに落ちる。彼女が残った髪のほつれをなでつけたとき、ジェイクはさっと顔のむきを変えた。

つま先で床をたたきながら、ナイアはジェイクがなにか言うのを待った。広い背中は怒っているように見える。彼はひどく安っぽいソファの埃《ほこり》を払い、ナイアにならって腰をおろした。

ソファには、きれいに刺繍《ししゅう》をほどこしたクッションがいくつも並んでいたが、それが肩に当たるのがじゃまなのか、彼は顔をしかめてわきに寄せた。

「なにを笑っているんだ?」ジェイクは、ナイアの頬にくっきり浮かんだ例のえくぼを見て言った。

「笑っていたなんて知りませんでした」彼の声にあるとげとげしさに、ナイアはすこしとまどった。

「世の中には笑顔を出しおしみする人間ばかりではないんです」

「その笑顔なら、イギリスの広告塔にだってなれるさ」ジェイクはむすっとして言った。彼女の笑顔は、無邪気さと妖艶《ようえん》さの危険な組み合わせだ。よくオフィスの男連中に手を出させずにいられるものだ。いや、もしかしたら出させているのかもしれない。

「にこにこしていてはいけないみたいな言い方ですね」ジェイクが不機嫌そうに鷹《たか》のような鼻にしわを寄せるのを見て、笑ったときのしわのほうがずっといいのに、とナイアは思った。くやしいけれど、彼の場合、そんなしわさえも魅力的に見える。「じゃあ教えてあげますけど、そこにそうして座っている姿がなんだかおかしくて。アンバランスなんです」ナイアは説明した。「脚が長すぎるんだわ」彼女はジェイクの長い脚をちょっと見て、それからはっとした。私ったら、なぜ彼があの高そうなズボンをぬいだところを思い浮かべているの?

室内の家具は、コテージ全体と同様、小さめのものばかりだった。ジェイクがいらいらと建物の内部を見回り、誰もいないことを確認するのに、たいして時間はかからなかった。彼の機嫌が悪いのは、低い梁《はり》に頭をぶつけたことも理由かもしれない。ナイアはたくましい太腿から気持ちをそらそうとしながら、そう思った。

コテージの外にある石だたみの小道には多少の雑草がはえていたが、しばらく人の手が入っていない様子は、内部のほうがより顕著だった。この家も、階段で会ったあの人も、誰にも振りむかれず、打ち捨てられている。ジェイクの弟のことが気になり、ナイアは憂い顔になった。

「引きとめればよかった」彼女はつぶやき、下唇をかんだ。

誰のことを話しているのか、ジェイクにはすぐわかった。「弟は僕より一センチほど背が低いだけだ。きみにはとめられなかったさ」そっけなく言う。ナイアの腰は、両手の中にすっぽりおさまってしまいそうなほど細い。彼はふと、ほんとうにおさまるか試してみたくなった。

「その一センチが大きな差なんだわ」ナイアは考えこみながら、あのあとまたはいていたきつい靴を、けるようにして脱ぎ捨てた。

「どういう意味だ？」

ナイアは肩をすくめた。「そのたった一センチの差が、あなたを優位に立たせているんだと思います。五分早く生まれたというのと同じように。それがあなたを勝者にした。つまり双子のうちの、上に立つほうにしたんです」彼ほど成功した人間が自分の兄弟であれば、それだけで、誰もが劣等感をいだくだろう。

「見事なお説に感心して言葉も出ないよ。せっかくの心理分析にたてつくのは申し訳ないが、最初に生まれたのはジョッシュのほうだ。それから、あばら家を見たからって、話を妙な方向に曲げるのはやめてくれ。弟は好きでここに住んでいた。やむにやまれずじゃない。弟たちは自給自足の生活ってやつにすっかりはまっていたんだよ。もしきみが現代美術品をよく買うなら——」

「残念。プライベートジェット機を買ってしまって。美術品の収集はあきらめるしかなかったわ」彼女はおおげさにため息をついた。「意思決定ってたいへん……」

「気づいたかもしれないが」ジェイクはいやみたっぷりなナイアの嘆きを無視して続けた。「弟はイギリスで、いや、おそらくヨーロッパでもっとも成功している芸術家の一人だ」さらに説明する。「批評家たちもあいつには一目おいている。ちなみに、絵が売れなかったとしても、弟が屋根裏部屋でねずみと一緒に餓死死体で発見されることはないよ。十八歳のときに株をはじめてね。なかなか才能もあったんだ。それにしても、なんでこんなことを話しているんだろうな。きみはとっくに全部知っているはずなのに。結局のところ、少なくとも、ええと、三十秒かそこら、階段で弟を見ていたんだろう。それだけあれば精神状態を見きわめるのに十分だからね」

ジェイクは、翼のような形をした独特の眉を、からかうようにひょいと上にあげ、長い脚を前にのばした。「たいしたものだ」そうは聞こえない声でゆっくり言う。

「うしろめたいからって、私にいやがらせをしないでください」

しゃくにさわるほど整った顔に、ショックを受けたような色が浮かんだ。だがナイアは平然としていた。秘書と上司という関係を完全な形でたもっておきたかったのなら、私をオフィスから連れ出すべきではなかったわね。だが問題は、ナイアのほうも、ここでは秘書のような気持ちでいられないことだった。秘書としての技術も判断力も、歩きやすい靴ともども、オフィスに置いてきてしまった。あの靴が今ここにあればいいのに。足が痛くてしかたない。

「どうして僕がうしろめたいんだ？」彼はどなった。

「じゃあききますけど、最後に弟さんと会ったのはいつです？」

ジェイク・プレンティスはいろいろなことを根に持ち、暗く考えこむタイプの人間に思える。いくら彼が仕返しなどしない主義だとしても、結婚を誓いあった女性を弟に奪われたら、そう簡単には許せないだろう。

「僕はいつも、責任のがれをしてばかりの弟の尻ぬぐいをしてきた」ジェイクはきしむような声で言った。「だが、今度ばかりはごめんだ！」ナイアへのいらだちから思わず発した言葉を、彼は口にするなり後悔した。怒りに顔をゆがめ、勢いよく立ちあがると、部屋の中をうろうろ歩きだす。そして、落ちていた汚い皿をけとばした。

うしろめたい？　そのとおりだ！　うしろめたさはまるで、首からぶらさがる鉛の重りのようだ。自分の双子の弟が、興奮しやすく深刻になりがちで、自身のためにならないほど繊細なことくらい、言われなくてもわかっている。

ナイアは正しい。僕はこうなることを予測しておくべきだった。それに、義理の両親に赤ん坊を渡そうとしたジョッシュをとめたことだって、ものごとを悪い方向へ押し流してしまったのかもしれない。あのときは、もっともなことをしているつもりだった。赤ん坊が――ブライディーとの子が、弟に生きる希望を与えるだろうと思ったのだ。理屈ではそうだった。だけど、僕はなにもわかっていなかった。ジェイクは自分の傲慢《ごうまん》さに愕然《がくぜん》とした。妻を亡くしたのは僕じゃないんだ！

ジェイクの目は自然と暖炉の上へ引き寄せられた。微笑《ほほえ》んでいるブライディーの写真が飾ってあったはずだ。だが、写真は伏せられていた。ブライディーと愛をはぐくんだこのコテージで一人ぽつんと座る弟の姿が目に浮かぶ。彼女のいない寂しさと、失ったものを思い起こさせるすべてに耐えられなくなったのか。ああ、ジョッシュ、どこへ行ったんだ？

五日前にここへ来たときは、なんとか立ちなおりかけているように見えた。子守りはどうしたんだろう。それに、パートタイムの家政婦を雇ってやったはずなのに、家の中は散らかり放題だ。もう何日ものあいだ掃除がされていないらしい。

ブライディーと出会ったジョッシュは、人生に目的を見いだした。彼女が僕を救ってくれたんだ。二人でブライディーに閉じこめられた晩、ジョッシュは酔ってそう打ち明けた。ブライディーは、二人でよく話して、お互いの違いを尊重できるようになるまでそこにいなさい、と部屋に鍵《かぎ》までかけたっけ。

今でも、彼女のがんこな表情をくっきりと思い浮かべられる。ジェイクは悲しみに満ちた目で、眠っている赤ん坊を見た。眉間《みけん》のしわが深くなる。

「私に当たらないでください」

ジェイクははっとわれにかえった。

「つらいのはあなたじゃないわ」ナイアはぴしゃりと言うと、汚れた食器を腕いっぱいにかかえ、ジェイクに反応する間も与えず、すたすたとキッチンに入っていった。

「なにが言いたいんだ？」ジェイクの声が、せまい廊下のむこうからナイアを追う。「自己中心的だと言いたいのか――」

怒りのこもった批判をさえぎるために、ナイアは足でドアをしめた。けれど、ほっとできたのはつかの間だった。

「どういうつもりだ？」

耳もとで声がする前から、彼女にはジェイクがキッチンに入ってきたのがわかっていた。うなじの毛が気配で逆立ち、鼻はいつもの男性用コロンのなんとも言えない香りをすぐにかぎわけた。

ナイアは小さく息をして呼吸を整えてから振りかえり、ジェイクの非難するような視線を冷静に受けとめようとした。だが、それはかなり難しかった。彼はかんかんに怒っているようだ。せまいキッチンでは相手との距離がとても近くに感じられる。むだだとわかっていながら、すこしでも離れようと体を動かすと、シンクに背中が当たった。ブラウスごしにひんやりとした感触が伝わってくる。

「思ったままを言っただけです。もしかして、話しかけられる前に、口をひらいてしまったかしら」それにしても、なにをそんなにいらついているの？

「僕を怒らせようとしているのか？」ジェイクは歯ぎしりして言った。

「それなら、口をひらかなくてもできるわ」なにも考えずに答える。

ジェイクの目がすこし大きく開かれ、高い頬骨のあたりに赤みがさした。痛いところをつかれたのだ。今にはじまったことじゃないわ。彼に好かれていないのは知っていたでしょう。ショックを受けることでもないはずなのに、ナイアは喉がつまり、何度かつばをのみこまなければならなかった。

「あなたがそんな気分屋だとは思いませんでした」

「僕は、冷静でおおらかな性格だ」ジェイクは、歯と歯のあいだからしぼり出すように言った。

言葉の内容と言い方が矛盾していると指摘しても、彼はありがたがらないだろう。

「それなら私は金髪だわ」ナイアはつぶやいた。

「家族の一大事に巻きこまれた人間が、無関心な傍観者のように振る舞うのは難しいものよ」

視線がぶつかり、ジェイクの瞳から急速に敵意が失われていくのがわかった。官能的な口もとを片はしだけあげ、たしかにきみの言うとおりだというように肩をすくめる。ナイアは彼の反応に驚き、うっすらと浮かべられた笑みにはどきりとした。

「よく考えないできみを連れてきてしまったね」

私を連れてきたことを後悔してあやまっている

の？　そのどちらに対しても、心の準備ができていない。

「でもほかに相手がいなかったんでしょう？」ばかね、なんで鼓動が速くなるの。ナイアは心の中で自分を叱《しか》りつけた。あんなもの、ちゃんとした微笑みですらないじゃない。要するに、しかめっ面や、私が音をたててコーヒーを飲んでいるところを見とがめたような顔をしているわけではないというだけよ。

「きみぐらいしか来てくれる人はいなかったさ」

ナイアはかわいた声で笑った。「そうかしら！　私が話した人はみんな、あがめたてまつるようにあなたの名前をささやくわ」実際、誰一人として例外なくジェイクをほめたたえるのはおどろきだった。

愛想がない、というのがもっとも不平に近い意見で、ナイアが、どんなに冷たくてとっつきにくいか説明しても、誰の話かわかってもらえなかった。

ジェイクの謎《なぞ》めいて引き締まった顔は、ぴくりとも動かない。しかしナイアは、漠然としてはいるが、とても重要ななにかが変化したことを感じた。彼がだまったままだったからこそ、ほんのかすかな空気の違いに気づいたのかもしれない。

「きみなら僕の名をどんなふうにささやく？」ジェイクの低い声には感触があった。ナイアの神経を波立たせるような、ざらついた感触だ。

「ささやいたりしません」ひどくうろたえ、彼女はジェイクにくるりと背中をむけた。

彼は食器戸棚に優雅に片肘をつき、あわただしく動きはじめたナイアを見つめた。「今度はなにをしているんだ？」不機嫌そうな、怒ったような声だ。

「皿洗いです」ナイアは説明するより早いと、腕まくりをした。平凡で実際的な作業に没頭しよう。彼のすばらしく官能的な唇の輪郭については、セリーナやジャスミンのような人たちが考えていればいい。

「当面のあいだ退屈しなくてすむわ。そう思いません？」そっけなく言う。「お湯は出るのかしら？」

蛇口から急に熱い湯が出てきたので、彼女は指を引っこめた。「出るみたい」ひりひりする指先を口に含む。

「実に科学的なたしかめ方だな」ジェイクの口調は辛辣《しんらつ》だ。

彼はピンクのふっくらとした唇を見つめた。前から気になっていた。見るたびに、意思とは関係なく体が反応する。今もそうだ。そして、輝く豊かな髪と見事な曲線美にも魅力を感じる。

「そんなことをしなくていいんだ」

仕事仲間が、ナイアのことを〝セクシーでたまらない〟と言ったことがある。その若者には、社内恋愛とセクシャルハラスメントの境はどこかということを、きびしい言葉できっちりと説明しておいた。社内恋愛については個人的に苦い経験をしているし、セクシャルハラスメントを大目に見るつもりはまったくなかった。

「ええ。でも私、ストレスを感じると、お茶を飲みたくなるんです。だけど、ここには致命的なばい菌の温床になっていないカップはなさそうだから。それで、これからどうするんです？」ナイアは洗剤で泡立ったお湯の中に両手をつっこみ、眉をひそめた。

「ジョッシュが動くのを待つしかないだろう」ジェイクはしかたがないという顔で言った。

「ここにもどると思いますか？」

ナイアは心の底から同情した。今のジェイクは、あのとき見た弟と同じくらいやつれている。短く切った髪は、手ぐしを入れたせいで、てっぺんのあたりの毛が逆立っており、緊張した頬がぴくぴく動いている。

ナイアは誘われるように、ジェイクの首に目をむけた。がっしりしていて、オリーブ色の肌も美しい。もうすこし日焼けしたら小麦色だわ。触れたらどんな感じがするかしら……。

「待っていれば来ると思う」

彼の声で、ナイアは頬がほてるような空想からはっと覚めた。いやだ。ちょっと、よだれをたらしていない？　動揺ときまりの悪さで体じゅうが熱くなる。

わざわざ説明するつもりはなかったが、ジェイクは長年の経験から、ジョッシュが自分を見つけることを確信していた。どこにも行く当てがないとき、弟はいつも彼のところへ来るのだ。

「だけど、いったんは僕のところに来たんだ」ジェイクは自嘲《じちょう》気味に笑った。実の弟が会いたがっているときにも予約が必要だなんて、僕の人生はどうなってしまったんだ？

ほれぼれするほど整った横顔を見ながら、ナイアは彼が落ちこみ、苦しんでいるのがわかった。

「自分を責めてはだめ」言い方はぶっきらぼうだったが、彼女のエメラルド色の瞳は、おだやかな思いやりに輝いていた。

「さっきと言っていることが違うな。僕が悪かったんだろう？　僕の無神経な態度が原因で弟は離れていったって……」

「罪悪感なんてあまり建設的ではないもの。それ自体がわがままの一種だって言う人もいるし」

ジェイクはいなかの空気を大きく吸いこんで、冷静になろうとした。やっぱり彼女を締め殺したい。いや、キスしたい……。ちょっと待て、どこからそんな考えが浮かんできたんだ？　いきいきとしたナイアの表情を見ているうちに、体が飢えたように目覚めるのを感じた。ふいに、彼女が不安そうに目を見ひらいた。

「弟さんはまさか……ばかな考えは起こしませんよね？」

ジェイクの顔がこわばり、蒼白《そうはく》になった。言うべきではなかったとナイアは後悔した。少なくとも、もっと違う言い方をするべきだった。神経がぴりぴりするような緊張した時間が流れ、ナイアの指先から洗剤の泡がスカートに滴る。やがて、ジェイクの顔色がもとにもどり始めた。

「ジョッシュには時間が必要なんだと思う。一人になる時間が」ジェイクは乾いた唇を舌でしめらせ、ナイアの顔に視線をもどした。「あいつはまわりが思っているより強い」きっぱりと言う。「映画でよく〝型破りな警官と優秀な警官〟がコンビを組む話があるだろう？」おもしろくもなさそうに笑う。「僕たちは、しっかりしていて分別のある人間と、興奮しやすくて気まぐれな人間をそれぞれに演じてきたんだ。おそらくは、誰かが、まだ揺りかごの中にいた僕たちに、別々の役割を与えたその日からね。人生において、はっきり白と黒に分けられるものなんてない。個々の強さや弱さだって同じことさ」

知らず知らずのうちに、ナイアはジェイクの腕に手をかけていた。彼の視線で初めて、おろかにも衝動に身をまかせていたことに気づく。あわてて手を離したが、力強い筋肉の感触が指に残った。おなかの中でなにかあたたかいものが、ひらめくように動いている。

「すみません」ナイアは口ごもり、高価なシャツの袖《そで》につけてしまったぬれた指のあとを、たたいて消そうとした。「あなたはそれがいやだった？」疑問が口をついて出た。ジェイクの体の匂《にお》いを鼻から消すことも、胸の鼓動が速くなるのをおさえることもできない。体が危険なほど彼を意識している。

「なんだって？」

「いいえ、忘れて。私には関係のないことだもの」

ナイアはふんと鼻を鳴らした。

ジェイクが笑い、目尻にしわができた。

「そんなつまらない理由で、きみがよけいなことに首をつっこまずにいたためしはないだろう。僕の都合などおかまいなしにね。さあ、言ってしまえよ」

不当な批判をされて、ナイアはむっとした表情になった。私はこんなふうに、冷めて、ひねくれた人間にはなりたくない。人の助けになりたいと思うことのなにがいけないの？　でも、ほんとうはわかっている。問題は人助けをしたいという思いではなく、助けを必要としているのが誰かということなのだ。

オフィスの外でジェイクに接しているうちに、扱いにくくはあるけれども、彼も人間なのだと気づいてしまった。心が危険な領域に入りこんでいく。

「分別があるほうの人間を演じることに、うんざりすることはなかったのかなって思ったんです」ナイアはひらきなおって言った。

「もう演じてはいないんだよ、ミス・ジョーンズ。ずいぶん前からね」

「まあ残念」偉そうな態度をとられるのはきらいだけれど、ジェイクのやり方ときたらあっぱれなぐらいだ。ミス・ジョーンズだなんて、彼にとって私がただの秘書にすぎないことを覚えておけというのね。「私は演じ方を忘れないようにしたいわ」

ナイアはジェイクをにらみ続けた。だが、幸いなことに、自分の無邪気な言葉が、ジェイクの無邪気とは言えない心にあれこれ想像を呼び起こしていることには気がつかなかった。

彼女がそういう遊びについて話しているとは思わない。でも、もし彼女が演じる役というのが……。頭に映像がよぎる。ジェイクは鋭く息を吸い、みだらな考えを振り払った。いいかげんにしろ！　そんな想像をしにここへ来たのか？　弟をさがしに来たんだろう？　いとも簡単に気を散らされてしまったことに自己嫌悪を覚える。しかも、それを楽しんでいたとは。

「それから、あなたが弟さんのことをどんなに心配しているか知っています。だから、そんな感情を持たない鋼鉄の男のふりなんかしなくていいんです」

「弟の身を案じる兄のふり、の間違いだろう」

ナイアは首をかしげ、考え深げにジェイクを見た。

「いいえ」ゆっくり首を横に振る。「そうは思いません」

「きみはいつも人のいい面だけを見るのか？」

「あなたは違うんですか？」

ジェイクはいらだたしげにため息をついた。「きみはジョッシュを好きになるよ」

「そうなの？」ナイアはけげんそうにきいた。

「なんとなく似ているんだよ。常識に従わないところとかがね。ジョッシュは激しい一面も持っている、危険なところのあるやつだ」ナイアもまた危険なところがある、とジェイクは思った。激しい一面もあるのだろうか。「男が必要とするのは、善良な女性の愛だけだと信じているタイプの女性にとっては、とても魅力的なはずだ」

ナイアは挑発にはのらず、だまって理解を示すようにうなずいた。ジェイクは気に入らないだろう。彼は、理解や同情、問題の共有といったことには関心がないのだ。少なくとも相手が秘書の場合は。

「お気づきではないかもしれませんが、私は弟さんに同情はしても、体で慰めようとは思っていません」ナイアはやさしく言った。「危険な生き方をするほうが楽しそうに思えることが、あなたにはよくあったんでしょうね」心から同情して言う。

ジェイクが、自分がまわりの人間にどう見えるのか、まったくわかっていないことがおかしい。兄弟の両方を見て、どちらが危険な男の空気をただよわせているかときかれれば、私の答えは決まっている。弟のほうを見たのは、ほんの一瞬だったけれど。

今も彼がしているように、あんなふうに眉間にしわを寄せると、いっそう顔つきがシャープになる。

完璧《かんぺき》な骨格だわ。ナイアはそっとため息をついた。ジェイク・プレンティスは氷山を思い起こさせる。彼の情熱の大半は目の届かない深みにかくされていて、こちらの興味をかき立てるのだ。

その深みをさぐってみたい。息苦しいほど胸がどきどきするのを感じながら、ナイアはほんの一瞬だけ思いに身をゆだねた。彼と愛しあうことを想像し、背筋に震えが走る。まるで、頭のてっぺんからつま先まで、興奮の波にのみこまれてしまったかのようだ。

「身の上相談の相手としてきみを雇ったわけじゃないんだ、ミス・ジョーンズ」ジェイクはきびしく言った。職場の人間に心の中までずかずか踏み入ることを許してはいない。とくに、些細《ささい》なことに嫉妬《しっと》する自分のいやな面を掘りかえされるのはまっぴらだ。

ジェイクは、あごをあげてこちらを見ているナイアをにらみつけた。

「そうですね」ナイアの声はおだやかで、すこしかすれていた。「でも、それを言うなら、職務内容に子守りは含まれていませんでしたけど」きっぱりと言う。「子守りといえば、そろそろリーアムが目を覚まして、ミルクをほしがるころだわ。バッグの中には、たしかミルクが一回分しか用意されていなかったと思うけれど」ナイアは言葉を切った。なにも言わないところを見ると、ジェイクも同じ意見のようだ。「どこかに粉ミルクがないかさがしてください。哺乳瓶《ほにゅうびん》の消毒用品一式も」

「赤ん坊のことになると、女性はどうして、男を無知な役立たず扱いするんだろうな？」文句を言いながらも、ジェイクは頭上の棚をはしから順に調べはじめた。そして、あったぞとうなると、粉ミルクの缶を引っぱり出した。

「ほかの女性については知りません。でも私の場合は、あなたをおばかさん扱いできるなんてめったにないことですから」

「僕がひどい上司だと言いたいのか？」ジェイクはこわばった声できいた。

「あら、ひどいだなんて」にこやかに否定する。「ただ無理な要求が多くて、高圧的なだけです」

「で、それにくらべてきみは完璧な秘書というわけか？」

「そんな！」ナイアは叫ぶように言った。ジェイクが理想とする完璧な秘書の姿を思い浮かべて、おおげさに顔をしかめる。「違うといいんですけど」

「安心していい」ジェイクの声はそっけなかった。

「完璧なんてつまらないもの」

「違うからだいじょうぶだ」うんざりしたように言う。

ジェイクの引き締まった顔に、おもしろそうな表情がちらりと浮かんだので、ナイアはほっとした。

「これまでで一番のほめ言葉かもしれないわ」彼女は、相手がつられてしまいそうな、顔いっぱいのにこやかな笑みを見せた。「それとも、唯一のほめ言葉かしら」

「きみが逃げ出さなかったのがおどろきだよ」ジェイクはなにげないふりをして、ナイアのえくぼに目をやった。

「生まれつきへそ曲がりなんです」ナイアはため息をつき、細い肩をすくめた。「負けを認めるのはきらいなの」

逃げ出さなかったのは、扱いにくい上司に対して、不道徳な魅力を感じてしまったせいでもある、などとは口にしないほうがいい。考えることさえよくない。

「秘書として完璧でも、さすがにこういうことまではしないでしょうね」ナイアは荒れ放題のキッチンを指し示そうと、さっと腕を動かした。その拍子に、ジェイクの顔に洗剤まじりの水が飛んだ。「まあ、ごめんなさい」

　スカートのウエストにはさんでいたふきんをとり、ジェイクの顔に手をのばす。

「少なくとも、私は臨機応変に――」

「自分でやるからいい」彼はナイアの手首をつかみ、顔から離した。びっくりするほどきつい声だ。

「だいじょうぶよ」ナイアは瞳に浮かぶ動揺をかくせなかった。「病気なんか持っていないもの」

「僕に言わせれば、きみには……」

　彼の声には、なぜか怒っているような響きがあった。もしかしてジェイクは……。いいえ、そんなことあるわけがない。みだらな想像に気を散らされているのが、私だけではないなんて。現実を見なさい。

ナイアは自分をいましめた。

　ジェイクの指は、手錠のようにまだ手首に巻きついている。用心深く視線をあげると、彼は目を閉じていた。声には出さずに、なにやらぶつぶつと、ののしりの言葉をつぶやいている。

「もし私の触り心地がよくても、それは私のせいじゃないわよ」ジェイクがまだ万力のように自分を締めあげていることを思い出させようと、ナイアは軽く手首を動かした。

　彼ははっと目を見ひらいた。「そうだろうね」ジェイクはナイアの顔に視線をさまよわせながら、ジェイクは大きく息を吸い、鼻をふくらませた。彼の考えていることが手にとるようにわかる。今度は間違いない。望みをかなえたいという思いが、瞳の奥に見え、ナイアは焼けつくような熱をはっきりと感じた。

　どこからかすすり泣くような声が聞こえる。私じゃないわ。私はこんなめそめそした声は出さないもの。ナイアはジェイクの日に焼けた顔を見つめようとしたが、手足が急に重たくなり、その感覚はまぶたにまで広がった。目をあけておくことはできなかった。

ぼうっとした頭に、様々な映像が浮かぶ。そこにはジェイクがいる。彼に触れる私も……。

　刺激的なことを考えすぎたせいで、ナイアの心はばかばかしいほどに張りつめた。もしジェイクが、手首をつかむ以上のことをしてきたらどうしよう？　彼はそんなことを……もちろんしないわ。ばかね。多少腑《ふ》に落ちない言動があることは別にして、彼は赤毛が好きでさえないのよ。

　ジェイクはナイアの手首を放し、手のひらをズボンでこすった。まるで有害な菌に触れてしまったかのように。彼女の手首にはまだ彼の指の感触が残っていた。だが、あの電気が走るような強烈な感覚は、かろうじて感じとれる程度のうずきにまでおさまっている。すぐにこのうずきも、そして欲望に満ちた空想の数々も、私の中から消えてなくなるだろう。

「赤ん坊が目を覚ます前に、ミルクを用意しよう」

なにごともなかったかのような声だ。すこし怒っている感じではあるが、ナイアが彼の機嫌をそこねるのはよくあることだ。引き締まった頬がぴくぴくと動く速度があがりつつあるのは、それが理由だろう。

　ジェイクがよそよそしい話し方をするのは前からのことだ。それなのに、なぜ今はこんなに腹が立つのだろう。考えるだけで落ちこむけれど、答えはわかっている。あのとき感じていたことがなにであったにせよ、彼は蛇口をしめるように簡単に気持ちを切りかえてしまった。だけど私のほうは……。

「それって、さっき私が言いだしたことだわ！」

　ジェイクはなにも答えない。でも、それでよかったのだ。その口調が示す以上に、ナイアは内心ではいらいらしていた。持っていき場のないほどの憤りを感じる。こんな気持ちになるのは、もっと感情の起伏が激しい人たちだけだと思っていたのに。

　ナイアは精力的に動き回った。冷蔵庫の中身を調べて、賞味期限がとっくに過ぎたあやしげな食品をかたっぱしから処分する。また、中の棚を消毒し、そこにミルクを入れた哺乳瓶をきれいに並べ、洗いおえた皿もカウンターにきちんと積みかさねる。リーアムが目を覚ますころには、用事はすべて片づいていた。

ナイアは、おなかがすいて手足をばたつかせている赤ん坊のあたたかな体を、ジェイクの膝に置いた。彼は身をかたくしたが反論はしなかった。あたふたするところを見てみたいという気もするけれど、彼が赤ん坊にミルクをやっている姿は微笑ましくて、涙が出そうになる。初めはおそるおそるだったジェイクも、だんだん自信が出てきたようだ。心を打つ光景だった。ナイアは深く感動しながら、彼が赤ん坊にどんどん引かれていく様子をながめた。

子どもがほしい？　質問が喉まで出かかったが、その話題に危険なほど興味があることを知られてしまうのをおそれ、彼女は口をつぐんだ。それに、男性不妊の話をしたときのことをむしかえしたくない。

すこし気持ちを落ち着かせようと、ナイアは外に出た。新鮮な空気を胸いっぱいに吸って、気をとりなおそう。しばらくして彼女は、隣接した草地に放し飼いにされていた雌鶏《めんどり》から、ポケットと両手いっぱいの卵をもらって、コテージの中にもどった。

「オムレツでもどうですか？」ナイアはつやのある茶色の卵をかかげた。日の当たるパティオには、お茶にできそうなハーブも植えられている。「あなたはどうか知らないけれど、私はおなかがすいたわ」

率直に言い、自慢げに見せた卵に藁《わら》がついているのを見つけ、ふっと息で払う。「食器棚はほとんどからっぽだわ。なんです？」ジェイクが変な顔をして自分を見ていることに気づき、ナイアはたずねた。

けんか腰に聞こえただろう。けれど、いつもセンスのいい服をぱりっと着こなしている職場の上司が、赤ん坊を肩にもたれさせ、そっと背中をたたいている光景に、思わず心を乱されてしまったのだ。

体が大きくてハンサムな男性が、小さな赤ちゃんを抱いているのよ。興味をかき立てる組みあわせだし、誰だって心を動かされるわ。ナイアは皮肉っぽく考えてみたが、ほとんど説得力がなかった。もしかしたら、私の心は、この特別な男性がかかわっているときだけ、人一倍敏感になってしまうのかもしれない。

「なにかすねているのかと思ったよ」

「すねるのは男の人だけ。女はいろいろと片づけなければいけないことがあるから、いそがしいんです」ナイアは一瞬、生意気そうな笑顔を見せた。

「お茶をいれようと思うのだけど……」きびきびと言う。扱いにくくて、手の届かないところにいる男性を好きになってしまった。それをとうとう認めたことなど、みじんも感じさせない口調だった。

4

モルトウイスキーだけならまだましだったかもしれない。だが、どの部屋にも空瓶がころがっているところを見ると、弟はアルコールと名のつくものなら、家じゅうにあるものをなんでも手当たりしだいにあおったようだ。

「いい方法だな」小さなげっぷの音が聞こえ、肩になまあたたかいものが流れた。弟がここに、洗濯されたシャツを一枚でも残してくれているといいんだが。期待は薄いか。

「牛乳がないわ」ナイアが深刻そうに言った。「でも、庭に乳しぼりが必要な山羊《やぎ》がつながれていたわね」どんな事情であれ、動物の世話をほうり出すなんてとんでもないという顔をする。

「きみの家は農場だ。完璧《かんぺき》だね。きみを連れてきて正解だった」

一緒にいて楽しいからではないのよね。ナイアは暗い気持ちで思った。「喜ぶのは早いと思うわ」冷たく言う。「父は昔かたぎの人間で、山羊と、マナーをわきまえていない放浪者は同等だということをよく言っていました。あんなにおいの強い動物は、ヒッピーが飼うものだって」

「心が広くて偏見のない人じゃないか」

「あなたを見ていると誰かを思い出すと思ったのよね」ナイアはきつい口調で言いかえした。「あまり期待しないでください。がんばってみますけど」

「きみならできるさ」

考えるだけでおもしろい。僕の家とも言える、あのエアコンの効いたビルにいる連中が〝セクシーでたまらない〟ミス・ジョーンズが山羊の乳をしぼるために腕まくりをしているところを見たら、どんな顔をするだろう！　目的を持った様子で部屋を出ていくナイアを見るジェイクの顔から、思わず笑みがこぼれた。今日はこんなふうに笑うことがあるとは思っていなかった。

ハーブを使っていれたお茶はすこし味がおかしかったが、まあ飲めたし、オムレツはふんわりとしておいしかった。二人はだまりこくって食べた。大時計が時を刻む音と、すやすや眠る赤ん坊の、鼻がつまったような寝息しか聞こえない。

「電車の時間は何時なんだい？」

「もういいんです。どうせ間に合いませんから」ナイアはティーカップのふちから用心深げにジェイクを見た。

月曜日になったら、いつもどおり仕事がはじまる。ナイアは気持ちが沈んだ。頭の中ばかりでなく、胸の中までもこんなにかき回されてしまって、なにごともなかったように仕事ができるとは思えない。いっそ、やめてしまおうか。そうしたほうがいいのかもしれない。いや、そうするしかない。現実を見つめようと、心を引き締める。それでも、実際にはなかなか決心することができなかった。

「ぎりぎりで間に合うさ。今すぐ僕が電話でタクシーを呼ぶから、それで近くの駅まで行けばいい」ジェイクは眉間《みけん》にしわを寄せながら、ちょうど電話のそばにあった時刻表をのぞきこんだ。

「そういう方法もありましたね」ナイアは気のない返事をした。ほんとうに一緒にいるのがいやなのね。私を早く追い出そうと、そんなに一生懸命になるなんて。

「僕が送っていければいいんだが、そうすると、リーアムを起こして車に乗せなきゃいけないからな」

「起こしてはだめ！」ナイアはあわててとめた。ぐずる赤ん坊を寝かしつけるのに、どれだけ時間がかかったことか。「あなたはだいじょうぶなの？」受話器をあげたジェイクに言う。「これからどうするんです？」

「たぶんジョッシュはもどってくると思う。だから僕はここにいるよ。それに」彼は籐《とう》細工の揺りかごに寝ている甥《おい》に目をやった。「僕の家は、この僕以上に赤ん坊むきじゃないからな」

「あら、でも、あなたはよくやっていると思うわ」ナイアは心から言った。だが、やけにやさしい口調になってしまったことに気づき、その印象をとり消そうと口をひらいた。「そんなふうに――」

「無理な要求が多い男にしては？」

「思い当たる節があるのかしら」

「それについてはなんとも言えないが、このシャツがなんだかじめっとして、におうのは間違いない」ジェイクはくんくんと調べるように鼻を動かし、肩のあたりに手をやって顔をしかめた。「電話番号はこれだから」指でメモ用紙をたたく。「二階に行って、ジョッシュの服をあさってくるよ」

ジェイクがいなくなるのと入れ違いに、玄関のドアをたたく音がした。ナイアは受話器をもどし、赤ん坊にさっと目をやってから、どんどんとたたく音をとめようと、玄関にいそいだ。

慣れない錠をはずすのに手間どり、やっとドアをひらく。

「あなたが子守りね」

否定する間も、肯定する間もなかった。裕福そうな男女が、ナイアの脇《わき》をすりぬけるようにして、コテージにずかずか入ってきた。

「かわいいぼうやはどこ？」きちんとした身なりの白髪の女性がたずねた。この声で、かわいいぼうやは間違いなく目を覚ましてしまうだろう。

この人たちが例の、愛情に満ちたおじいちゃんとおばあちゃんだわ。ナイアは気づいて身をかたくした。ジェイクがいろいろ気がかりなことを言っていたのを思い出す。もしかしたら、誇張もあるかもしれない。双子の弟をずいぶん身びいきしているようだから。目の前にいるこの人たちは、とても、父親から子どもを奪うような人間には見えないもの。いい人そう。

「連絡を入れようとしたんだが、話し中だったものでね」男性が話しかけてきた。「はじめまして。私はドナルド・フィッツジェラルド。ナタリーかね？」

「ナイアです」しっかりと握手をされながら、ナイアはぼうっとして答えた。二人はさりげなく、けれど明らかに批判的なまなざしで部屋をながめ回した。大いそぎで片づけたあとだけれど、隅の埃《ほこり》に目をつぶってもらえれば及第点はつくだろう。

「ナタリーという名前だと聞いていたんだが。そうじゃなかったかね、メーブ？」男性は眉をひそめて妻を振りかえった。「思ったより若いし」困惑したように、ナイアを上から下までじろじろ見る。

自分がその子守りだったら、失格だと言われているようでさぞ居心地が悪かっただろう。でも私は子守りじゃない。せりにかけられている家畜になったみたいでいやな気分になる。

「ジョッシュが間違えたのかしらね。おどろくことじゃないわ。こんなときだもの」彼の妻は、内々の話をするような感じで、思いやりのある言葉をそえた。「忙しくてたいへんでしょう。ジョッシュはなにもしないでしょうから」同情するように言う。

どうやらさぐりを入れているらしい。とてもさりげなく。けれど目的は明らかだ。私にジョッシュを非難させようとしている。うっかりしたことは言えない。助けて！　内輪のごたごたのど真ん中に巻きこまれてしまった。

「そんなことはありません」ナイアは慎重に答えた。なにも答えなくてすむなら、口をつぐむのだけれど。

こんなときにジェイクはいったいどこにいるの？

「まだお酒は飲んでいるの？」

「ここにはお酒は一滴もありませんから」ほんとうのことだ。きかれていないのだから、空瓶のことはあえて触れなくていいだろう。

ジョッシュを守るような発言をしたせいで、傍観者の立場から、この争いごとの当事者の一人になってしまった。あとで後悔するようなことにならないといいのだけれど。

「外にあるのはジェイクの車？　彼もここに来ているのかしら？」

「はい……いいえ！」

あわてたようなナイアの態度に、二人は眉をひそめた。

「来たんですけど、帰りました。車は故障したんです」適当な話を作りながら、ナイアは心の中で、最高の技術を結集して製造された車にあやまった。

「誰か来たのかい？」そのときジョッシュのアトリエから、清潔ではあるが絵の具のしみがついたシャツのボタンをかけながら、ジェイクが出てきた。ぜい肉のない、引き締まった腹部がちらりと見える。するとと突然、このときを待っていたかのように、ナイアのおなかの中がわけのわからない渇望に満たされ、熱くとけだした。ジェイクはいつも荒々しいほどに男っぽい。女性は皆ほれぼれし、離れたところからでもため息をつく。

仕立てのいいデザイナースーツを身にまとっているときの彼は、完璧すぎて手が届かない存在に思えた。でも、髪をくしゃくしゃに乱し、しわだらけのシャツを着ている彼は、私と同じ世界の住人のように見える。もちろん、それは現実ではないのだけれど。ナイアは彼から視線を引きはがし、大きく息を吸った。落ち着こうと考えてのことだったが、まだ呼吸は荒く、体も震えている。ナイア、よだれをたらさないうちに冷静さをとりもどしなさい！

「あら、ジョッシュ、リーアムのおじいちゃまたちがいらっしゃいましたよ」ナイアの耳には、自分の声がばかみたいにはしゃいで聞こえたが、フィッツジェラルド夫妻はとくに変だとは感じなかったようだ。彼らの注意は、戸口に立つ背の高い人物にむけられている。ナイアも彼を見つめ、かたずをのんだ。

「そのようだね」ジェイクはナイアの目をまっすぐに見て言った。

ナイアはほっとして小さく息をついた。「今、ジェイクの車が故障した話をしていたんです。電車には間に合ったかしら」これでもう私のほうは間に合いそうにないけれど。

「やあ、どうしたんです、メーブ、ドナル」ジェイクが手をさしのべながら進み出ると、年配の男性は一瞬おどろいたようだったが、すぐに同じようにした。だが妻のほうは、つんとした態度で、手を動かそうともしなかった。ナイアはかすかに反発を覚えながら、ジェイクの表情をうかがった。

「いやいや、ちょっと通りかかったものでね」

「それで寄ってくださったわけですか。どうもわざわざ」綿シャツの袖口《そでぐち》にカフスボタンがないとわかると、ジェイクは袖を折りあげ、それから、裾《すそ》をズボンのウエストに押しこんだ。

気がつくとナイアは、彼のたくましい腕をじっと見つめていた。恥ずかしくなって顔を赤らめ、横をむくと、メーブ・フィッツジェラルドの視線とぶつかった。彼女のわけ知り顔には、こちらを不愉快にさせるものがあった。

「この前会ったときよりも、だいぶ元気になったようだな。そうは思わんかね、メーブ？」

「ひげをそって、髪を整えたからといって、私のかわいそうな娘の子の父親として、ふさわしいことにはならないわ！」メーブは、眠いところを起こされて泣きだしたリーアムを抱きあげた。「娘も、あなたじゃなくてジェイクと結婚していれば、今ごろはまだ生きていたはずよ。彼ならあの子を妊娠させたりはしなかったわ。昔から体が弱くて、赤ん坊なんて産んではいけなかったのに！」ぎゅっと抱き締められ、リーアムはますます激しく泣いた。

「ほらほら、メーブ。約束したじゃないか」ドナルが困ったような顔でさとす。

「メーブ、ブライディーは幸せだったんです。若くて、健康にも恵まれていました。あなたも知っていたはずです」自分を正当化したり、相手を非難したりする口調にならないよう気をつけながら、ジェイクはゆっくり言った。「医者にも、ほかの誰にも、ああなることは予測できませんでした」沈んだ声で続ける。「今はリーアムのことを第一に考えてやらないと。責任のなすりつけあいをしているときじゃありません」

ジェイクの言葉を聞いた夫妻は狐《きつね》につままれたような顔をした。おそらく、妻に先立たれた弟のほうは、前に同じような非難を受けたとき、まったく違う対応をしたのだろう、とナイアは推測した。

ジェイクがかすかにうなずいたので、彼女はすぐに察し、涙ぐむメーブから赤ん坊を受けとろうとした。メーブは、顔に同情を浮かべているナイアを怒ったような目で一瞥《いちべつ》したが、赤ん坊を渡した。

ジェイクは赤ん坊を見てから、視線をナイアにうつし、思いがけなく微笑《ほほえ》んだ。二人はそのままわけもなく見つめあっていた。彼女は目をそらすことができず、押し寄せる感情にのみこまれそうになった。

「ずいぶん元気そうなわけがわかったわ」メーブがとげのある声で言った。なだめようと夫が肩に回した腕を、体を揺するようにして払いのける。「もうブライディーのかわりを見つけたのよ。住みこみの子守りだなんて！　便利ね。この人がジョッシュを見る目を見た？　まるでどろぼう猫だわ」

ナイアはジェイクと見つめあったまま体をこわばらせた。グレーの瞳の奥に浮かんだ光に、不安を感じる。不安を感じるですって？　彼のことならなんでも好きなくせに。自分をあざけるようにわずかに肩をすくめ、ナイアはかたく目を閉じた。

左右に体を揺らしながら、さらにしっかりとリーアムを抱き寄せる。こうすることでえられる安心感がまやかしなのはわかっている。結局、この子の祖母は、たったいくつかの言葉を発するだけで、私が必死にかくし通そうとしていたものを見事にさらけ出してしまったのだから。

「ジェイクの前でそんなことを言ってはだめですよ、メーブ」

どこかおもしろがっているようなあっけらかんとした声に、ナイアは柔らかい赤ん坊の髪にうずめていた顔をあげた。

「つまり……」ドナル・フィッツジェラルドは興味深げにナイアの顔を見なおした。

ジェイクはうなずいた。「兄とはたしか……一カ月半前からつきあっているんだっけ、ナイア？」

「二カ月弱です」誰が見ても憎々しそうだとわかる目をジェイクにむけ、ナイアはなんとか言葉を返した。ジェイクはどこ吹く風といった様子だ。

「ちゃんと数えているんですよ。かわいいと思いませんか？」

間違いなくおもしろがっている。ナイアは怒りに胸をふくらませた。こんなにそれらしく、こんなに想像力に富んだお芝居ができる人だとは思わなかったわ。

「もう指輪も贈ったのかな？」ドナルが冗談を言った。

ナイアは警告するようにジェイクを見た。まさか、そこまで言わないでしょうね。彼はナイアの期待を裏切った。

「まだほかの人には言っていないんです。母が旅行中ですから」

「じゃあ、アンナは知らないのか」ドナルはうんうんとうなずいた。メーブのほうはあっけにとられたままだ。「もちろん内緒にしておくよ。さてと今日は」うんざりしたように肩をすくめる。「ほんとうに失礼した。ここに来るべきではなかった」ドナルは素直に非礼をわびた。

そのとおりよ。たとえばここで、私がわっと泣きだしたとしても、誰も注意を払ってくれないだろう。

男性二人はかたく握手をした。

「いつでもリーアムに会いに来てください。でも次からは、来る前に電話を一本入れてくださいね、ドナル」

5

「あの二人、帰る前に盗聴器を仕かけたりしていないよな？」ジェイクは花瓶を持ちあげて底を確認した。「それとも、隠しカメラで間に合わせたとか」

ずいぶんご機嫌ね。首を締めてやろうかしら！

「なんてことをしてくれたの」ナイアは吐き捨てるように言った。なんとかなだめて、もう一度寝かしつけた赤ん坊のふとんをかけなおす。私の気持ちも誰かなだめてほしい。

「うまく切りぬけたと思うけど」ジェイクの声には見せかけだけの困惑が表れていた。「そもそも、あいう状況を作ったのはきみだしね。僕はきみに合わせて、とっさに芝居をしただけさ」

「そうじゃなくて！　どうしてあんなことを言ったの？　あなたと私が、その、私たちが……」おとなしく次の言葉を待つジェイクの、からかうようなグレーの瞳に見つめられ、ナイアはしどろもどろになった。顔を真っ赤にして口をつぐむ。

「しいっ！」ジェイクが自分の唇に指を当てた。

「わめき散らすつもりなら」ナイアの腕をつかむ。「ここから出よう」

胸の中がもやもやしていたが、ナイアはむっつりとした表情のまま、ジェイクのあとについてアトリエと思われる部屋に入った。彼に言われたからではなく、赤ん坊の眠りをさまたげたくなかったからだ。布をかぶった何枚もの絵が、かさなるようにして壁に立てかけてある。すべてがうっすらと埃《ほこり》をかぶっているけれど、彼女が片づける前のほかの部屋にくらべたら、ここだけはきちんと整頓《せいとん》されていた。

「ジョッシュのアトリエだ」ジェイクはそう言って、

壁ぎわの低い革のソファの方にナイアの背を押した。彼は絵から布をとると、一歩うしろにさがり、鮮やかな風景がいきいきと描かれた絵を見て目を細めた。

「うーん、すごくいい絵だ」感じ入ったように言う。

　ナイアはうなずいたが、そんなことではごまかされなかった。「どうして、あんなでたらめを言ったの？」

「ジョッシュが子守りといい仲になっていると思われるよりましだろ？」腕を胸の前で組み、片方のこぶしで二の腕のあたりをリズミカルにたたきながらジェイクは言った。

「その子守りは、つまり私は、誰ともいい仲になんてなっていないわ！」ナイアはむっとした。

「長距離恋愛はうまくいかないものだな」ジェイクは同情するようにうなずいた。

　ナイアは気まずく感じながら、指輪をはめた手を反対の手でかくした。「ヒューを巻きこまないで」

　ジェイクの瞳から、皮肉っておもしろがるような色が消えた。「彼を呼ぶつもりはないよ」かたい声で言う。「こんな遠くまで働きに出るのを許したんだ。なにが起ころうと文句を言う権利はないさ」軽《けい》蔑《べつ》するように、冷たく鼻を鳴らす。

　誰を軽蔑しているのか、よくわからない。私のことだろうか、それとも、この場にいないばかりか、ほんとうはなにも悪くないヒューのこと？　どちらにしても、この男性優位の発言は聞きのがせない。

「働きに出るのを許したですって？　私は別に許可なんてとらなかったわ」ナイアは形のいい眉を不快そうに寄せた。「でも、心配する必要はないでしょう。あなたのまわりに集まる女性はみんな、遠く離れたところへ行ってまで、新しい技能を身につけたがるタイプには見えないもの」彼女はふと困惑した表情になった。「ヒューを呼ぶつもりはないって、なんのことを言っているの？」

ジェイクがにんまりと笑うのを見て、ナイアの脈拍は急上昇した。

「ところで……ミセス・フィッツジェラルドのことだけれど、まさか彼女の言葉を真に受けたりしていないわよね」ナイアは弱々しく笑った。

「どの言葉だい？」ジェイクは濃い眉をはえぎわまで持ちあげた。

「わかっているくせに。お芝居は好きじゃないわ」

「さっきは演じ方を忘れないようにしたいと言っていなかったかな」ジェイクはさも楽しそうに、あげ足をとった。「きみが熱い視線を送ってくるから、僕はあの夫婦の注意をよそにむけなければならなかったんだよ。うまくいったけどね」無神経に自画自賛する。「こう言ってはなんだが、きみの態度はあまり助けにならなかった」

それを聞いて、ナイアはもはや自分がこの状況をどうにもできなくなっていることを認めた。うめきながら両手に顔をうずめる。オフィスの外なら私のほうが優位に立てると思ったのに！　仕事以外でジェイクに対処するのは不可能だ。

「嘘《うそ》よ！」ナイアは反論するように頭をあげ、顔にかかる髪をいらだたしげに手で払った。

「嘘じゃないさ」ジェイクは言った。

「そうじゃなくて、私は……熱い視線なんて」頭に血がのぼって、うまく話せない。彼は自信たっぷりな顔でこちらをじっと見ている。「あの人は理性を失っていたわ。あなたにだってわかったでしょう」

「たしかに。だけど、彼女は妙に細かいことに気がつくんだ。セカンド・オピニオンを聞けてよかったよ」

ジェイクにまで気づかれていたなんて！「私が色目を使ったと責めているの？」こんなに恥ずかしい思いをするのは生まれて初めてだわ。

「責めているんじゃないよ。趣味がいいってほめているんだ」

「あなた、面倒な立場に追いこまれたことを楽しんでいるのね！」ナイアは息をのみ、まじまじとジェイクを見つめた。おどろいたことに彼の瞳は、予測不能なできごとへの興奮に満ちている。

ジェイクは小首をかしげ、くっきりとした片眉をひょいとあげた。「たぶん、きみの言うとおりだ。僕が身にまとったのは、弟の服だけじゃないんだと思う」考え深げに言う。

彼の長い指がなにげなくシャツに触れた。ナイアの知っているジェイクなら、けっして着ないような、オレンジ色のシャツだ。彼がボタンをいくつかはずしたので、引き締まった筋肉質の胸があらわれた。

「それにしても、よく思うんだ。人間の行動パターンは、育てられ方にどのくらい影響されるのかってね」ジェイクはじっと考えた。「つまり、ジョッシュと僕は、遺伝子的にはまったく同じ設計図を持っている。だけど、ジョッシュなら、こういう機会はぜったいにのがさないはずだ」

「こういう機会って？」ナイアはかすれた声できいた。興奮とおそれが頭の中でせめぎあい、息も苦しくなる。

ジェイクが突然、ソファの横に膝をついた。今日の彼はおかしいわ！

ジェイクの腕が頭のすぐうしろの背もたれにのびる。ナイアは体をかたくした。「な、なにをしているの？」声がしわがれる。

「きみの顔をなでているんだ。信じられないほど肌が柔らかい」ジェイクはナイアのあごの線を指でそっとなぞりながら言った。

「知っています」このまま目を閉じて、丸めたつま先にまで伝わるかすかな官能の波に、身をゆだねてしまいたい。

「そうだろうね」ジェイクは皮肉っぽく返した。

「そういう意味じゃなくて……」なにを言おうとしていたのか、忘れてしまった。ジェイクが肘を曲げて彼女の頭の両わきに腕を置いたので、顔がすぐ目の前にせまってきたのだ。

ジェイクはナイアの見ひらかれた目を見つめ、親指で彼女のこめかみをそっと押しながら、柔らかくて張りのある豊かな髪に、広げた指をすべりこませた。喉の奥から、欲望に満ちたうめき声がもれる。

「引っぱってもとれないわよ。かつらじゃないんだから」どうにかなってしまいそうな空気を変えようと彼女は冗談を言ったが、その声はかすれていた。

「とりたいわけじゃないよ。この中にくるまりたいんだ」なにかを考えるような表情がジェイクの瞳をよぎった。「いや、それより、二人でくるまりたい」頭の中の夢想を置きかえながら、鷹《たか》を思わせる笑みを浮かべる。彼は胸を大きく上下させ、静かに吐息をついた。「なめらかな肌にこの髪、すばらしいコントラストだ……」ハスキーな声はとけたチョコレートのようだ。

「髪に異常な執着心があるのね」ナイアはかすれたままの声で責めた。ジェイクの言葉のせいで、熱をおびた頭の中に退廃的な情景が渦巻く。燃えるように熱い指で体じゅうをなでられている気分だ。

「ミス・ジョーンズに異常な執着心があるんだ」ジェイクはさらりと言った。

「いつから？」

「初めてきみの笑顔を見たときから。僕にむけられたものじゃなかったけどね」

めまいがしそうだ。こんなにはっきりとした答えが返ってくるとは思っていなかった。詩的な表現は別にしても、言っていることがほんとうだとすれば、いろいろなことの意味が変わってくる。

ジェイクがさらに体を近づけてきた。これ以上接近されたら、自制心を失いそうだ。ナイアは距離をたもとうと片手を前に出したが、その手は彼の裸の胸に当たった。

「そのまま！」ジェイクがナイアの手をつかみ、強く言った。「手を引っこめないで。そうしていてくれ」

ジェイクはその長い指で、ナイアの握り締められたきゃしゃな手をひらき、浅く焼けた自分の肌にゆっくり押しつけた。

ぞくぞくするほど官能的な光景だった。ジェイクの肌は思った以上になめらかで、豊富にはえた濃い胸毛もおどろくほど柔らかい。おなかの下の方でくすぶっていた火が、かっと燃えあがった。よろこびの波が背骨を伝い、震えとなって全身をかけめぐる。

「心臓の鼓動を感じるわ」ナイアは不思議そうにささやき、ジェイクの目を見あげた。

「それ以上のものをきみと分かちあいたい。最初に見たときから、僕はずっときみに夢中だったんだ」

彼はうなり、ナイアの優美なあごを指ではさんだ。

「あなたの態度は冷たかったわ」率直な告白にナイアは心を奪われたが、落ち着かなくもあった。これが現実に起こっていることだと信じるのが怖い。もしかして、まだお芝居を続けているのかしら？　私を誘惑しているのがプレンティス兄弟のどちらなのか、はっきり知っておきたいのに。

「きみのせいで僕はなにも手につかなくなった。社内恋愛はブライディーでこりているはずなのに、同じ場所で同じことをくりかえして、そしてまたこのありさまだ」

「知らなかったわ」ナイアは突然不安になった。ブライディーも彼の秘書だったのかしら？

「まだ知らないことはたくさんあるよ、ミス・ジョーンズ。きれいで、セクシーで、すばらしいミス・ジョーンズ」ジェイクは合間合間にキスをはさみながら、ゆっくりとほめ言葉をささやいた。

キスがこんなに変化に富むものだったなんて。どのキスも完璧《かんぺき》で、どのキスにも体がしびれたようになる。ナイアは荒い息をしながら、目の前にある肩にもたれかかった。「最高だった」うっとりとして、あえぐように言う。

「僕もまったく同じ意見だ」ジェイクは笑い、あごに指をかけてナイアの顔をあおむかせた。「僕は大ばか者だったよ。どんなに心をくすぐる笑い声も、どんなにすばらしい肢体も、どんなにキスしたくなる唇も、自分と仕事のあいだには割りこめない。それを証明しようとやっきになっていた。もう二度と、仕事と個人的なよろこびを混同するまいと心に決めていたんだ。だけど、これほどのよろこびなんて……」ジェイクはナイアの柔らかい耳たぶをかんで、うめいた。

「そうね」ナイアは情熱にわなないた。うなじに熱い息がかかる。ジェイクの体温も、清潔でぴりっとした男性らしい匂《にお》いも、無視することができない。彼の匂いが、この匂いが好きだ。そう、彼を好きなように。「だけど、私も社内恋愛には賛成できないの」ナイアははっきりと言った。

「これは例外だよ」

「私たちのオフィスが、ほかのみんなのところとは区切られているから……」ナイアは口の中でもごもご言った。

「そのとおり」

初めてジェイクと心が一つになっているように感じる。彼がナイアの鼻の横に自分の鼻を押し当て、ぎりぎりまで唇を近づけた。もし私が唇をひらきさえすれば……。「ブライディーはあなたの部下だったの？」違う。こんなことをきくために口をひらいたのではないのに。私ったらなにをしているの？

「僕じゃない、アランだ」ジェイクはしわがれた声で社長の名を言った。「話はやめて、キスをさせてくれないかい？」

「私にブライディーの面影を見ているの？」

ジェイクはナイアの背中に腕を回し、敏感になっている彼女の胸の先端を自分の裸の胸にぎゅっと押しつけた。なにかを考えこむような表情だ。

「ナイア、きみみたいな女性には会ったことがないよ」

この答えに満足しなければ。

わずかにひらかれたナイアの唇は震えていた。それを見たジェイクは唇を引き結び、からからになった喉からもれそうになる、苦痛に満ちた鋭いあえぎを押し殺した。

彼はすばらしく官能的な唇に、ゆっくりと略奪者のような笑みを浮かべた。ナイアの頭の中では、警報が鳴り響いてもよさそうなものだったが、そうはならなかった。

「自制心なんて知るものか！」

ジェイクがなにかを捨て去るとき、彼がとことん本気になることをナイアは知った。最初、彼の唇の動きがためらいがちだったため、ナイアは安心していた。だがその安心感はまやかしだった。ゆっくりと、けだるげで、うやうやしくさえあったキスは、気がつくと激しくむさぼるようなものに変わっていた。むき出しの欲望に触れ、今までに経験したことがないほどの興奮に全身が包まれる。だがナイアは、欲望の嵐《あらし》にただ巻きこまれているわけではなかった。彼女もまたその嵐の一部だった。いや、その中心にいたと言ったほうがいいかもしれない。

ジェイクの舌が熱い口の中に押し入ってくるたび、ナイアは低くうめき声をあげた。彼のあたたかな背中に腕をはわせる。ジェイクがゆっくりとうしろにたおれたので、彼女はソファから引きずりおろされ、床の上で彼におおいかぶさる形になった。

「あなたをつぶしちゃうわ」

「そうしてくれ」

ジェイクが両足を床につけて膝を立てたので、ナイアの体は彼の脚の間におさまった。すると彼が、じゃまな服の上からでもはっきりとわかるほどに、興奮しているのが伝わってきた。

そろそろこの服をどうにかしなければ。ナイアはさっと体を起こしたが、そのとたん、ジェイクがうめいたので、もっと気をつけて動くべきだったと後悔した。

「だいじょうぶ？」ナイアはブラウスのボタンをはずし、レースとサテンの飾りがついた薄い布地をさらけ出した。焼けつくような彼の視線が心地いい。自分にもそなわっていた女性としての力を急に強く意識し、ナイアはそれに酔いしれた。彼は私をほしがっている。誰よりも美しいこの男性を、私はうずかせているのだ。

「え、なんだい？」そこにいるのは、いつもの論理的にものを言うジェイクではなかったが、ナイアは気にしなかった。しかし、わざとらしくゆっくりと服をぬいでいく彼女を見つめる瞳は、半ば閉じられたまぶたの奥で、多くを物語っていた。たくましい胸板が、深く速い呼吸に合わせて静かに上下する。

ナイアはエメラルド色の瞳を、誘うようになまめかしく輝かせた。体をかすかに左右にくねらせ、まるで猫のようにしなやかに、ブラウスを肩からするりと落とす。目はじっとジェイクを見つめたままだ。

「ああ！」ナイアがブラジャーのホックをはずし、それをわきにほうると、ジェイクは感嘆のため息をもらした。先端をばら色に染め、豊かに盛りあがった胸がゆらりと揺れる。「なんて――」

そのとき、赤ん坊の泣き声が聞こえ、ジェイクの言葉がかき消された。二人はぎょっとして体をこわばらせ、泣き声がそれで終わりなのを確認しようと待った。けれど赤ん坊は、ふたたび怒ったような声で泣きだし、彼らの期待は裏切られた。

ナイアは、ジェイクが体を大きく震わせるのを感じた。握りこぶしを鼻筋に当て、目をつぶっている。顔がうっすらと汗ばみ、日に焼けた美しい胸も同様だった。

「僕が行く」ジェイクはかたい声で言い、横にころがるようにして体を起こした。「まったく」顔はけわしかったが、優雅な身のこなしでさっと立ちあがる。「究極の避妊法は、赤ん坊をそばに置いておくことだな。ところで、きみは……」

ナイアのほうは、なに一つ優雅にこなせそうになかった。ぎこちなく、ぶざまな気分だった。上半身裸というあられもない姿になっていることが強烈に意識される。胸が痛い。ああ、でも、このうずきをどうすればいいの！　喪失感は言葉では言い表せないほどだ。

長距離を走りおえたマラソンランナーのように荒い呼吸をしながら、ナイアはブラウスをたぐり寄せ、胸の前にかきいだいた。つい先ほどまでの、乱れた奔放さは忘れ去られ、困惑したバージンのような気持ちになる。実際、彼女はバージンだった。いったい私はなにをしていたのだろう。

「私が、なに？」ナイアはうわの空で、ぼんやりたずねた。そのとき、やっと彼の質問の意味に気づき、顔が真っ赤になった。「いいえ」喉がつまる。

「僕もだ」ジェイクは唇のはしをゆがめ、髪を手で整えてから、シャツの裾《すそ》をズボンにたくしこんだ。

「ということは、リーアムに助けられたってことか」

去りぎわにジェイクが言ったことは、ナイアに自分のしたことの、もうすこしでするところだったことの、重大さに気づかせた。二人がしようとしていたことには結果がつきまとう。そんなことは考えもしなかった。身も心も彼のものになりたいだけで、ほかはどうでもよくなってしまったのだ。

その事実はしかし、ナイアにとってそれほど悪いことには思えなかった。彼女は自分が性的には奔放になれないとずっと感じていた。だから、ジェイクのものになることを考えただけで、腿のあいだが熱くうずくことにおどろいたし、興奮もした。

あいたドアのむこうで、ジェイクが赤ん坊になにか話しかけている。泣き声は小さくなってきた。ナイアは慣れない欲望に体がまだ震えているのを感じた。人目も気にせず泣いてしまいたい。めったにそんなことはしないけれど。髪を振りみだす姿をさらしたってかまわないわ。

ヒューとのことを説明しなくては。婚約者がいるのにほかの男性に気安く体を許す女だと思われたくない。でも、都合のいいように考えすぎていないだろうか。ジェイクがヒューのことなんて気にしていなかったら？　彼にとって私とのセックスは単なる遊びという可能性もある。私を抱こうとしたとき、そうすることで、いつもとは違う人間になろうとしているようにも見えた。自分にふさわしくない女だからこそちょっかいを出してみようと思ったのかもしれないし。どんどん暗い気持ちになりながら、ナイアは思いをめぐらせた。

あるいは、婚約者がいるという事実に、よけいスリルを感じたのかもしれない。もちろん、実際は婚約などしていないけれど、決まった相手がいれば、別の男性に結婚を要求することなど当然できないのだから。彼の生活にちらちらあらわれる女性たちとの関係を見ていると、どうもジェイクは、そういった要求をかわすのがじょうずらしい。そんな女性たちの一人になるわけにはいかない。そもそも、それほどきれいでも、従順でもないわけだし。

私はほんとうにジェイクとこれ以上深い関係になりたいのかしら。彼はいまだに危険で、謎《なぞ》めいた存在だ。でも、答えははっきりしている。なにもかも不確かで疑問ばかりだけれど、これだけは自信を持って言える。そう、私は彼と深くかかわりたい！　あのときリーアムが目を覚ましさえしなければ。今この瞬間、ジェイクと愛を交わしていられたら。

ジェイクは特別な力を持っていて、ナイアの心を正確に読むことができるかのようだった。もどってきた彼は、だまってナイアのかたわらに立ち、両手で顔を包んだ。「僕も裏切られたような気分だ。残念だけど……」重苦しい口調でつけたす。

「ミスター・バーゲンを出迎えにそろそろ空港へ行かないとね。今晩ストックホルムから到着されるわ。あとで言うつもりだったのよ」ずっとあとでね。もしも、忘れていなかったらの話だけれど。

「有能きわまりない秘書だな」

ナイアははなをすすり、涙ぐんだ笑みを見せた。

「やっと気づいてくれたのね」

「きみの秘書としての能力ではなくて、ほかのことに気をとられていたんだよ」

ジェイクの緊張した顔に浮かぶ表情を見れば、彼がなにに気をとられていたのかはっきりとわかる。彼が出かけてしまうのは寂しいけれど、これですこしは気持ちが救われる。ナイアはふいに涙がこぼれそうになり、さっと顔をそむけた。

「選択の余地があれば、僕が行かないのはわかっているね」ジェイクはあたたかく、なだめるように言いながら、ナイアのうしろに立った。

彼は自分のものだと言わんばかりに、荒々しくナイアを抱き締めた。回された腕が、胸のふくらみのすぐ下に来る。彼女は、ぜい肉のないたくましい胸に引き寄せられた。

「マッツ・バーゲンは朝一番の飛行機でバンクーバーにむかうことになっているだろう？」ジェイクはナイアの髪を指で払い、うなじにキスをした。彼女のこわばった体によろこびが矢のように走りぬける。

「立ち寄ってくれと頼んだのは僕のほうだから、行かないわけにはいかない」声がかすれている。

「わかっているわ」でも行かないでほしい。

「派遣事務所に電話してベビーシッターを頼んでみるよ。だけど、夜までに誰かをよこしてもらえなかったら、リーアムを連れていくしかないな。マッツがなにを考えるかは神のみぞ知る、だ」

私に助けを求めると思ったのに。それが友だちというものだもの。でも私たちは友だちではない。もちろん恋人でもない！

「ミスター・バーゲンは気にされないと思うわ」

ナイアは喉をごくりとさせた。ジェイクの腕をほどいて離れる。いぶかしむように眉をひそめ、彼は両腕をわきにおろした。

「彼にはお子さんが四人もいるのよ。一番下の、ええと、エリックだったかしら」顔をしかめて名前を思い出す。「たしかまだ一歳半だし」

「なんでそんなことを知っているんだ？」

ジェイクとミスター・バーゲンは三カ月前から合同事業を展開していた。その間、たくさんのメールがやりとりされたのに、ジェイクはマッツ・バーゲンの家族構成はおろか、結婚しているかどうかさえも知らないのだ。

「何度も電話をとりついでいるうちに、いろいろと話をする機会があったの。彼はすてきな人よ」ナイアはほんのすこし反抗的に言いそえた。

「きみのクリスマスカードのリストを並べたら、ここからカーディフまで届きそうだな！」ジェイクがからかった。

ナイアはジェイクをきっとにらみつけた。「少なくとも私はちゃんと自分で書くわ。あなたが最後に自分で書いたのはいつ？」

「僕の友人は僕がクリスマスカードを送らないこと

も、過度なクリスマス商戦にのるのが好きじゃないことも知っているんだ」

ナイアが目を丸くし、とがめるように見るので、ジェイクはますますオーバーに、偏見に満ちた皮肉屋を演じてしまった。

「こんなところにスクルージが生きていたなんて」彼のひねくれた見方にびっくりしながら、ナイアはため息をついた。「リーアムのために、弟さんが、こんなにつまらない人間じゃないことを祈るわ！」

「僕はあいつがクリスマスまでにここに帰ってくることを祈るよ」ジェイクはきびしい声で言った。

それを聞いて、ナイアの反感はとけて消えた。

「悪いほうに考えないで。それと、ベビーシッターはあわてて決めてはだめよ」ナイアは心配げに眉をひそめた。「気の合いそうな人を選ばないと」

「結婚相手を選ぶわけじゃない」

ひどい言い方ね。そんなふうに冷たくされなくても、あなたが興味を持っているのは私の体だけで、それ以上のものを求めていないことくらいわかるわ。

「でも、結婚相手を選ぶほうがずっと楽だと聞くわ」私の個人的な経験からは、必ずしもそうとは言えないけれど。

「長期的な契約については、ジョッシュが考えればいいさ」よけいなおせっかいを焼いたばかりに、この前はどういう結果になったことか。今後、助言をするときは慎重にしなければ。

「私が今晩ここに残ってリーアムを見ましょうか？　そうすれば、身軽に空港へ行って、ミスター・バーゲンに会うことができるでしょう？　弟さんがここにもどってきたら連絡するわ。それが一番いいんじゃないかしら」ジェイクもこの案に引かれているようだ。「あなたに誘惑されていなかったとしても、同じ提案をしたわよ」

「あのとき、ほんとうに誘惑できていたら、今、こんな思いをしていない」ジェイクは実感をこめて言った。

「子守りぐらい、頼まれれば私が引き受けるってわかっていたでしょうに」

「職務内容に子守りは含まれていないって言わなかったっけ」

「上司とベッドへ行くこともよ。でも、私は――」

「そうする」ジェイクは確信に満ちた声で言った。

「そうするんだよ、ナイア」ナイアが目を伏せたので、声がさらに強くなる。「僕がほしい？」

「ええ」ナイアは素直に言った。

ジェイクは瞳を満足そうに輝かせた。「明日の朝にはもどるから」ナイアの肩を抱く。「一人でだいじょうぶかい？」

「一人じゃないわ」リーアムがいる。「それに、あなたが自発的に動く秘書を望むタイプの上司なら、私が問題を解決するのが得意だと気づいたはずよ」

「僕の目はきみが思っているような節穴じゃないよ、ナイア」

私が愛していることを知っているのね！

「オフィスで有名な例の結婚式が、きみのおかげで実現したものだということだって知っているんだ」

「ああ、あれね」ナイアは勘違いしていたことが恥ずかしくてすこし頬を染めたが、彼に気持ちを知られたわけではないことが残念な気もした。「私のおかげというわけではないわ。どちらも相手に夢中なことは、誰が見ても明らかだったもの。だから、あとはちょっと背中を押してあげればよかっただけ」

「そして、きみが背中を押す役を請けおった」

「話を聞いただけよ」

6

自信満々で赤ん坊の世話を引き受けたものの、ナイアは自分の考えが甘かったことを認めざるをえなかった。ベビーシッターの経験があるといっても、故郷で近所の子どもの世話をした程度だ。猛烈な眠気と闘いながら、なかなか眠ろうとしない赤ん坊を寝かしつけることのたいへんさは理解していなかった。やっとリーアムがおとなしくなってくれたころには、自分と赤ん坊のどちらがより疲れているのか、わからないほどだった。彼女が最後に腕時計を確認したとき、時刻は午前三時だった。その後、部屋の中がようやく静かになったときには、もうくたくたで、時間を見る気にもならなかった。

深い眠りの底から引きずりあげられたとき、ナイアは一瞬、自分がどこにいるのかわからなくてパニックに陥った。まばたきをしながら、見慣れない部屋の壁をぼんやりとした目で見つめる。次の瞬間、いっきに記憶がよみがえってきた。

リーアムも目を覚ましていた。ぽっちゃりとした脚でしきりに宙をけっている。大きな目がこちらを見たので、ナイアは無意識に微笑《ほほえ》みかけた。

「お目覚め？　かわいいぼくちゃん」やさしく声をかける。

「なに？」

ナイアはぎょっとした。声のした方から、ベッドのきしむ音もする。ジェイクが戻っているんだわ！　そして私と同じベッドに？　ゆうべ、私はほんとうに、二人の関係を変えることは間違いだと、彼に伝える決心をしたのかしら？　睡眠不足になると、人はおかしなことを考えてしまうらしい。

にっこり笑いかけていたナイアは、そのまま笑みをしぼませた。

もしかして……。ジョッシュはほんの一瞬期待したが、すぐに考えなおした。人ごみでブライディーを思わせる女性を見かけるたびに感じる失望。しかし今回は、ここ数カ月で初めて、失望よりも好奇心が優先された。

「僕のベッドに寝ているのは誰かな」ジョッシュはゆっくりと言い、片肘をついて体を起こした。

その体からシーツがすべり落ちる。どうやらなにも身につけていないらしい。いったいいつ……どうやって？　どうしよう？　ナイアの混乱した頭につぎつぎと疑問がわいた。

「質問したつもりだったんだけど。僕のベッドで寝ているのは誰だい？」彼女はまだシーツをかぶっている。ジョッシュは、女性が指の関節が白くなるほど、ぎゅっとシーツをつかんでいることに気づいた。


「ナイアよ」

ジェイクの双子の弟は、ベッドの中に見知らぬ女性がいるのに、あまりおどろいていないようだ。私が世間知らずなの？　こういうのはよくあることなのだろうか？

「僕はジョッシュだ」

「知っているわ」

「知りあいだったたっけ？」

「ちょっと違うわ。私、あなたのお兄さんのところで働いているの」

シーツから鼻だけ出して答えるナイアを見て、ジョッシュはかわいい鼻だなと思った。

「職場は寝室？　それとも会議室？」僕を慰めようと思って、ジェイクが女の子でもよこしたんだろうか？　いや、まさか、兄貴がそんなことを思いつくわけがない。

ナイアは顔を真っ赤にした。「秘書です。派遣の」

さっきの笑顔からすると、ほかにもなにかありそうだな。もっとも、僕が兄ではなくて弟のほうだと気づいた瞬間に、笑みは消えてしまったが。まあいいさ、話したくないことは話さなくていい。

ジョッシュはくしゃくしゃの赤い髪に目をやった。「兄は赤毛が好きなんだ。僕もだけどね」ジョッシュはあっけらかんと言った。「異常なほどの執着だよ」気どらない言い方は、まるできのうのナイアの言葉を聞いていたかのようだ。「女性は不思議だ。僕の妻もにんじんみたいに赤い髪だったんだけど、それがいやだってよく不満を言っていた」彼はつかの間目を閉じ、喉をごくりとさせた。

ナイアは思わず口をぽかんとあけた。つばをのみ、あわてて口を閉じる。「彼女は赤毛だったのね」

赤毛の女性との社内恋愛！　歴史はくりかえすというわけだ。初めて会ったとき、ジェイクが大げさに反応したわけがこれでわかった。意地が悪く、うたぐり深い人間には、それ以上のこともわかる。考えたくなかったことが、頭の中でどんどん大きな位置をしめてくる。もしジェイクが私を、ブライディーという失った愛のかわりにしようとしているだけだとしたら？　彼女は体じゅうが冷たくなったが、いやな想像を振り払うことができなかった。

でも、隣にいる人物からひしひしと伝わってくる悲嘆にくらべたら、自分の悩みなどとるにたらないもののようにも思える。ジェイクへの気持ちについて、あれこれ考えるのはあとにしよう。彼が私をどう思っているのかという、きわめて大事なことについても。ジョッシュがまとう苦悩の波は、まるで目に見えるかのようだった。

「どうして私がこの家にいるのか、不思議に思っているでしょうね。しかもその場所があなたのベッドだなんて」ナイアはおずおずと切り出した。

「別に。ああ、でもそう思うべきか」ジョッシュは疲れた笑顔を見せた。あごの無精ひげをなでる。

「説明はちょっと待ってもらえるかな？　まだ頭がはっきりしないんだ」

そのとき、リーアムが大きく喉を鳴らした。隣でジョッシュが体をこわばらせるのがわかる。

「リーアム？」喉がつまったような声で言う。

その声は、切なさと苦しみに満ちていて、ナイアは思わず目をうるませた。

「そうよ」さっとシーツをめくり、ベッドから飛び起きると、ナイアは揺りかごから赤ん坊を抱きあげた。そして、ベッドの上に膝をつき、父親に赤ん坊をさし出した。

ジョッシュは我慢できないというように赤ん坊を受けとった。「いい匂《にお》いだろう？」まじめくさった顔をしている息子の目をのぞきこむ。「僕を許してくれるかい、相棒？」かすれた声でささやくジョッシュを、赤ん坊は信頼しきった瞳で見あげた。

ナイアが大きな音ではなをすすると、ジョッシュは振りかえった。

「ゆうべはきみが見ていてくれたのかい？」

ナイアはうなずいた。

「迷惑をかけなかった？」

「ぜんぜん」力をこめて嘘《うそ》をつく。

「これまではなんの問題もなく、厄介な状態から逃げ出すことができたのにな」ジョッシュは誰に言うでもなく、不思議そうにつぶやいた。

「これまではリーアムがいなかったからよ」また、よけいなことに首をつっこもうとしているのかもしれない。だけど……。

「僕と一緒でないほうが、この子が幸せになれると思ったんだ」

「この子には父親が必要よ」ナイアの見るところ、ジョッシュはりっぱな父親に、それも愛情に満ちた父親に見えた。なにより大切なのはその点だ。

　彼はなにも言わなかったが、すこし皮肉めいた、あたたかい光を瞳に宿した。「ジェイクはどこかな？」声は感情にかすれているが、用心するような響きがある。

「用事があってロンドンにもどったの。だから私がここに残ることにしたのよ。今日の午前中に帰ってくるわ」今何時だろう？　ナイアは眉間《みけん》にしわを寄せた。腕時計をはずしたあと、どこに置いたのだったかしら？

「兄は……」

「ええ、あなたのことを心配していたわ」義理の両親が来たことはまだ話さないほうがいいだろう。

　ジョッシュは枕《まくら》にどさりともたれかかり、赤ん坊を目の高さに持ちあげた。「僕はいつも気のいいジェイクに悩みを打ち明ける。そして、ジェイクはいつも僕を助けてくれる」

「あなただって、ジェイクが困っていれば助けるんでしょう？」

「ああ、たぶん。だけど、あいにくジェイクはめったに助けを必要としないものでね」

　ジョッシュの声に表れているのは、怒りだろうか。彼ら双子の関係は相当複雑らしい。同じ女性を愛してしまったことは、明らかに事態をややこしくしたようだ。

「でも、今回はその助けも、もたついているみたいよ」

　ジョッシュが思わずナイアの方をむいた。彼女は膝をくずして座り、共犯者めいた笑みを見せた。

「お兄さんが赤ちゃんのおむつをとりかえているところを、見たことがある？」

　ジョッシュの瞳におもしろがるような光が浮かび、ナイアは安心した。よく見ると、兄とはまた違った目をしている。どこかやんちゃな少年のような魅力にまいってしまう女性たちもたくさんいるのだろう。

幸い、私はそうなりそうもない。双子の一人に夢中になってしまっただけで、もうたくさん！

「〝なんてややこしいデザインなんだ〟」ナイアはまじめな表情を装って、頭を左右に振った。

「まぶたに浮かぶよ。ジェイクのやつ！」ジョッシュが吹き出したので、ナイアはうれしかった。

「見せたかったわ」一緒に笑う。

「楽しそうだな、なんのジョークだい？」静かな、感情をおさえた声が聞こえてきた。ジェイクが、リラックスした姿勢とはうらはらに、冷たい目をして柱にもたれていた。「もしかして、僕のことかな？」

すぐ横に彼とそっくりな裸の男性が寝ていてもなにも感じなかったのに、ちゃんと服を着て、離れて立っているジェイクの背の高い姿を見たとたん、ナイアの中に変化が起こった。全身が緊張する。欲望が、熱く燃えたぎる炎のかたまりとなって、みぞおちのあたりにかっと広がった。すべての末端神経が、いっせいに悲鳴をあげる。ナイアはわずかに口をひらき、酸素不足になった肺に空気を送りこみながら、爆発しそうになる感情がしずまるのを待った。見た目はまったく同じ二人なのに、どうして私はこれほど異なる反応をしてしまうのだろう？　いいえ、それよりも、どうして私がこんなふうに反応してしまう男性が、この世に存在するの？

ようやく普通に息ができるようになったころには、ナイアはジェイクの瞳に、非難と軽蔑《けいべつ》の色が浮かんだことに気づいていた。彼は、仲よく並んでベッドに入っている二人の姿に視線を走らせている。あざけるような視線を受け、彼女はなぜかうしろめたくなって顔を赤くした。

なにも悪いことなんてしていないじゃない。ナイアはあごをあげ、怒りをこめた目で、反抗的にジェイクを見かえした。

本来なら、ジェイクは弟が見つかったことを喜びそうなものだ。けれど今の彼は、思いやりにあふれる兄には見えない。その正反対だ。

「ゆうべは遅かったのかい、兄貴？」なにか考え深げな様子で、ジョッシュは赤ん坊を肩にのせた。

ナイアは初めて、ジェイクがいつものようなきちんとしたかっこうではないことに気づいた。ゆうべから服をかえていないようで、あまり眠れなかったのか目の下にくまもある。げっそりしているときまで粋《いき》に見えるなんて。彼女は憂鬱《ゆううつ》になった。

「同じ質問をしてもいいが、やめておこう」冷たい視線を当てつけるようにナイアにむけてから、ジェイクはきびすを返して部屋から出ていった。

「彼ほど失礼な人に会ったことがないわ。それに、あれはいったいどういう意味かしら？」ナイアはむっとしながらきいた。最後の捨てぜりふが気になる。

「たぶん、僕ときみが、その……」かたわらで、きれいな瞳に怒りをたぎらせて顔をしかめるナイアを見ながら、ジョッシュは同情するように苦笑いした。「ジェイクは僕が、兄の恋人を横どりせずにはいられない人間だと思っているんだよ」

今回の件はそれとは関係ない気がしたが、ジョッシュの話には興味があった。「ほんとうにそうなの？」

「実際のところ、ほとんどの場合、兄とは別れた女性たちが相手だったんだよ」ジョッシュは人を引きつけるような率直さで言った。「ジェイクはいつまでたっても学習しないんだ。女性というのは、男にとって、自分がなによりも大切な存在だと思っていたいものなんだってね」

「嘘だとわかっていても？」ナイアは、正直な男性心理を聞けるいい機会だと思った。

ジョッシュがにやりと笑い、一瞬だけ、ナイアはかつての彼を見た気がした。とんでもない女たらしで、もしかしたら冷酷でさえあったかもしれないころの彼だ。

「ジェイクに同情することはないよ。兄をねらう女性はたくさんいたんだ。しかも、自分から声をかけなければ、デートにも行けないような関係でもいいっていう女性がね。そういう女性たちに僕が横からちょっかいを出すって、思いたいなら思ってもらってかまわなかった。痛くもかゆくもなかったんだ。僕たちはいつもどちらかというとライバルのようだったからね」

「なるほどね」ナイアは納得してうなずいた。冗談めかして話してはいるが、いつもいつもこんなふうにのんびりした態度でいられたわけではないだろう。レベルの高い者同士で競いあうなんて、どんなに疲れることか。

「僕の得意わざは、面倒を起こして、ジェイクをそれに巻きこむことだったんだ」

彼のアトリエをのぞかせてもらったナイアとしては、その言葉を額面どおりには受けとれなかった。そして、アトリエのことを考えたのは間違いだった。埃《ほこり》だらけのあの部屋でのできごとが頭の中を支配し、ジョッシュの言葉が耳に入らなくなる。体じゅうのうぶ毛が逆立ち、胸の先端が焼けつくようなこころよい感覚のせいで意識を集中することができない。

「ブライディーのときも、ジェイクは僕がいつもと同じで、横から手を出していると考えた」ジョッシュは息子の頭にそっとあごをのせ、遠くを見るような目をした。「だけど僕は、ひと目で恋に落ちてしまったんだ」淡々と言う。「きみはそんなふうに感じたことがあるかい？」

あるだろうか？　ナイアは口ごもり、答えを避けようとした。「それとなんの関係が……」眉間にしわを寄せる。「別に彼は、あなたと……その、私たちが……」ナイアは目を皿のように丸くした。いくらなんでもジェイクだってそんなばかばかしい早合点はしないだろう。私が財産目当てに、誰とでもベッドをともにする女だとでも思っているの？

「ああ、まったくそのとおりのことを思っている」

「冗談じゃないわ。なんて単細胞なの！」

「同じベッドの上にいたんだ」ナイアが赤毛を振りみだしてかんかんに怒りだしたのを見て、ジョッシュは思わず、今ここにいない双子の兄をかばおうとした。「僕は裸だし」ナイアの読みどおりだ。「きみは僕のTシャツを着ているだろ。ああ、それはあるから」さっとベッドからおり、まっすぐドアにむかうナイアの背中に声をかける。「僕よりずっと似あっているよ」そう言ったときには、もう彼女の姿はなかった。

ジョッシュは小さく口笛を吹き、この家のどこかで展開されようとしているドラマのことはすぐに忘れた。おとなしくこちらを見ている息子に話しかけると、赤ん坊は、つきあってくれるつもりなのか、じっと耳をかたむけた。

「冗談じゃないわよ！」ナイアは前おきなしにいきなりかみついた。キッチンのドアをぬけ、はだしのまま丸石が敷きつめられた庭に飛び出す。

両手をぐっと腰に当て、彼女は庭にたたずむ背の高い人影にずんずん近づいていった。彼は、庭に迷いこんだ一羽のめんどりが、丸石のすき間からはえている数本の野草の根元で餌《えさ》をさがすのを、ぼんやりと見つめている。

ジェイクがゆっくり振りかえった。ゆうゆうとした無頓着《むとんちゃく》な態度に、ナイアはますます腹が立った。

「自然を荒らしちゃだめだ」ジェイクは羽をばたつかせて逃げていくめんどりを目で追った。あのとき部屋を出ていなかったら、弟の首を締めていたかもしれない！　両手に視線を落とす。自分の反応の激しさにまだショックを受けていた。

ジェイクのうつろな目線は、怒りで真っ赤になったナイアの顔から、きらめく瞳、波打つ胸、すらりとのびたきれいな脚へと移動し、最後にピンクのペディキュアがほどこされたつま先でとまった。

「僕がきみならもっと気をつけるところだよ」

ナイアのためを思って言っているようにはまったく聞こえなかった。ジェイクの笑みは、かみそりのように冷たくていやな感じだ。今の忠告は言葉どおりの意味なのか、それとも、なにか裏の意味があるのか。私にとってはどうでもいいことだけれど！

「あなたの忠告なんてなんの役にも立たないわ」ジェイクが言いかえすことを期待して、ナイアはなじった。あまりに頭にきていて、なんでもいいから口論をしたい気分だ。彼女はジェイクの胸にむかって人さし指をつき出したが、体に触れない位置でとめた。こんなときに別のことで気が散るのは困る。

「当てさせてくれ」ジェイクの反応はそっけなかった。「楽しそうではないな」それでも、彼女はひどく魅力的だ。それを口にするつもりはないが。

「ジョッシュが、彼が……」ナイアは、髪の色があせて見えるほど頬を真っ赤にしながら、なんとか言葉を口にしようとした。

「くわしく説明してくれなくていい。きみの特別な治療法でジョッシュはきっと心身ともにいやされたことだろう。弟は練習台みたいなものかい？　それとも、パートタイムでセックス・セラピーもしていますと履歴書に書くのを忘れたのかな？」

ナイアはせいいっぱい肩をそびやかし、あらんかぎりの軽蔑をこめた目で、ジェイクを上から下まで観察した。こんなときでも、自分が心のどこかでため息をもらしていることにぞっとする。こんなにすてきな男性は、やっぱり見たことがない。

「皮肉のつもり？」ナイアの声は低く、憎しみにも似た感情に満ちていた。「それとも、自分の性生活がありきたりすぎるから、参考として私の話を聞きたいのかしら？」あまりに退屈で不眠症もなおってしまいそうなほどだとは、彼が知らなくて幸いだ！

「大げさに同情する人間だとはわかっていたが、これほどまでとはね。迷える子羊にきみがお茶と同情以外のものも提供するということを、婚約者は知っているのかい？」

「ヒューのことまで心配してくれるなんて、涙が出そうだわ。でもそれにしては変ね。きのう私をベッドに連れこもうとしたときは、そんなことはどうでもよさそうだったけれど」

「ベッドじゃない。床だった。もう忘れたのかい？」

野ばらのような色になっていたナイアの頬から、さっと赤みが引いた。もちろん、覚えている。些細《ささい》なことまで一つ残らず。この先も忘れることはないだろう。

「私は指輪をはめていたのに、あなたは気にしなかったじゃない」ナイアの声はこわばっていた。

「どう言えばいい？」ジェイクはがっしりとした肩をわざとらしくすくめた。「間違いを犯したのさ。男っていうのは、やすやすと体をさし出されたら、モラルなんてどこかへ飛んでしまうんだ」皮肉っぽく尊大な口調だ。「当然、あとになって多少気分が悪くなることもあるが、だいたいにして僕らは浅はかな生きものだからね」

侮辱の矢がぐさりと的につき刺さり、ナイアは一歩あとずさった。だがその拍子に、ぎざぎざの石を素足で踏みつけ、甲の部分を深く切ってしまった。傷口からあっという間に血がにじみ出てくる。それでも、彼の無神経で屈辱的な言葉に傷つけられた心にくらべれば、その痛みなどはないにひとしかった。

「浅はか」ナイアは震える声でくりかえした。「ほんとうにそのとおりね。触らないで！」彼女は叫び、ジェイクをなぐりつけようと握ったこぶしを思いきり前に出したが、彼はしなやかな動きでそれをよけた。

「けがをしているじゃないか」ジェイクはきしんだ声で言った。

「いい気味だと思っているんでしょう」ナイアは自分をあわれみながら言いかえした。「私があなたの弟と関係を持ったなんて、本気で信じているんですものね」あまりのことにわなわなと声が震える。

「きっとあいつのことを好きになるって、前に言っただろう？」ジェイクのがんこなまでの冷静さも、完璧《かんぺき》なわけではなかった。頰の筋肉が意思に反してぴくぴくと動くのをとめることができない。

「好きよ！」ナイアは大声で言った。「ジョッシュはあなたみたいに、ねちねち細かい性格の堅物じゃありませんから！」

「かわいそうなあいつは、きみの腕に抱かれ、すこしのあいだでもすべてを忘れることができて、さぞかしよろこんだだろうな」ジェイクの顔はけわしかった。「きみは男にものを忘れさせる名人だから」

苦々しい口調でしぼり出すように言う。

「つまり、ジョッシュは私のみだらな欲望の犠牲になったと言いたいわけね。あなたに抱いてもらえなかったから、彼で間に合わせようって？」魔性の女であるかのような扱いをされ、ナイアはヒステリーを起こしそうだった。

「きみにとっては、僕でも弟でも同じだったんじゃないのか？」ジェイクのおどろき方はわざとらしかった。

「あなたのすべてを知ったわけじゃないから、なんともお答えできません！」この先も知ることはないだろう。

「お望みだとしても、今の僕にはまったくその気がないから」

そんなことはどうでもいいというようにジェイクに微笑みかけながら、ナイアはきれいで真っ白な歯をきしらせた。

「服のセンスと髪形とスカートの長さのほかにも、私をばかにする材料ができてよかったわね。そうよ」頭を振るようにして髪をうしろに払い、ふんと鼻を鳴らす。「そのとおり。私のスカートが膝上五センチより短くないか、あなたがいつもチェックしていたのを知っているんだから！」

「スカートの長さを見ていたんじゃない」ジェイクはくぐもった声で言いかえした。長いまつげをあげ、まっすぐナイアの目を見る。「きみだって気づいていたはずだ。僕はきみの脚を見ていたんだ」彼は視線を、ナイアが着ているジョッシュの黒いTシャツの裾《すそ》にうつした。「今みたいにね」低くうなるような声になる。

ジェイクの思わせぶりな視線と荒い息づかいに、ナイアの体は震えた。顔に浮かべていた軽蔑の笑みが消える。急に自分がどうしようもなく頼りない存在に思えてきた。

「なんて心のせまい、いやな人なの。偉そうに鼻先で見おろされるのには、もううんざりよ！」とくに今みたいにじっとなにかを思うような目では。この目の魔力にかかって、背中のホックをはずしたのだ。

「きみの背がのびないかぎり、こうやって見おろすしかない。たとえきみがあのばかばかしいほどヒールの高い靴をはいていてもね」

「自分の身体的欠点は自分でちゃんとわかっています」彼女は、ビクトリアやセリーナ、ジャスミンの長い脚を思い浮かべながら、かみつくように言った。

「僕に言わせれば、欠点なんて一つもないさ！」ジェイクはどなった。

思いがけないことを言われて、ナイアは勢いをそがれた。「なんですって？」かすれ声できく。膝がぐらつくのを感じながら、考えをまとめようとする。

「きみの体は完璧だって言っているんだ。そういうことは人によって感じ方が違うのはわかっているが……」ジェイクはふいに目を細くした。「弟とはなにもなかっただって？　自分を見てみたらいい」

ナイアは、ほとんど服らしい服を着ていない体に目を走らせた。「どこが悪いっていうの？」反抗的にきく。あれだけひどいことを言っておいて、まだ侮辱する気？

「どこも悪くない！」彼女の完璧な体に対する明らかないらだちを見せながら、ジェイクはとげとげしく言った。「つまり、そういうことさ」怒ったような目には、荒々しく、本能的な欲望が浮かんでいる。

それに反応してナイアの体をホルモンがかけめぐり、怒りを洗い流しそうになった。

「弟さんは、あなたみたいに、かわりを求めようとしたりしていないわ」

ナイアの青い顔が心配になってきたジェイクは、傷口のねっとりとした赤黒い血を見ていたが、あざけりの言葉を聞いてはっとなり、視線を彼女の顔にもどした。

「二人とも赤毛なのはただの偶然なんでしょうね」ジェイクが唇の色が白くなるほど強く口を引き結んでだまったままなので、ナイアはなんとなく身がまえてしまった。

「ブライディーとはあらゆる面で気が合うと感じた。半年かけてゆっくりと互いを知りあったんだ。そこへジョッシュがイタリアから帰国した」ジェイクはおおげさに肩をすくめた。「二人はまったくうまが合わないように見えたんだけどね」自分をあざ笑うように口をゆがめる。「性格が正反対だったから」

「あなたと私みたいね」口に出して言ってから気づき、ナイアは赤くなった。

「僕はもうブライディーのことを愛してはいない」愛していると思ったときでさえ、弟を傷つけたいなどという見境ない考えは持たなかった。どんな思いであの部屋をあとにしたか、先ほどのことを思い出すだけで胸がかきみだされる。「きみに恋をしたと思ったんだ。笑えるだろ？」ジェイクの笑い声にはむなしい響きがあった。「ジョッシュと僕はたくさんのものを共有したけど、女性を共有したことはない。感想を言いあったこともない！」あざけるような口調だった。

勢いよく飛んできた平手を、ジェイクはよけようともしなかった。やせた頬をたたく音が庭にこだまする。みるみるうちに赤い手形が浮かぶのを、ナイアはぎょっとしながら見つめた。

「参考までに言いますけど、私はジョッシュのことを抱き締めてさえいないわ。でも兄ならそうするべきね」震える声でつけたす。ジェイクの目はあいかわらずナイフのように細められ、軽蔑の色が浮かんでいる。私に恋をした！　ほんとうにそう言ったの？　けれど、それがはっきりと過去形だったこともナイアは聞きのがさなかった。

「僕のことを単純な人間だと思っているようだね、ナイア。きみは男に抱かれるのが好きなんだ。ゆうべ僕が出かけるときも、ひどい欲求不満に陥っていた。僕のことを生きたまま食べそうな勢いだったものな。それなのに、信じられると思うかい？　きみが弟と――」

「関係を持っていないって？」ナイアは引きつった声で言った。救いようがないぐらい頭がおかしいわ。

「僕はこの目で見たんだ、ナイア」

私の話をなに一つ聞いていない。あの強情そうな顔を見れば、これからも聞く耳を持たないことがはっきりわかる。よりにもよって、こんなにがんこだったなんて！　いいわ。こうなったら、なにか重いものである頭をなぐりつけてでも、こっちの話を聞かせるから。

怒らせるのも同じくらい効果的だった。あざけるように声を震わせて笑ったのがよかったらしい。

「やきもちを焼いているようにしか見えないわね」

「それが楽しいんだろう。男二人が自分をとりあうなんて、気分いいものな」

「まさか」ナイアは心底むっとして答えた。「私が言いたいのは、あなたは初めから弟にライバル意識を持っていて、そのせいでものの見方がゆがんでいるということよ。だいたい私には、そんな体力は残っていなかったもの。リーアムを寝かしつけるのに、どれほど時間がかかったと思うの？　正確に言うと、朝までかかったわ。こんなことを言うのは、あなたにどう思われるかを気にしているからじゃない」ナイアは怒って続けた。「あなたが今ジョッシュとけんかをしている場合ではないからよ。彼はあなたの助けを必要としているわ」真剣な声だった。

「ジョッシュとは寝ていないのか？」

「だから、さっきからそう言っているじゃない。彼も私も、朝起きて同じくらいおどろいたのよ」

「僕が入っていったときは、ジョッシュはおどろいているようには見えなかったぞ」ジェイクはきびしい口調で言った。

ナイアはいらだってため息をついた。「ジョッシュが情緒不安定になっていたらよかったわけ？」

「僕が嫉妬《しっと》に苦しんでいるとは思わないのか？」彼のかたい声にはあと先を考えない響きがあった。

ナイアはごくりと喉を鳴らした。「あなたたちはどちらも、愛する女性を亡くしたのよ。それなら、もっと互いに心が近づくはずだわ。あなたにその気さえあれば」最低ね。彼女は自分にいや気がさした。亡くなった女性に嫉妬するなんて、どうかしている。

7

ジェイクは真剣な表情をした小さなハート形の顔を見おろした。「僕がブライディーのことを言ったと思っているね」彼は首を横に振り、上をむいたナイアのあごに指をかけた。「同情なんて必要ない、ミス・ジョーンズ。僕が弟に嫉妬《しっと》したのは、きみの隣に寝ていたからだ。もしかしたら、あいつがきみにこんな……」

ナイアが息をのむ間もなく、ジェイクの熱い唇が飢えたように彼女の唇にかさねられた。

力強い片腕に抱き締められる。ナイアは体がうしろにのけぞり、つま先立ちになった。胸がかたく男性らしい体に押しつけられる。くらくらするほどのよろこびにのみこまれそうになりながら、彼の体の急激な反応を感じ、気を失ってしまいそうだった。それほど強烈な抱擁だった。

彼の舌が唇に触れるたび、ほてって敏感になった体にしびれるような電気が走る。

ジェイクのキスはけっして乱暴ではないのに、むさぼるような激しさがあった。彼はナイアの豊かな髪に指をうずめ、彼女があたたかな唇を誘うようにひらくと、その奥のみずみずしい部分に舌をすべりこませた。

体に押し当てられた彼の手のひらを感じる。ナイアも情熱にかられて、ぎこちなくジェイクの体に触れた。たくましい肉体の焼けつくような熱さを感じ、想像するにとどめていた欲望に火がつく。

夢の中でなら、似たような経験をしたことがある。けれど、体の芯《しん》がこんなに熱くなったりはしなかった。唇がひりひりすることも、敏感になることもなかった。手の甲で唇に触れてみる。ひりひりするのも、敏感になっているのも現実だ。そればかりか、震えてもいる。いいえ、違うわ。震えているのは私の体だ。全身におさえようのない震えが走っている。

まばたきをすると、特等席で花火を見ているかのように、まぶたの裏のビロードの闇《やみ》に鮮やかな菊の模様がぱっと散った。ナイアはだぶだぶのTシャツの襟ぐりをつかんで乱暴に引っぱった。呼吸が苦しい。とくに、ジェイクがTシャツの裾《すそ》から手をすべりこませて、腿からお尻までをなであげたときのことを思いかえすと、息はますます荒くなった。ほどよく引き締まり、丸みをおびたその部分に、彼はわがもの顔で指を広げたのだ。

低く、動揺したうめきをもらしながら、ナイアは体を引いた。「やめて！」震える指で髪を耳にかける。彼に触れられて、全身が熱くなっていた。

ジェイクは欲望にとりつかれた苦しそうな目で、ナイアのぴんと張ったTシャツの胸に視線をさまよわせた。「僕はきみがほしい……。きみも僕がほしいはずだ」これ以上なにを言う必要があるのかという顔だ。

「あなたが私にキスをするのは間違っているわ」ナイアのふっくらとした唇はすこしはれて、輪郭がぼやけていた。上唇にはうっすらと汗が浮いている。

「間違っているわ、だって？」ジェイクは不作法に真似《まね》をした。欲望をたたえた目を、ナイアのほてった顔から無理やりそらす。「婚約者がいるからか」

「婚約者なんていないわ」ナイアはうつろに答えた。「誰かと愛しあうなら、私を信じてくれる人が相手であってほしいの」苦々しげに言う。「あなたは朝からずっと、私のことをまるで誰とでもベッドへ行く女みたいに非難していたわ。そんな人と恋愛関係になるなんて、私はいやよ。でもあなたの場合、恋愛は関係を築くものではないのよね。面倒のまったくない、予約制だもの」

死ぬほど彼に触れてほしかった。けれどナイアは、信頼がなければ二人のあいだに未来はないとわかっていた。それに、彼が私を信頼していないことは、疑う余地もないほどはっきりしている。私のことを好きでさえないようだ。彼は私が傷つきそうなことをわざと言い、実際、私は傷つけられている。もし誰かを愛しているなら、その人を苦しめようなんて思わないはずよ。そうでしょう？

けれどナイアは、自分もまた、彼の気を引くためでも、やわらげるためでもない、あざけりの言葉を投げつけたことを思い出し、落ち着かない気持ちになった。

ジェイクはゆうべ車の中で、もしナイアに、自分とヒューのどちらかを選べとせまったら彼女はなんと答えるだろうかと、明け方になるまで考えていた。だが、さっきの彼女の言葉によると、自分など問題外だと言われたも同然だった。危険な考えなのはわかっていた。望みどおりの結果にならなかったらどうするというのか。けれど、彼女を独占したかった。ふさわしいせりふまで考えていたのに！

そして今、彼女は恋人などいないうえに、それでも僕のことはいらないと言う。あんなふうにキスを返しておきながら。ジェイクは体のわきでぎゅっとこぶしを握り、乱れた呼吸と、やり場のない怒りをおさえようとした。

「誰かと愛しあうなら、というのは、まるでそういう経験がないかのような言い方だな」

なにか言わずにはいられなかった。ばかみたいにただこの場につっ立っているのはごめんだ。頭の中ががらっぽになってしまったように、欲望も消えうせてくれたら、こんな、今にも爆発しそうな気持ちをかかえずにすむだろうに。

「そうよ」ナイアはあっさりと答えた。

またもやみぞおちをなぐられたような気分になる。それもしたたかに。「ということは、つまり……バージンなのか？」ジェイクの顔から健康的な赤みがすっと引き、彼は真っ青になった。

ナイアはふんと鼻を鳴らした。「だったらどうだというの？」ジェイクは私が彼を困らせるために嘘《うそ》をついているとでも言いたげにこちらを見ている。

「それに、ヒューの話もほんとうよ。たしかに婚約はしていたの。ただ、私が……」

「彼はきみの高い期待にそえなかったというわけか。そんなことが可能な男がいるとは思えないけどね」

ジェイクは息をつき、色の濃い乱れた髪に手ぐしを入れた。

あの髪を私が直してあげたい。手をのばしたいのに、そうできないことがナイアは苦しかった。

「いいえ。私が悪いの」彼女はため息まじりにつぶやいた。「彼を十分に愛せなかったのよ。そういうふうには。ロンドンに来たのもそのせい。どこに行ってもすぐに顔を合わす小さな村にいたら、ヒューが気の毒だと思って。村にはめったに帰らないの。だから、今週末は正直なところ楽しみだったわ」家族に買ったおみやげをオフィスの机の下に置きっぱなしにしてきたことを思い出す。下唇が震えだしたので、血がにじむほどかみ締めた。こんなときは、やはり母にそばにいてほしくなる。

「いもしない婚約者がいると僕に思わせておきながら、信頼がどうのという話をするのか。それにバージンだなんて、ひと言も言わなかったじゃないか」

ジェイクが鼻にかかった声で説教じみたことをがなりたてたので、ナイアはかなりむかっとした。

「どうしてそれがあなたに関係あるのかわからないわ」彼女はけんか腰に返した。

「もしあのときリーアムが目を覚まさなかったら、きみは今ごろもうバージンじゃなくなっていた。それでも僕には関係ないというのか！」ジェイクは信じられないというように首を横に振った。

「そうだとしても、あなたは気づかないままだったでしょうね」

「そう思うとしたら、きみはほんとうに……」

「こんなにごちゃごちゃ言われるとわかっていたら、あなたに話さなかったのに」

ジェイクは思いきり目を細くした。「きみはわざと僕の言いたいことがわからないふりをしているのか？」

「婚約に関して言えば、これは祖母の指輪よ。いくつかの職場で上司に口説かれて、いやな経験をしたから。ラグビーをしている嫉妬深い婚約者がいる話を作るほうが、力で抵抗するよりも効果的なのよ。まあ、なにを言ってもだめな場合は別だけど」

事務的な説明は、ジェイクの機嫌をますます悪くしただけのようだ。

「気がつかなかったよ。僕がきみの体を求めたときも、きみは薬指をちらつかせていたのかな」ジェイクは挑発するように言った。

「あのときは私もあなたに求めてほしかったのよ」

ナイアは憂鬱《ゆううつ》そうに白状した。

ジェイクは大きく息をし、きっぱりと言った。

「覚悟を決めるんだな」ナイアのウエストを抱き寄せようと、我慢できなさそうに腕をのばす。

「もう決めてあるわ」ナイアはあえぎ、彼につかまらないよう、体をひねった。裏切り者のこの体は、この世のなによりも彼の腕にとらえられることを望んでいるけれど。「私はあなたが与えてくれる以上のものがほしいのよ、ジェイク」肩ごしに言葉を投げ、足を引きずりながらキッチンにもどる。

「どうしてそう言える？」ジェイクはうしろからどなった。「僕がきみになにを与えてあげられるか知りもしないのに！」

「けがをしたのかい？」湯気が出ている紅茶のポットにふたをぽんとかぶせながら、ジョッシュがたずねた。彼は黒いタオル地のローブを着ていた。長さはふくらはぎの中ほどまであるが、胸は大きくはだけている。言葉では言い表せないほどすてきな体なのに、彼のことなら冷静な目で見られる。

変な話だ。双子の一人の体については、こんなふうに夢想するのをやめられずにいるのに、そうするあいだにも、もう一人の体が目の前にさらされているなんて。しかも裸に近いようなかっこうで。

「なにかを踏んでしまったの」これでよかったのだ。もしあのとき、ジェイクが服をぬぎはじめていたりしたら、互いへの信頼なしにどんな関係も築くことはできないと思ったことなど、頭の外に押しやっていたかもしれない。

「ジェイクを？」ジョッシュはきいた。「いや、ジェイクじゃないか」キッチンに入ってきた兄を見て、残念そうに笑う。「ナイアが足をけがしたみたいだよ、ジェイク」

「知っている」ジェイクは背後からいきなりナイアをつかまえ、彼女がわめいてあばれるのを無視し、カウンターの上に座らせた。「足を消毒して、包帯を巻かないと。僕に触られるのがいやなら」好奇心たっぷりにこちらを見ている弟の視線を感じ、うなるように言う。「ジョッシュがやるさ」

「いや、やらないよ」ジョッシュはきっぱりと断った。「血を見ると気が遠くなるんだ」申し訳なさそうにナイアに説明する。

「ほう、いつからだ？」

うさんくさそうにきくジェイクに、ジョッシュはにっこりと笑いかけた。

「救急箱は上から二番目の引き出しに入っているよ。じゃあ僕は失礼して、お茶を持ってベッドにもどるとするかな」

「ジョッシュ、待って!」ナイアは似たような二組の目が、さっと自分にむけられるのを感じた。「ペンはある?」

「ペン?」

「鉛筆でもいいわ。大至急、退職届を書きたいの。今の仕事がなくなっても、私にとってはたいした損害ではないし。あなたはほんとうにひどい上司だもの」いやみたっぷりの言葉は、ジェイクにむけたものだ。

「そんな手間はいらない。きみはくびだ」

「セクシャルハラスメントを受けたってエージェンシーに訴えるわ。これでブラックリスト入りね!」

ナイアはヒステリックにおどした。

「きみからも同じ行為を受けたと言うよ」

「信じられない人ね!」

「以前にもそう言われたよ」ジェイクは軽く受け流し、救急箱の中身をカウンターの上にあけた。

ナイアは憎々しげにジェイクをにらみつけた。「ジョッシュ、人との関係においてなによりも大事なのは、信頼だと思わない?」だまったまま、そっとあとずさりしてキッチンから出ていこうとしている双子の弟に声をかける。

ジョッシュの顔がさっとくもり、重苦しい表情になった。「うん、そうだね」それだけ言うと、彼は部屋を出ていった。

「ああ、どうしましょう。もう、あなたのせいでこうなったのよ!」ナイアは叫び、なんという無神経なことを言ってしまったのかと後悔した。「かわいそうなジョッシュ」

「僕のせいか?」ジェイクはナイアの足を持ちあげ、傷の深さを調べた。「じっとして!」足首をつかんだときに、彼女が反射的にもがいたので、ぶっきらぼうにつけたす。「消毒しなくちゃいけない。すこナイアは息が苦しくなってきた。そのとき、ジェイクの引き締まった体を激しい震えがつきぬけ、それが指先からナイアの形のいいふくらはぎに伝わった。彼もほんとうは動揺していることをナイアは知った。

「ナイア、町まで車で送っていこうか？　リーアムのものも、いろいろ買いそろえないといけないし」

ふいにジョッシュが、戦闘服のようなだぶだぶのズボンにシャツの裾をたくし入れながら、キッチンに入ってきた。

けわしい顔でさっと振りむいた兄の視線に、彼は一瞬たじろいだ。「出なおそうか？　それとも、もうもどってこなくていい？」

「入ってくるな！」

「ここにいて！」

ナイアとジェイクは同時に答えた。

「ジョッシュ、お願い、乗せていって」ナイアはゆっくりとカウンターからおりた。「失業したんだもししみるかもしれないよ」

いつからそんなに心配してくれるようになったわけ？　さらに自分がみじめに思えてくる。

ジェイクはやさしく、だがしっかりと手当てをしてくれた。信じられないほど優美な手がてきぱきと処置をしていくのを見ているうちに、ナイアのみぞおちのあたりがまた熱くなってきた。彼は私を愛してはいない。ただ体を求めているだけ。ジェイクを嫌いになりたくてそう自分に言い聞かせても、うまくいかなかった。

「これでどう？」

「すこしはいいわ」ジェイクと目を合わさないようにしながら、ナイアは情けない気分でつぶやいた。

つま先を曲げてみる。

彼がほしいという気持ちを、口に出してまで否定したのに、このせまい空間に体が熱くなるような緊張感がみなぎるのをとめることはできないようだ。

の、節約しなくちゃ」

　頭を冷やして目を覚まさないと。そのためには今すぐ行動したほうがいい。

「心配はいらない。週末勤務の時間外手当はちゃんと支払うよ」

「いただけるものはちゃんといただくわ！」勢いよくドアをしめてキッチンを出ていったジェイクの背中に、ナイアは言葉を投げつけた。

「うわ。あの上品ぶった兄貴をあそこまで怒らせるなんて、きみはすごいよ！」ジョッシュは感心したように吐息をついた。

　ナイアは声をあげて泣きだした。

8

「待った？　電車が遅れて」目の前にいるのはジェイクではない。けれど、彼と瓜《うり》二つの顔を見るのは、ナイアにとっていまだにつらかった。絶え間ない胸のうずきは、本格的な苦しみに変わろうとしていた。

「なんでもないさ」ジョッシュはナイアのバッグを受けとり、頬に軽くキスをした。「かわりを頼めて、ほんとうに助かるよ」

「大きくなったわね」父親の首からさがった布にくるまれてすやすや眠る赤ん坊を見て、ナイアはささやいた。

「赤ん坊はすぐ大きくなる。きみはやせたね。ずいぶんやせた」ジョッシュは、ほめているとも心配ししているともとれない声で言った。

「いつも思ったことをそのまま口にするの？」こういう場合、どこまでが率直で、どこからが失礼になるのかしら。でも、ジョッシュはそのあたりのことを、ちゃんと計算しているみたいね！

「ジェイクとは違って？」

ナイアは足をもつれさせたが、それについてジョッシュはなにも言わなかった。

「僕はこういう性格なんだ。あけっぴろげというか。だけどジェイクは……。まあ、きみも知ってのとおり、思っていることをなかなか口にはしないね。車はあそこだよ」ジョッシュはレンジローバーをあごで指し、駐車場を車まで先導した。「ほんとうに来てくれて助かった」

同情して飛んできたのだが、なんだか様子がおかしい。ナイアは不審に思いはじめた。「悲壮な声だったから」

今のジョッシュを見たかぎりでは、電話で話したときの、もうお手あげだという感じはない。それどころか、一カ月半前に別れたときより、ずっと元気そうに見える。

「僕が？」

ジョッシュがあまりにおどろいた様子なので、ナイアは電話での会話を自分が勝手に解釈したことを恥ずかしく思った。

「子守りなしでも、リーアムと二人、まあなんとかやっているよ。九時から五時まで働くような生活じゃなくて、ほんとうによかった。リーアムに合わせる形で仕事ができるんだ」

「仕事をしているの？」

ジョッシュは眉をつりあげた。「打ちひしがれていると思った？」にやりと笑い、赤ん坊をバケットシートにうつしてシートベルトで固定する。「実際のところ、落ちこむ日もあるよ」正直に告げ、運転席に乗りこむ。

目の下にうっすらとくまがある。私と同じで、あまりよく眠れない日もあるのだろう。

「仕事をしていると気持ちが落ち着くんだ。それで、きみのほうは働いているのかい？」

「ええ」

「今度のボスはジェイクよりやりやすい？」

ナイアは突然無表情になった。「彼のことを話すのは……」かたい声で言う。

「わかるよ」

ジョッシュがその話題を追及しなかったので、ナイアはほっとした。一瞬、彼がジェイクのために、彼女とのあいだをとり持とうと、なにかたくらんでいるのではというおそろしい考えが頭をよぎった。

ほんとうはそうであってほしいんじゃないの？

ナイアは自嘲《じちよう》的に唇のはしをあげると、シートの背もたれに寄りかかった。ジョッシュはヘアピンカーブを四速で曲がる悪いくせがあるらしい。ジェイクはたぶん、あれ以来、私のことなんて思い出してもいないでしょうよ。

「作品展は何時からなの？」先ほどから、ジョッシュがダッシュボードの時計をちらちら見ていることに、ナイアは気づいていた。

「まだだいじょうぶ」ジョッシュはあいまいに答えた。「リーアムはぜんぜん手がかからないんだけど、先週ちょっとしたかぜをひいたばかりでね。だから連れ回したくなくて。帰りも遅くなりそうだし」

「今は調子よさそうね」ナイアは首をめぐらして、眠っている赤ん坊を見た。

「プレンティス家の人間は、みんな回復力があるからね」

敷地をとり囲むように植えられた花も、あたりを埋める芝生も、コテージの持ち主の髪同様、きれいに手入れされていた。ナイアは眉をひそめた。電話でジョッシュと話したときの印象だと、すべてがめっとめちゃくちゃな状態になっているかと思ったのに。なにしろ、土壇場で子守りを頼んできたくらいなのだから。

でも、ここへ来て彼がこれだけなにもかもをきちんとしているのを見ると、すこし変な感じがする。うまく言えないけれど、なにかがおかしい。

「むこうの居間で待っていて。お茶をいれてくる」

「手伝うわ。今、車の音がしなかった？」ナイアは窓に近寄ろうとした。

ジョッシュがさっと行く手をふさいだ。「だめだ！」きつい口調をとりつくろうため、顔に笑みを浮かべる。「今日は配達物があるんだよ。すぐ戻る」

ジョッシュはすぐには戻らなかった。彼を待つあいだに、ナイアは壁ぎわにあるアップライトピアノに近づき、ふたをあけて、鍵盤《けんばん》を押した。

「ほんとうに手伝わなくていいの？」古いオーク材の床がきしむ音が聞こえたとき、ナイアは顔をあげながらたずねた。そして、皮肉っぽく弧を描く濃い眉の下にある、独特のグレーの瞳と目が合った。下腹部があたたかくなり、うつろなうずきが生まれる。

「ジェイク！　ここでなにをしているの？」細い体が怒りでこわばる。彼女は、くつろいだ服で部屋の入口に立っている背の高い人物をにらみつけた。

「きみが共犯者じゃないのなら、おせっかいな弟にわけを説明してもらおう」ジェイクは重苦しい声で言った。

共犯者！　なんてずうずうしい。私があなたに会いたくて、いそいそとジョッシュの策略に荷担したとでもいうの？　厚かましいにもほどがある。

ジェイクはむきを変え、部屋の外に出ようとした。そのとき、鼻先でドアがゆっくりしまり、鍵《かぎ》がかかる音がした。

「おい、ジョッシュ！」つやのあるオリーブ色の顔を赤黒くし、ジェイクはどなった。「ここをあけろ！」かたい木のドアにこぶしをたたきつける。

「悪いけど、それはできないな」くぐもった楽しそうな声が聞こえてきた。「きみたち二人がちゃんとした大人のようにふるまうまでは」

「なんだって？　なにを言ってるんだ？　いったいどういう……」

「ブライディーが僕たちを書斎に閉じこめたときに言った言葉だよ。大人になりなさいって。二人でけんかしただろ」

「あなたたち、けんかをしていないときってないの？」双子が過去に閉じこめられたときの懐かしい思い出話につきあっている余裕はない。ナイアはパニックに陥っていた。必死に周囲を見回す。こんなところに閉じこめられるわけにはいかない。しかもジェイクと二人きりでなんて！

「ジョッシュ、かんべんしてくれよ……」

「書きもの机の上に飲みものを用意しておいたから、喉がかわいたら飲んで。じゃあ、僕はリーアムを連れて出かけるから。昼さがりの動物園にでも行くかな……」

「ジョッシュ！」ジェイクはどなり声をあげたが、返事はなかった。

「ここも鍵がかかっているわ！」ナイアは呼吸を荒くしながら、鉛枠の窓から離れた。「なにをしているの？」

ジェイクは胡桃《くるみ》材の小さな書きもの机の上にあったアイスペールから、ボトルを一本引きぬいた。

「少なくともジョッシュは、味も値段も最高のものを選んだようだ」アルミ箔《はく》を破り、シャンパンのコルクをひねる。

「あなた、頭がおかしいんじゃないの？」用意してあった二つのグラスにシャンパンを注《つ》ぐジェイクを見ながら、ナイアはぽかんとして言った。「いいえ、あなたたちは二人ともおかしいのよ」そうでなければ、こんなことにはなっていないはずだ。「シャンパンなんて、飲みたくないわ」

「ほかにすることがあるのなら、聞くよ」

彼が考えているのは、私が思っているとおりのことだろうか。私たち二人の今後についての希望的観測とか？　お互いに会えない時間が長くなるほど、なんとかというわよね？　私の場合は、しばらくジェイクに会わなかったことで、彼のとびきり整った顔だちが前にもまして魅力的に見えてしまううえに、あの人を引きつける雰囲気にもいっそう強く反応してしまう。ナイアは裏切りそうな自分の心をののしり、わざと軽蔑《けいべつ》するような表情を浮かべた。

ジェイクはナイアにむかって皮肉っぽく乾杯をし、いっきに飲みほした。「かっかしてもしょうがない」

簡単に言わないでほしいわ。「感情的にならずにいられるものですか。もしかして、私が変なのかしらね。でも、むりやり閉じこめられるのは好きじゃないの。しかも一緒にいるのが……」

「毛嫌いしている相手では？」ジェイクがあとを続けた。

「毛嫌いなんてしていないわよ」

「それは希望が持てるね」

「関心がないだけ」ほんとうにそうだったら！　ナイアは汗をかいた手を落ち着きなくこすりあわせた。

「がっかりだな」

そんなふうには見えないけれど。ナイアは腹だたしげに思った。「ジョッシュはいつごろドアをあけてくれるかしら？　作品展は何時に終わるの？」すばらしいグレーの瞳を避けてきく。

「まだわからないのか、ナイア？　ダーリン、作品展なんかないんだよ。僕たちはいっぱいくわされたんだ」ジェイクはやれやれといった顔をした。

「偉そうに言わないで。あなただってだまされたんじゃない。自分のことだけ棚にあげないで」

「棚になんてあげていないさ」ジェイクはそっけなく言った。

「電話では真にせまった声を出していたのよ」ナイアは腹を立てた。

「ジョッシュは自分の話を人に信じさせるのが得意なのさ。僕たちは二人ともそうだ。でも、どうやらあいつのほうが口がうまいみたいだ」

ジェイクの口だって悪くない。それどころか、完《かん》璧《ぺき》なほどセクシーな唇をしているわ。ぼんやりと思いながら、ナイアは引き締まった口もとを、長すぎるぐらいじっと見つめていた。

「こんなことをしてどうするつもりかしら？」ナイアはあわてて口をひらいた。彼を見ていたことに気づかれたとわかり、顔が赤くなる。

ジェイクは眉をつりあげた。「わかりきったことさ。シャンパンで」わざと音をたてて、ボトルをアイスペールに突っこむ。「いいムードを作ろうとでもしたんだろ。雰囲気作りに、欠けた月を用意していないのが不思議なくらいさ。これはりっぱな誘惑の舞台だよ、ナイア。言っておくと、ジョッシュはかなりのロマンティストなんだ」

「鼻で笑う皮肉屋よりよっぽどいいわ」

「ロマンティックなのが好みなのかい？」

突然ジェイクが体を動かしたので、ただでさえ神経過敏になっていたナイアは、反射的に飛びのいた。

「そうだと思った」ジェイクの唇が冷笑にゆがむ。「おとなしくジョッシュを待つしかないよ」

「そんなことできないわ」

「なぜだい？」

「なぜって……」

ナイアはうらめしいような気持ちでジェイクを見た。彼のそばにいることがどんなに苦しいか、どう説明すればいいというのだろう。彼に触れてほしいと全身が叫びだすだなんて。考えるのは彼のことばかりで、あのあたたかい唇の感触や、かたく引き締まった体、それに、麝香《じゃこう》のような男性らしい香りも……。

「ジョッシュがこんなことをするなんて、これが私たちのためになると彼に思わせるようなことを、あなたがなにか言ったのよ」ナイアは非難した。

「妻を亡くしたばかりの弟に、女性に振られてどうだとかいう退屈な話を、僕がするわけないと思わないか？」

「退屈といえば、鏡をよく見てみるといいわ。うつっている人も退屈な人だから。すくなくともジョッシュには想像力があるわ。ちょっと見当違いだけれど」この状況をよろこんでいると思われても困るので、ナイアはあわてて言いそえた。

「それは僕にもどれだけ想像力があるのか、見せてみろっていう挑戦かな？」

そのときナイアがふらりとよろめき、ジェイクの瞳から、からかうような光が消えた。

「だいじょうぶか？」

ナイアはそばの家具に手をついて、体をささえた。

「よくそんなことがきけるわね。知りたいなら教えてあげるけれど、これはたぶん閉所恐怖症になりかけているせいよ」

「そのことは考えないほうがいい」

「どうやって……」言われただけで考えずにすむなら苦労はしないわ。

「話をしよう」

話ね。いいわ、話せばいいんでしょう。

「今度の秘書はどう？」息がつまるほど長い沈黙のあと、ナイアはどうでもいい質問をした。

「彼はよくできるよ。きみの新しい仕事はどう？」

「やりがいはあるわ」気分が落ちこんでいるせいで、

ナイアは仕事中、本来の力を出しきれずにいたが、今のところ誰にも気づかれてはいないようだった。というより、気づかれていないことを望んでいた。

「派遣会社に私の苦情を言わなかったのね」ナイアは落ち着かない気分で、椅子の肘かけに腰をおろした。「ずいぶんほめてたって言われたけど」

「苦情を言ったら、きみのことだから逆にこちらの苦情を言ってくるだろうと思ってね」

「私はそんな……」

「わかっている」ジェイクはちらりとナイアを見た。その目はあたたかく、ナイアは体が震えた。「ナイア、ききたいことがある……」がさついた、ぶっきらぼうな声だったが、なにかさしせまったものを感じさせた。

それまで自分の感情をいつわることに忙しかったナイアはそのとき初めて、ジェイクもまた、どうでもいいような顔をしながら、彼女と同じように、緊張で神経がまいりそうになっていたらしいことに気づいた。

「なに？」かたずをのんで先をうながす。

「いや、やっぱりいい」ジェイクは早口で、そっけなく言った。

ナイアは大きくため息をつき、肩を落とした。

「ジェイク、よくないわ！」

ジェイクは目に強い光をたたえてナイアをじっと見た。「つまり、きみは……」警戒するようにきく。

「あなたが先に話すまで、私はなにも言わないわよ」ナイアはきっぱりと言った。

ジェイクはゆっくりうなずき、二杯目のシャンパンを一杯目と同じようにぐっと飲みほした。

「きみが言わないと言っているのは、人生に大切ななにかが欠けている気がするという話に関係があることかい？」ジェイクは簡潔にたずねた。「食べものはおが屑《くず》みたいな味がしたり、ものごとに集中できなかったりとか？」

「今までの人生で最悪の一カ月半だったわ」ナイアは聞きとりにくい声で言い、うるんだ目をジェイクにむけた。

「きみがそばにいなくてつらかった。僕になんて言ってほしい？　愛している？」冗談にも聞こえるように、すこしおどけて言うつもりだった。だが、言葉が口から出たときには、嘘《うそ》いつわりのない感情が表れてしまっていた。

ナイアの心臓の鼓動が速まり、それと同じくらいの速さで彼女は何度もまばたきをした。息を殺す、という言葉の意味を初めて理解した気がする。

「はじまりとしてはなかなかだと思うわ」やっとのことで声を出す。

「きみのアパートメントに行ったんだ」ジェイクはくい入るようにナイアを見つめた。「通路にいたら、男が出てきた」

「男？」そんな話、どうでもいいのに。ナイアはじれったかった。愛しているとか、そのあたりのことをもっと聞きたい。

「きみにキスしていたよ」ずいぶんお粗末なキスだったが。彼はひそかにばかにした。「声も聞いた」歌うようなアクセントは、ナイアをそのまま男にしたかのように、彼女のものとよく似ていた。そもそもあの日コテージで、ナイアを帰らせるというばかな真似《まね》さえしなければ、彼女が昔の恋人とよりをもどすこともなかったのだと思うと、ジェイクにはそれがなによりつらかった。

自分が彼女を必要としていることに納得できるまで、待っていてもらえると考えたことが傲慢《ごうまん》だった。アパートメントでの光景を見て、ジェイクは、彼女のほうが自分を必要としていない可能性があることに気づき、ようやく目が覚めたのだった。ジョッシュの言うとおりだ。僕は頭がかちかちのがんこ人間だ。

ジェイクが誰の話をしているのか急に思い当たり、ナイアの顔から困惑の表情が消えた。

「二番目に好きな相手で満足するべきじゃない」ジェイクは謙虚になろうとしていたことも忘れ、つい、きつい口調で言った。

「それは別の言い方をすると、あなたが……」ナイアは考えるふりをした。いたずら心がはたらき、すこしいじめてみたくなる。

ジェイクの目が熱をおびた。「きみに必要なたった一人の男だ」乱暴に宣言する。

腹は立たなかった。ジェイクのうぬぼれともとれる言葉と、真剣な顔にありありと浮かんだ征服したいという思いに反応し、ナイアの胸に情熱の炎がいっきに燃えあがった。

「あなたが見たのはヒューじゃないわ……」

ジェイクは猛烈な感情をやっとのことでおさえた。いったいい何人いるんだ？　ウエールズの山あいには、ミス・ジョーンズを追い回す男がうようよしているに違いない。

「あれは兄のダーベルよ。ブリュッセルで仕事をしているの。ひまさえあれば私を監視しに来るのよ」兄たちは皆そうだ。そのせいで、何年もの間、私の社交生活はだいなしになっている。体格のいい兄たちがいつもまわりを囲んでいたら、できる恋人もできないはずだ。

「お兄さんだって？」ジェイクは引きつった声でくりかえした。「僕は殺してやりたい気分だったのに」低くつぶやく。

「実行にうつそうとしなくてよかったわね。兄は空手の黒帯を持っているから」

「僕だって大学ではボクシングをしていた」

「試合には勝ったの？」

「当然だろう」

「あなたが凶暴な人間だということがよくわかったところで、話をもとにもどしていいかしら？」ナイアはかすれた声で願い出た。「横道にそれる前、なんの話をしていたか覚えているなら……」

「なんだったかな……」ジェイクはからかうような口調で言ったが、急に真剣な表情に変わった。「美しくて、人を怒らせるのが得意なミス・ジョーンズ、愛している」そう言うなり、我慢しきれなくなったように、いきなりナイアに飛びかかる。二人はもつれあったまま、幅のせまい椅子の上にたおれこんだ。

あばらに彼女の肘が当たるのもかまわず、ジェイクは無我夢中でナイアにキスをした。彼女の呼吸は荒くなり、体は震えていた。

「あなたがとても恋しかった」ジェイクの首や、ひげをそった頬にくりかえしくりかえし唇を押し当てながら、ナイアは吐息まじりにささやいた。彼の指がすばやく確実に、ボタンや留め金をはずし、ファスナーをおろしていく。ナイアは体を震わせながら、可能な範囲で自分もそれを手伝った。

ジェイクの手のひらが張りつめた胸をさぐり当てたとき、ナイアは安堵《あんど》の息をもらした。ほころびかけたばらのつぼみのような先端を親指でもてあそばれ、体じゅうがくるおしく燃えあがる。

「きみは完璧だよ」感じやすいふくらみを片方の手のひらに包みこみ、その重さをたしかめながら、ジェイクはささやいた。「素肌に触れたかった。なんてなめらかなんだ」彼はうめき、彼女に激しいキスをした。「行かせるべきじゃなかった」ジェイクはナイアの髪に両手をもぐりこませた。「僕がどんなにきみをほしいと思っているか、わからないだろうね」つらそうに顔をゆがめる。

歯のあいだから舌をちらりと出し、ナイアは彼の膝に視線を落とした。「おおよその見当はつくわ」うれしそうな、愛情をこめた目をしながら告白する。

ジェイクにまたがるような姿勢をとっていたナイアは、両膝を、彼の長くがっしりとした腿と椅子のあいだにはさまれていた。そのまま上半身をすこし前に乗り出し、なまめかしく体をくねらせて、彼の首に腕を巻きつける。ジェイクのシャツは前がはだけていたので、ナイアの裸の胸は、彼の広くたくましい胸と触れあった。胸毛の感触が心地よくて、半ば目を閉じながら、もう一度胸をすりつける。

柔らかそうなまつげごしに、じらすような目でナイアに見られ、ジェイクは悪態をついた。「今すぐ思いをとげられなかったら」ナイアの体を抱く腕に力を入れて、立ちあがる。「どうにかなってしまいそうだ。初めて会ったときから、すでにすこしどうにかなっていたけど」

「一緒にどうにかなってしまいましょう」ナイアはささやいた。

二人は、われを忘れて愛しあった。

シャンパンを飲みながら、裸で絨毯《じゆうたん》の上に寝ころがっているなんて、とんでもなく退廃的な気がする。これで暖炉に薪《まき》でも燃えていたら最高だ。でも、古びた炉辺に置かれた銅のボウルいっぱいに、夏の終わりのひらききったばらが飾ってあるのも、かわりとしては悪くない。私の隣にいるこの男性については、かわりなんて存在しえないけれど。

ジェイクの引き締まった裸の体に、ナイアは熱い視線を走らせた。今の彼はリラックスしているが、ほんの数分前までは欲望をむき出しにし、激しく筋肉を使っていたのだ。ほてりは冷めていても、うっすらと残る汗が、そのたくましい輪郭をかたどっている。ナイアはぜい肉のないおなかをそっとなでた。そしてその手をいたずら半分に、完全にではないけれど、おとなしくなっている下腹部にのせた。

彼女の行動を楽しむように、ジェイクがものうげな笑みを見せた。親密さと約束に満ちたこの笑顔と同じくらい、歯をくいしばり、ぎりぎりまで欲望をこらえて私をじらそうとしているときの顔も好きだ。

愛しあうときジェイクは、ナイアの準備ができてからにしたいと言ったのだった。彼女の頭を自分の胸にのせる形で、彼はうしろからナイアに触れた。彼女は死んでしまうのではないかと思うほど強烈な感覚におそわれ続け、ようやくジェイクと一つになれたときには、彼の叫び声に引けをとらないほど激しいよろこびを感じた。

「幸せかい?」つやのある髪に指をからませながら、ジェイクがきいた。

「信じられないくらい。とてもすてきだったわ、ジェイク」ナイアはけだるげなため息をもらし、なまめかしくのびをした。

「それはもう聞いたよ。一回か二回はね」ナイアが言うほどの半分もすばらしいのであれば、僕は相当な男ということになりそうだ。彼女の情熱的な性格からくる、思いやりに満ちたあのやさしさを、かつては欠点だと決めつけていたとは！

「私のことを笑っているの?」ナイアは怒ったふりをしてにじり寄った。

「できるだけ感じよくね」ジェイクはナイアのあいているほうの手をとり、キスをした。

ジェイクの瞳の中に純粋な愛情の輝きを見て、ナイアは胸がつまった。

彼はうしろからナイアを抱き締めた。「僕は自分の気持ちを表すのが苦手なんだ」

「やってみて」

ジェイクは笑った。深みのある、あたたかで、あけっぴろげな声だった。そういえば、愛し方もあけっぴろげだった、とナイアは思った。

「これまでは信じることができなかったけれど、ほんとうにあるんだな。反発するほどひかれあうって」

「私たちはきっと、互いにおぎなっているのよ。たとえ……率直な意見交換をしているときもね」

ジェイクは片方の眉をひょいとあげて皮肉を言った。「てっとり早く言えば、けんかってことかな？」

「いつも意見が同じだったらつまらないわ」

「そういうことなら、一生おぎないあう契約を結ぼうか？」ジェイクは大きな音をたてて咳払《せきばら》いをした。

ジェイク・プレンティスが真っ赤になっている！　けれどナイアは、気づかないふりをした。

「それって、プロポーズのつもり？」

「ごめん。口べたなんだ」ジェイクは心の中で自分の不器用さをのろった。

ナイアは驚きのあまりすぐに返事ができなかったのだが、彼はそれを皮肉と勘違いしたらしかった。

「私を憎んでいるときは、ほんとうに口が悪いわよね」ナイアはそっけなく言った。

「あの日、マッツと会ったあと、車の中でひと晩じゅう考えていた。きみのことを。自分がきみをどう思っているのかを。そして、一緒にいたいという結論に達したけれど、きみには婚約者がいた。それで、心の内をぶちまけようと思ったんだ。僕の気持ちを伝え、婚約者と僕とどちらを選ぶかきこうと考えた。そうしたら、コテージの部屋に入ったとたん、きみが、よりにもよってジョッシュと一緒にベッドに入っているのを見たわけだ。嫉妬《しっと》で頭がおかしくなりそうだったよ！　ジョッシュを傷つけたいと思った。だけど、そんなことを考えた事実を受け入れるのは……」ジェイクは苦しそうにうめいた。「それにしても、きみを憎んだことなんてないよ！」彼女の鎖骨の横にある、脈打つ部分に唇を当てる。「もちろん、いらいらさせられたり、猛烈な怒りを感じさせられることはある。きみが気になってしかたないことも、うっとりしてしまうこともある。でも、憎むなんてありえないよ。愛している。これからもずっと」

　彼の言葉の率直さがうれしくて、ナイアの目に純粋なよろこびの涙があふれた。

「私も愛してるわ」彼女は胸をつまらせて答えた。ジェイクはナイアの肩をぎゅっと抱いた。「結婚してくれるね？」答えはわかっている、という口調だった。

「たぶん、そうするべきね」

「そうするべき？」義務的な口調が気に入らない。

「ほら、ジョッシュが用意するのを忘れたものが一つだけあるでしょう……」

「そんなものあったかな？」

「娘が結婚もしていないのに子どもを産んだら、うちの両親はどんな反応を示すかしら？」

「なんてことだ！」ジェイクはごろりとあおむけになり、手のひらで口を押さえた。「僕ほど無責任でばかな男はいないと思っているだろうね。僕はこれまで一度も……」

「私にとっても初めてのことよ」ナイアは静かに言った。「でも私の恋愛遍歴はないにひとしいから……赤ちゃんのパパが誰かを証明するために結婚する必要はないわ。そうなると、結婚するのは、もう一つの理由からね」ナイアは考えこむふりをしながら、片肘をついて起きあがった。

「もう一つの理由って？」

「私があなたに夢中だからっていうことよ、おばかさん！」ナイアは楽しそうに声をあげ、あたたかくしなやかな体をジェイクに押しつけた。

「ほんとうにうれしいよ！」ジェイクはナイアの女らしく丸みをおびたヒップを両手で包み、自分の方に抱き寄せながら大きな声で言った。「感謝のしるしとして、弟に最高にうまい料理を作ってやろう。僕が名コックだって知っていた？」

「すてき。でもどうやってここから出るの？」

「あそこにある羽目板を見てごらん」

ナイアはジェイクが指さした羽目板張りの壁を見て、うなずいた。

「あれは羽目板じゃなくて、ドアなんだ」

「つまり、私たちは出ようと思えばいつでも部屋の外に出られたということ？」

ジェイクは悪びれる様子もなくうなずいた。

ナイアは口をぽかんとあけて彼を見おろし、それから吹き出した。「かついだわね！」明るく責める。

「きみのためなら、もっといけないこともするさ」

ジェイクは意味ありげににやりと笑った。

「楽しみにしているわ」そう、ほんとうに、ほんとうに楽しみだ。このすばらしい人と過ごす日々が。

ジェイクが言葉どおりとてもいけないことをはじめたので、ナイアは至福のため息をついた。

Convenient Wife, Pleasured Lady

伯爵の求愛

キャロル・モーティマー／青山有未 訳

キャロル・モーティマー

ハーレクイン・シリーズでもっとも愛され、人気のある作家の1人。14歳の頃からロマンス小説に傾倒し、アン・メイザーに感銘を受けて作家になることを決意。コンピューター関連の仕事の合間に小説を書くようになり、1978年に見事デビューを果たす。以来、数多くの作品を生み続け、2015年にはアメリカロマンス作家協会から、その功績を称える功労賞を授与された。エリザベス女王からも目覚ましい活躍を認められている。

主要登場人物

アリス・フォーテスク……………母方が公爵家の娘。
レディ・コンスタンス……………アリスの継母。
ジョナサン………………………アリスの兄。
シャーロット……………………ジョナサンの妻。
ダニエル・ウィクリフ…………伯爵。第七代スタンフォード伯。
ジェフリー・ウィクリフ………ダニエルの父。故人。
ダイアナ…………………………ダニエルの母。故人。
テレサ・ベンボウ………………ダニエルの愛人。
レイノルズ………………………ダニエルの邸宅の執事。
ジェームズ・カーター…………ダニエルの領地の管理人。
ホーク・セントクレア…………ダニエルの友人。公爵。スタワーブリッジ公。貴族院議員。

1

「感激したよ、アリス。明日の挙式まで待てないほど私に会いたいとは」

スタンフォード伯ダニエル・ウィクリフは非難がましい冷ややかな声を響かせながら、アリス・フォーテスクが座って待っている応接室に足を踏み入れた。その表情には喜びも得意な気持ちも表れていなかった。

「それも、こんな遅い時間にとは！」

伯爵の口調に縮み上がってはいけない。アリス・フォーテスクは覚悟を決めて顔を上げた。「こちらにうかがった時刻はそれほど遅くはなかったのですが」暖炉の上にある金色の時計を当てつけがましく見やる。針は十二時の少し手前を指していた。

もうほとんど結婚式の当日だわ……。

アリスの声にもかすかに非難が感じられて、ダニエルは半眼の目で彼女を見回した。この女性を未来の妻、未来のウィクリフ家の家督相続人の母親として選んだのは、あくまで諸般の事情による便宜的なものだ。フォーテスク家は上流社会の一員ではあるが、その主要メンバーと認められるほどの家柄ではない。

ただ、アリス・フォーテスクの母親はハモンド家の出で公爵の娘だから、その娘アリスは、伯爵の花嫁としては十分ふさわしい。

しかもアリスはまだ十九歳——これも都合がいい。この若さなら、実用本位の結婚でもおとなしく受け入れるだろう。それとひきかえに伯爵夫人という特権を手に入れられるのだから。しかし今、つややかにカールした黒髪のあいだからにらんでいる緑の目には、伯爵夫人の特権に興味があるとはどこにも書いていない。果たしてこの娘は、期待どおりの従順な妻になるのだろうか。

ダニエルは金色の眉を上げた。「君の兄上や義理の母上は、こんな時間に外出した君の身を案じておられるのではないだろうか」

「家族は、私が三時間前に床に就いたと思っていますわ。明日の結婚式に胸をときめかせて」許嫁《いいなずけ》は一笑に付した。

ダニエルはばかにしたようにうなずいてみせた。若い娘が明日からウィクリフ家の領地のどこでも自由に出入りできるとなれば、わくわくするのが普通だ。「ブランデーを一杯どう?」彼はアリスの返事も聞かずに大きなキャビネットの上にのせてある飲み物のトレイに歩み寄り、貴重なフランス産のリキユールを二個のグラスに注《つ》いだ。

「伯爵様、今日はもう十分にお飲みになったのではありませんか?」アリスは鋭く指摘した。部屋に入ってきたときのダニエルはブランデーと葉巻きの香りをまとっていた。それと、めまいがしそうな香水の香りを……。

よりにもよって結婚式の前夜に、よくもほかの女性のもとへ行けたものだわ。ダニエル・ウィクリフがそういう男性ならなおのこと、是が非でも結婚式までに話しておかなくては。この結婚に対する私の条件を、きちんと理解しておいてもらわねば!

とがめられたダニエルはいらだたしげに息を吸い込んだ。「私に指図しようとは、いささか軽率ではないだろうか。まだ結婚もしていないのに」

アリスが笑い声をもらした。うら若い娘にしては手ごわい、シニカルとも言える響きがあった。「結婚してからでは、そのような機会はいっさい与えていただけないのではないでしょうか」

図星だ。ダニエルはそう思いながら悠然と彼女の椅子の横にあるテーブルに近づいてブランデーグラスをひとつ置き、わざとらしく自分のグラスから一口飲んだ。

実を言うと家に着いてアリス・フォーテスクが応接室で待っていると聞く前から、虫の居所がよかったわけではない。一カ月前に婚約するまで愛人関係にあったテレサから信書が届き、是非とも最後にもう一度会ってほしい、礼儀正しく別れの挨拶《あいさつ》をしたいからとあった。情事に終止符を打ったときの愁嘆場を思い返すと、礼儀正しい別れの挨拶などというものが可能だとは思えなかった。少なくともテレサには無理だろうと思ったのだが、残念ながら予想はずばり的中した。

今夜のテレサの言動が鮮明に思い出され、ダニエルは苦々しく唇を歪《ゆが》めた。「で、君の突然の来訪には、もちろん緊急の理由があるのだろうね？」

濃い緑の目がきらりと光った。「そうでなければ、こちらにうかがったりはしませんわ」

そう答えたきりアリスが口を閉ざしているので、ダニエルはそっけなく促した。「その理由とは？」

「私……実は……伯爵様との結婚を望んでいるかどうか、自分の気持ちがわからないのです」言えた、おめでとう！　アリスは内心で快哉《かいさい》を叫んだ。この一カ月、ずっと悩んできたことをついに口に出すことができて、筆舌に尽くし難いほどほっとした。

この一カ月間で伯爵に会ったのはたったの二回だ。一回目は彼が、私に求婚する許しを私の兄に求めるために屋敷を訪れたとき。二回目はその一週間後、ダニエルがベッドフォードシャーの領地に出発する前夜、フォーテスク家一族の婚約発表祝賀晩餐《ばんさん》会に出席したとき。このときもまた、二人だけで言葉を交わす機会はなかった。

その間アリスは、何度か手紙を書いた。でも結局、一度も送らなかった。ダニエル・ウィクリフ伯爵に言わなければならないことは、手紙のような魂のこもらないものに書き表すことはできない。

「愛情を注ぐ相手がほかにいるということだね？」

「もちろん違いますわ」見当違いの質問がじれったくて、アリスは眉間《みけん》にしわを寄せた。

スタンフォード伯ダニエル・ウィクリフは尊大に肩をすくめた。広い肩を包む黒のジャケットは見事な仕立てで、その下には銀色のブロケード織りのベストと雪のように白いリネンのシャツを着込んでいる。几帳面《きちょうめん》に結んである襟元のクラヴァットにはエレガントなダイヤのタイピンがおさまっている。

「それならば明日、私との結婚に対する障害は何ひとつ思い当たらないが？」

アリスは息をのんだ。「何ひとつ思い当たらない？　伯爵様は私のことなど、お心の片隅にもないことは誰の目にも明らかですわ。それなのに、なぜ私に結婚を申し込まれたのですか？」

なぜ？　ダニエルは苦い思いを噛《か》みしめた。選択の余地がなかったからだ。父は生前、後継者である僕に打ち勝つことができなかったが、死によってそれを果たしたからだ。父が他界してからのこの六カ月、ありとあらゆる手を尽くしてきた。だが、ウィクリフ家の領地が資金不足のために完全に荒廃してしまいかねない事態を、もはや座視はできなくなった。

「アリス、君がまだ若いことは理解しているが、上流社会の結婚が愛のためではないことくらいわかっているはずだ」ダニエルは嘲《あざけ》るように間延びした口調で言った。「結婚には、愛などという破壊的な感情よりも、金や土地、あるいは単に社会的地位といったもののほうがはるかに重要なのだよ」

上流階級の結婚は冷たく、ときには陰険な目的のために行われることはアリスも十分承知していた。嘆かわしいことだとも思っていた。「伯爵様が私に求婚するお気持ちになられたのは、その三つの重要な理由の中のどれなのでしょうか、私には思い当たりませんが」アリスは嘲笑《ちょうしょう》を投げかけて一矢報いた。

ダニエルはむかむかしたようにため息をついた。「たしかに未来の花嫁としては、私が結婚を求めた理由を知る権利があるかもしれない」

「かもしれない？」アリスは半信半疑でおうむ返しにつぶやいた。

ダニエルは横柄にうなずいてみせた。「簡単に言えば、私の父が無限の知恵を絞ったことが原因だ」唇が歪み、軽蔑《けいべつ》がむき出しになった。「愚かにも父は、跡継ぎの私にスタンフォード伯の財産を残すにあたって、相続の条件を設けたのだ。領地はそのまま継承するが、それ以外の遺産については、父の亡きあと一年以内に私が結婚すれば半分、結婚後一年以内に次の跡継ぎが誕生すれば、残る半分を相続できる、と。その条件を満たせなかった場合は遺産の半分、あるいは全部が従兄《いとこ》の手に落ちる。その従兄は、私以上に相続するに値しない男だ。それは断言してもいい」

アリスは信じられなかった。ダニエル・ウィクリフは二十九歳で、オリンポス山から落ちてきた神かと見紛《みまが》うばかりの美男子で名高い。髪は熟れたとうもろこしのような金色だ。そして官能的で意地悪な瞳は青空の色をしている。花崗岩《かこうがん》を刻んだようにシャープな顔立ちの中で、罪深いほどに豊かな唇だけがやわらかさを添えている。広い肩から急角度に引きしまったウエスト、筋肉質なヒップや脚までもがエレガント。一挙手一投足がまた、女性の五感をときめかせる。

上流社会では老いも若きも、多くの女性がこの男性の光り輝く美しさの罠《わな》に落ちてしまう。それを誰が責められるだろう。

私もまた、一年前に初めてダニエル・ウィクリフを目にした瞬間、彼の魅力の虜《とりこ》になってしまった。

それを誰が責められるかしら……。

2

アリスがスタンフォード伯ダニエル・ウィクリフに紹介されたのは、一カ月前の婚約の日だった。でも一年前から、まれに舞踏会やパーティーでダニエルを見かけるたび、アリスは彼のことで頭がいっぱいになった。伯爵はいつも親しい友人たちの輪の中にとどまり、自分がゴシップや憶測の的になっていることには超然としているように見えた。

一カ月前、兄のジョナサンに書斎に呼ばれてダニエルを紹介され、求婚するために来訪したと言われたときには心臓が止まりそうになった。伯爵様はきっと舞踏会で私を見初《みそ》め、人知れず恋心を温めていてくださったのだわ。そう思うとアリスは有頂天になった。でもダニエルはそのときも晩餐《ばんさん》会のときも、とても冷淡だった。その後は三週間も姿を消し、ベッドフォードシャーの領地に滞在していた。おかげでアリスは、子どもじみた幻想から立ち直ることができたのだった。

今、改めて自分の甘い考えを振り捨てたアリスは、伯爵の目を真正面から見つめた。「お父様のそのご遺志だけでは、私は花嫁に選ばれた喜びを味わえない理由にはなりませんわ」

「〝喜びを味わえない〟？」ダニエルがからかうように言った。「アリス、私はこれまでどの女性からも、〝喜びを味わえない〟という不満を言われたことはないんだよ」

アリスは頬を染めた。「何事も、初めて経験するときがあるものですわ、伯爵様」

「ごもっとも」ダニエルは嘲笑《ちょうしょう》した。「君を花嫁に選んだ理由には、あからさまに言えば、君の兄上が最近トランプ遊びに夢中で、私にかなりの額の借りを作っているという背景がある。ジョナサンは返す金がないと言う。私は明日、君との結婚を機に、彼の借金を喜んで棒引きにする予定だ」

彼女は顔から血の気が引くのを覚えた。では私は、兄がのめり込んだトランプ遊技場の祭壇に捧《ささ》げられる生《い》け贄《にえ》だったのだ……。「でも私たち、多少でもお互いを知る機会がないままここまできました」

ダニエルは我慢の限界だった。「その問題は、明日の今ごろには間違いなく解消しているだろう」

アリスはぎゅっと唇を結んだ。「いいえ」

彼女の鋭い声で、ダニエルは訝《いぶ》かしげに眉を上げた。「『いいえ』とは？」

アリスはきっぱりと首を振った。「伯爵様の結婚の理由を理解したからといって、そういう冷血な計画に私自身が甘んじるつもりはありません」

彼の唇が薄く一文字に結ばれた。「君は私との結婚に異議を唱えるのか？」

アリスは緊張を抑え込むことに必死だ。見た目ほど平静ではないらしい。

「もし異議を唱えたら、兄がお借りした借金はすぐにもお返ししなければならないのでしょうね？」

「そのとおり」彼は苦虫を噛《か》み潰《つぶ》したように答えた。

アリスが立ち上がった。淡い黄色のドレスをまとった華奢《きゃしゃ》な姿は、ダニエルの筋骨たくましい大柄な体型とは対照的だ。華奢だが、不当な扱いに唯々諾々と従う娘ではない。小賢《こざか》しいと思いながらも、ダニエルは感嘆を禁じ得なかった。従順で言いなりになる娘だろうと予想し、そんな妻であることを願ってもいたが、なにがしかの怒りを秘めた女なら、道楽で鍛えたダニエルの好みから言えば、少なくとも退屈しのぎにはなるだろう。

いずれにせよ、古巣の地獄へ戻った父が恨めしい。母が亡くなってからのこの十年、ダニエルはわざと放縦な生き方を選んできた。母をないがしろにし冷酷に扱った父に対して、それしか報復の手段が頭に浮かばなかったからにほかならない。

そんな苦い思いをアリスのやわらかな声が遮った。

「私は明日、伯爵様の妻になることに異議はかけらもありませんわ」

「それを聞けば、兄上は大いに安心されることだろう」ダニエルは小ばかにしたようにゆっくりと言った。「それにしても彼はなぜ、あんなに下手なくせにギャンブルをするんだ？」

文句のつけようもない曲線を描くアリスの唇がへの字に曲がった。「私と同じく、何も知らない相手と――愛情も感じない相手と、わけあって結婚を承知してしまった家族、それが原因だと思いますわ」

ダニエルはむっとした。「というと？」

「伯爵様は私の継母のことをご存じでしょう」

知っている。レディ・コンスタンス・フォーテスクとは数回会ったことがある。会うたびに嫌悪感が強まる、そんな女性だ。もしアリスとの結婚をためらう何かがあるとすれば、社交界でのし上がっていくあの抜け目ないレディ・コンスタンスが自分の姑《しゅうと》になるということだけだ。

アリスがため息をついた。「運の悪いことに、兄にとって継母はただの継母ではなく、お姑様でもあるのです。兄が結婚した相手はレディ・コンスタンスのお嬢さん、シャーロットですから。その結果レディ・コンスタンスが私たちの生活にかかわってきて……父の人生に入り込んだのです」憂鬱《ゆううつ》な声でつけ加えた。

「それは災難だな」ダニエルはジョナサンの運の悪さに驚いた。

「ええ」アリスはしんみりとうなずいて顔を曇らせた。「二年前に父が他界してから、継母との同居はいっそう耐え難いものになりましたわ」

「ジョナサンは家庭の外に気晴らしを求めざるを得ないわけだ」

緑色の目がきらりと光った。「トランプだけですわ。兄はシャーロットを裏切るようなことは絶対にしないと思います。とても愛妻家ですから」

「問題は姑だけだというのなら、レディ・コンスタンスに出ていってもらえばいいじゃないか」

アリスは冷ややかな笑みを浮かべた。「どこへ行けと？」

「それもそうだな」ダニエルは残念そうにつぶやいた。「まったく困った人だ」

アリスはまたため息をついた。「そういうわけですので、申し上げたように私は明日、伯爵様の妻になるつもりではおります。ただし――」

「女性が〝ただし〟と言ったときは、そのあとに続く話を私は心の底から嫌悪することになる。それが私の経験則だ」ダニエルはいらいらした。

「ご明察、畏《おそ》れ入《い》りましたわ」アリスはそっけなく言うと、穏やかな緑のまなざしで伯爵を見た。「私たちの結婚は、最初は形だけのものにしていただきます。お互いのことをもっとよく知るまでは、同じお屋敷に同居はしても、ベッドをともにすることには応じられません」

これはすごい、退屈どころじゃないぞ！「それなら、さっそく始めたらどうかな。お互いのことを〝もっとよく知る〟ことを」

ダニエルがさっと距離を縮めた。あまりにも近すぎてアリスは少しめまいがした。温かな息がこめかみの後れ毛をそよがせる。からかうように見つめる青い視線に魅入られて、アリスはおののきながら茫《ぼう》然《ぜん》と凝視するばかりだった。

ダニエルの顔が近づいてきた。やわらかな唇が触れてきてやさしく探られるうちに、アリスは彼の両腕の中に抱き寄せられていた。キスが深まっていく。

熱い舌に唇を愛撫《あいぶ》され、ついには舌が侵入してきた。アリスは全身がかっと熱くなるのを覚えた。彼の両手は背筋をおりていき、ヒップを包み込んでぐいと自分に引きつけた。

アリスは即座にダニエルの高ぶりを感じた。押しつけられた秘めやかな欲望は、たちまち彼女の肉体にも火をつけた。ぴったりしたドレスの胸元が張りつめる。ダニエルの片手が上がってきて胸のふくらみを包み、硬くなった頂を親指で巧みに愛撫した。アリスは息ができなくなった。

その瞬間、不意に嗅覚《きゆうかく》が息を吹き返した。あの香水の香り……。伯爵のエレガントなジャケットにしっかりと絡みついている。

「だめです！」アリスは懸命に威厳を取り戻して伯爵の胸を押し返し、誘惑から逃れた。「私の決心は変わりませんわ。伯爵様が求愛してくださり、私の心を手に入れてくださるまでは、名実とも完全な妻になることはお断りします」

ダニエルは目をむいた。信じられない。両腕をだらりと下げて一歩後ろに下がる。「私が求愛して、君の心を手に入れる……？」

「そのとおりですわ、伯爵様」アリスはゆっくりとうなずいてみせた。長いドレスが震える膝を隠してくれるのは幸いだ。「もし私が名実ともに妻となり、跡継ぎの母となることを望んでおられるのなら、まずは伯爵様のお心が……お体のほかの部分と同じくらい強く私を求めていることを納得させていただかなければなりません」頬を赤らめながらも最後まで言い終えた。

赤面するのは当然だ。ダニエルは彼女をにらみつけた。小娘のくせに、よくもここに乗り込んできて僕にそんなことを要求できたものだ！　この僕が、恋煩いの若造のように言い寄るとでも？「それが実現するのは地獄が凍りついたときだ！」ダニエルは荒々しく吐き捨てた。母が父に対して変わらぬ深い愛を捧げ続けたことは、子どものころから目の当たりにしていた。父のほうはかけらも母に関心を払わなかった。夫婦間の片思いほど破壊的で苦しいものはない。それは身にしみてわかっている。

アリスは椅子の背に掛けておいたマントを静かに取ると、細い肩に羽織って襟元で結んだ。「私の結婚の条件はお聞きのとおりですわ、伯爵様」

「私の条件は聞いてのとおりだ！」ダニエルは警告した。

アリスはまじまじと彼の目を見つめた。「もしや、明日の挙式をキャンセルなさりたいのでは？」

ぐっと噛みしめたダニエルの顎で神経が脈打った。

「君も承知のとおり、もう手遅れだ」

「では明日の正午、セント・ジョージ教会でお目にかかりましょう」アリスは伯爵夫人となるにふさわしい、持って生まれた気品を全身からにじませて応接室から出ていった。

ダニエルは険しい面持ちでグラスにブランデーを注《つ》ぎ足すと肘掛け椅子にどさりと体を投げ出し、火のない暖炉をにらみつけた。自分の腹は決まっている。妻をめとり、跡継ぎをもうけることには従わざるを得ないが、妻になる若い女に愛情を捧げるなどという体たらくを演じるつもりはいっさいない。断じてあり得ない。

3

「スタワーブリッジ公が立会人になってくださるとは予想もしませんでしたわ」アリスは雑談を試みた。

馬車に乗ってから五時間がたっていた。見事にそっくりな四頭の葦毛《あしげ》は一路、ベッドフォードシャーにあるウィクリフ・ホールを目指して走り続けた。

「つまり君は、尊敬すべきスタワーブリッジ公のことを高慢な人物と決めつけ、私ごとき者の友人であるはずがないと考えていたわけだな」ダニエルは向かいに座っている新妻をからかった。

図星だわ、とアリスは思った。スタワーブリッジ公はセントクレア一族の当主で、気位が高く傲慢《ごうまん》なことで知られ、雄弁で熱心な貴族院議員としても有名だ。かたやダニエルは対照的に、ギャンブル好きの放蕩《ほうとう》者という危険な評判が定着している。

その危険な噂《うわさ》の男性が、今は私の夫……。そう思うと、アリスはぞくっとして身震いが出た。

ゆうべは自信のある態度を保つことができたアリスだったが、今朝はさすがに自信がぐらついた。伯爵が差し向けた馬車の隊列がアリスの服など身の回り品をはじめ、専任の小間使いも乗せて一足先にウィクリフ・ホールへと出発したのだが、そのときには否応《いやおう》なく考えさせられた。結婚式が終われば私は完全にダニエル・ウィクリフ伯爵の支配下に入り、彼のなすがままになるのだ、と。

牧師の前に二人並んで誓いを立てたときも、油断ならない美男子ぶりを見ると不安がつのった。もしも今夜、ゆうべのようなことが起こったなら、心をとろかすダニエルの誘惑の手口に私は抵抗できないのではないかしら。無数の女性がそうだったように。

「あのスタワーブリッジ公ホーク・セントクレアとは大学の同窓生なんだよ」見るからに緊張している花嫁の姿に、ダニエルは哀れをもよおした。アリスの新居となるウィクリフ・ホールが刻一刻と近づいてくる。彼女は今宵《こよい》、そこで初夜を迎えるのだ。ほかに帰る家はない。僕は気ままに振る舞い、数週間後にはロンドンへ戻る。うまくいけばそのころには、アリスは第一子を身ごもっていることだろう。

昨夜アリスが帰ったあと状況をざっと検討してみたが、ベッドはともにしないという彼女の脅しなど真に受けることはないと判断した。男を知らない若い娘だから、挙式直前の緊張が高じただけに違いない。事実、腕に抱いた数分間はアリスも十分に反応していた。温かでまろやかな彼女の起伏には食指を動かされた。胸のふくらみも腿も、僕と同じくらい熱くなっていた。うっとりするほどに。

ダニエルは新妻に見とれた。白いボンネットの下に紅潮した美しい顔が見える。やわらかく盛り上がった純白のドレスの胸。今宵はアリスを腕に抱いて唇を合わせるだけではない……。期待が高まる。

「まあ、なんという美しい村なのでしょう！」アリスは歓声をあげて夫の注意をそらした。なまめいた青い視線が彼女の胸元をゆっくりと這《は》い回っている。それを意識すると全身が熱くなった。

「ここがウィクリフの村だよ」花婿はそっけなく答えた。

アリスは身を乗り出して興味津々で見回した。「ほら、村人たちが伯爵様のお出迎えに集まっていますわ！」

ダニエルも外をのぞいた。つややかな金髪がアリスの頬を軽くなで、彼女はあわてて身を引いた。ダニエルが振り向いて罪作りな瞳を躍らせた。「私の出迎えではないよ、かわいいアリス。みんなは新しい伯爵夫人を歓迎するために出てきたのさ」

新しい伯爵夫人……。アリスは動揺をのみ込み、急いで夫から目をそらした。再び身を乗り出して手を振り返す。大はしゃぎで手を振る子どもたち、控えめに手を振る親たち。この人たちが今日からは私の領民になるのだわ。そう思うと感動した。ウィクリフ・ホールの使用人や領地の小作人たちも新しい女主人を歓迎に来ていた。

歓迎を喜んでいる若妻を見つめていたダニエルは、ふっと目を伏せた。僕はもう歓迎されることはない。半年前、第七代スタンフォード伯になって帰ってきたときでさえ、歓迎はなかった。子どものころは人気者だったが、そのイメージはこの十年間で村人たちの記憶から消え失《う》せた。ロンドンでの行状が毒々しいスキャンダルとなって、この村にも伝わってくるのだ。僕が盛大な歓迎を受けることはもう二度とない。今日のこの歓迎は、アリスの若さと温かな人柄の噂が伝わっただけだ。

「きちんと座るんだ、アリス。もう子どもではなく、伯爵夫人だということを忘れないように」厳しく叱《しっ》責《せき》してしまい、アリスの喜びが即座に色あせた。ダニエルは自己嫌悪に陥った。

「ごめんなさい」座り直したアリスは背筋をぴんと伸ばし、両手を握り締めた。瞳からは完全に笑みが消えている。

なんてひどい仕打ちをするんだ、とダニエルは自分を責めた。これではまるで父親の二の舞だ。いつも母を邪険に扱い、ばかにしきっていたあの父の姿が、たった今の自分と重なって見える。ダニエルはため息をついた。「いや、悪いのは私のほうだよ。新生活に感動している君に水を差すとは、無神経なまねをしたものだ」

アリスは長いまつげの下から夫を見つめた。「もっと成熟した大人の女性と結婚したほうが、伯爵様は満足されたでしょうね。例えば……レディ・ベンボウのような女性と」

ろくでなしの夫だから新妻も爪を研ぐわけだ！　最近まで愛人だったレディ・テレサ・ベンボウのことを、アリスも知っていたとは。キスのためにあるようなあの唇が、今はかすかに嘲《あざけ》りを浮かべて歪《ゆが》んでいる。どうやら彼女はテレサのことを快く思っていないらしい。

ダニエルはにやりと笑った。この結婚に想定外の何かを見つけた気分だ。「レディ・ベンボウは男が妻に選ぶような女ではないよ、アリス」

「本当に？」とがった声できく。

「当然だよ」アリスはきっとサロンや舞踏会でテレサとのゴシップを小耳にはさんだのだろう。「しかし、彼女のことをこんなふうに話題にすることが、我々にとっていいこととは思えないんだが」

「あら、そうでしょうか。レディ・ベンボウは私たち両方にとって生活の一部になったというのに？」

アリスは一見屈託のない瞳で夫を見つめた。

ダニエルは警戒して見返した。この若妻は予想もしなかったほど楽しませてくれる。だが、だからといって、こういう秘事に立ち入ることを許すわけにはいかない。「何の話か見当もつかない」ぴしゃりと言って、これが最後通牒《つうちょう》だとにおわせた。

普通の女性なら伯爵の氷のような声に縮み上がるところだが、アリスは違った。「もちろんゆうべのことをお話ししているのです。伯爵様が帰ってこられたとき、レディ・ベンボウの香水をまとっておられたという事実を。そういう日常の中でも、妻である私は固く口を閉ざしていなければならない……そういうことでしょうか？」アリスは黒い眉を上げた。

ダニエルが今にも怒りを爆発させそうな険悪な顔になった。「まだしばらく口を閉ざしていたところで、誰も君を責めはしないだろう！」

アリスはさらりと言った。「私は自分の役割を知りたいだけですわ。伯爵様の役割についてはゆうべうかがいましたから」危険なゲームをしているのはわかっている。いつ藪蛇《やぶへび》になるとも知れないけれど、ウィクリフ伯爵から尊敬と愛とを勝ちとるために、勝負を賭《か》けてみるだけの価値がある。私は夫の愛が欲しい。独占したい。それ以外は考えられない。

「アリス、君は深入りしすぎだ」

「私は必要ならばどこまでもまいります」彼女は断固として言い返した。「夫の情事を何も知らない妻にはなりたくありません。上流社会で哀れまれ、物笑いの種になるのはまっぴらですわ」

母がまさにそうだった、とダニエルは思った。愛のない結婚生活に閉じ込められ、報われることのない愛によって自滅した母。自分は決してそんな轍《てつ》を踏まない。自分が結婚したら妻には断じてそんな目にあわせない。僕はそう誓ったのだ。

「レディ・ベンボウとはもう別れたよ、アリス。婚約と同時に縁を切った。ゆうべは言うなれば……最後の別れの挨拶《あいさつ》だった。この話はこれで終わりだ」

凍りつくように冷たい口調で反論を封じた。

アリスは反論する必要も感じなかった。伯爵の長い女性遍歴リストの最新の女性については、婚約する前からゴシップを耳にしていた。婚約が発表されたあと、多くの人が仰天したことも知っている。男性を知らない若い娘のアリス・フォーテスクが、ダニエル・ウィクリフ伯爵のような男性の気持ちをいつまでも引き止めておけるわけがないという、上流社会の見方も承知している。

アリスは覚悟を決めていた。私は、彼の心をわしづかみにするためならどんなことでもするわ。

必要とあらば手段を選ばない。

4

「部屋は気に入ったかな？」

凝った装飾の鏡台の前に座って髪をとかしていたアリスは、ダニエルの声を耳にしてブラシを置き、さっと振り向いた。筋骨たくましいハンサムな夫の姿に、つい見とれてしまう。彼は悠然と部屋に足を踏み入れた。黄色とゴールドで統一されたこの寝室にアリスが入ったのは、まだついさっきのことだ。案内してくれた家政婦は、奥様のお部屋ですと言った。

伯爵の寝室に通じるドアを見ると、さっきアリスが鍵《かぎ》をかけたままになっている。

ダニエルが新妻の視線をたどって物憂げに言った。

「そっちのドアはロックしてあるんだな」彼は近づいていって鍵を開けた。

アリスは唇を噛《か》んだ。「理由があってロックしておいたのです」

「そうだろうとも」ダニエルの声が不快にしわがれた。「今後二度とロックしないよう忠告しておく」

「でも――」

「言うまでもないが、私が妻の寝室に入ろうと決めたら鍵のひとつぐらい、ものの数ではない」青い目がぎらりと光った。

アリスは目がくらむほどの凝視を浴びて視線をそらせ、再びブラシを手に取った。「伯爵様にお知らせするよう私の小間使いに言いつけておいたのですが、今夜は私、夕食をご一緒するのは遠慮させていただきます。長い一日だったので……頭痛がして」

ダニエルは鏡に映る若妻を見つめた。確かに顔色が悪く、眉間《みけん》には緊張のしわが寄っている。結婚式に着た純白のシンプルなドレスをまだそのまま着ているが、ボンネットははずして横に置いてある。ヘアピンもはずされた漆黒の黒髪は華やかにカールし、ウエストに届きそうなほど長い。頭上のシャンデリアが黒髪に鳶《とび》色の輝きを与えていた。

「どこが痛い？」ダニエルはアリスの背後に近づいていった。

とたんにアリスはどこが痛いのかわからなくなった。つい数分前には一日の疲れが出て本当に頭痛がしていたのに、夫がこの寝室に入ってきてからは別のうずきに心が奪われた。両肩に置かれた手から熱がしみ込んできたとき、うずきは彼女の鼓動を速め、胸から下へと走っていった。

「アリス……どこが痛い？」

はっとして見上げると鏡の中で目が合った。ダニエルはすぐ後ろに立っていた。なんて背が高いのかしら。なんて魅力的な人なの。「あの……こめかみが」息が震えた。彼の手がアリスの頭を両側から包んで髪の中にそっと指を差し入れた。親指がこめかみをもみ始める。彼女の息が止まった。

妻の肌はやわらかくてすべすべしていた。ダニエルはじっと鏡を見つめ続けた。アリスのまぶたが閉じられ、表情豊かな瞳が隠れた。唇がかすかに開く。ローネックのドレスの胸元が小刻みに上下する。

豊かな胸……。美しさに不意打ちを食らい、欲望がかき立てられる。ダニエルはぐっと身を寄せた。

「気分はよくなったかい？」声がかすれた。

背中に男性の高ぶりが押しつけられ、アリスはうなずくのが精いっぱいだった。彼の指がこめかみから肩へ、背筋へと下り、ドレスのボタンをそっとはずしていく。アリスの全身が急に熱くなった。それでも身をよじり、抵抗する。「ダニエル――」

「しいっ」かすれたささやき、うなじに触れる唇。温かな息が彼女の肌をなでる。

アリスは重いまぶたを開けて鏡を見た。喉元の黒いカールに、ひときわ映える金髪が絡みついている。耳たぶをやさしく愛撫《あいぶ》する舌。快感がさざ波のように体中に広がっていく。

鏡から目を離すことができない。ドレスがするりと落ち、薄いシュミーズを通して、硬くなった自分の胸の頂が透けて見えた。アリスはのけぞった。乱れた黒髪が夫の胸をおおう。彼の舌が喉や肩の感じやすいくぼみをさまよい続ける。やがて彼の両手が胸に上がってきて、細長い指で胸のふくらみを握りしめた。

ダニエルのうるんだまなざしが鏡の中で妻の視線をとらえた。長い数秒間だった。ふと彼はスツールの前に回り、シュミーズの上から彼女の胸のつぼみをそっと吸い込んだ。

アリスは低くうめいた。熱く湿った口の奥に頂が強く吸い込まれると、思わず両手を彼のふさふさした金髪にもぐり込ませた。かき立てられた情熱は彼女の体の芯《しん》に飛び火し、勢いよく燃え上がった。

鏡から目を離すことができない。ダニエルはもう一方のつぼみに唇を移し、片方は手でリズミカルに愛撫した。濡《ぬ》れたシュミーズが張りついたピンクのつぼみは、興奮が高まるにつれ硬くなっていく。もっと欲しい。じかにダニエルの唇を感じたい……。

アリスは自分でシュミーズの紐《ひも》をはずした。

ダニエルの燃えるような視線がじっと彼女の瞳をのぞき込んだ。そしてゆっくりとつぼみに舌を這《は》わせた。「アリス、僕にも触れてくれないか」

ダニエルは彼女の手を取って自分自身に導いた。おずおずと触れられるとズボンが一気にふくらんだ。アリスが少しずつ大胆になってきた。脈打つ輪郭をなぞられて彼は我にもなくうめいた。

「もっと強く」彼女の手に押しつけて促したが、アリスは意味がわからないようだった。「指を巻きつけて」

アリスが自らズボンのボタンをはずし始めた。ダニエルは衝撃のあまり我を忘れそうになりながら、鏡に映る新妻の表情に見とれた。ズボンから解放してまじまじと見つめ、指を巻きつけるアリス……無意識のうちに唇をなめている。あれが欲しい。あの熱い舌で愛撫してほしい。

アリスにとって、男性の顔や手以外の部分を見るのは生まれて初めてだった。それでも、この男性の肉体はすべてが美しいことを確信していた。この長く太い部分も美しい。

巻きつけた指の愛撫が強く速くなるにつれ、ダニエルは拷問のような快感を味わった。これほど我慢するのに苦労したことはいまだかつてなかった。彼女の開いた唇からのぞく舌が、ゆっくりと動き続けている。アリス自身も口に含んで彼を喜ばせたいと思っているかのように。

ダニエルは不意に背筋を伸ばして彼女の手から逃れ、戸惑っているアリスに言った。「ベッドのほうがはるかにくつろげるよ」

そう言うなり、彼はさっとアリスを抱き上げてベッドに運び、シュミーズをはぎ取って見下ろした。白いストッキングの腿に、淡いブルーのガーターベルトが留めてある。身につけているものはほかにない。アリスの脚を開いてひざまずくと、彼女が息をのんだ。

「僕に任せて、アリス」ダニエルは残る衣類をやさしく取り除いた。唇と舌とで脚の内側を上へとたどっていく。最も敏感なところに唇を押し当ててやさしく指を差し入れると、彼女が乱れたあえぎ声をあげた。やがて指のリズムに合わせて自ら腰を動かし、シーツに爪を食い込ませた。

アリスが急速に頂上に近づいていくのを感じたダニエルは向きを逆に変え、再び官能の核を口に含んだ。

アリスは想像もしなかった悦楽の渦に巻き込まれた。本能の命じるままにダニエルの欲望の証《あかし》を握りしめ、燃える口に含んでリズムを刻む。彼のかすれた低いうめき声が、アリスの本能の正しさを告げていた。彼の愛撫も激しさを増し、アリスはたちまち昇りつめていった。

全身が炎に包まれ、アリスは腰を浮かせて自らをダニエルの唇に押しつけた。夢想だにしなかった、たとえようのない歓喜が熱い溶岩流のように押し寄せ、細胞という細胞を満たした。

ダニエルも同時に欲望を解放した。

「なんてことだ！」彼が隣に崩れ落ちてそう言ったとき、アリスは我に返った。

私は夫の愛を確信するまでは距離を置くと決心したのに、挙式が終わってまだ半日もたたないうちに、なぜこんなにあっさり忘れてしまったの？

夫を愛してしまったから……？

考えたくもない。「私、頭痛が激しくなったので……」アリスはよそよそしく顔をそむけ、上掛けをたぐり寄せて裸身を隠した。

ダニエルは立ち上がって服を直し、アリスを見下ろしてからかった。「不思議だな、普通は愛し合うと頭痛は治るんだが」

「愛し合ったわけではないわ！」

ダニエルは嘲笑《ちょうしょう》した。「愛し合う方法はたくさんあるんだよ、アリス。近いうちにすべてを教えてあげよう」声が甘くかすれた。

アリスは苦しげに眉根を寄せた。「これが私への求愛のひとつなら、残念ながら結果は落第です。絶望的な大失敗ですわ」

「僕は求愛などするつもりは毛頭ない。そう言ったはずだ」ダニエルは鋭く言った。

「求愛してくださらない限り、二度とあんなふうに私に触れないでください！」アリスの目が怒りにきらめいた。

ダニエルはにらみつけた。「そういうことなら、君は処女を大事に守るといい」大股に部屋を横切って自分の寝室に通じるドアに向かった。「ただし、このドアをロックすることは許さない。二度と、金輪際、鍵をかけないよう忠告しておく」彼は荒々しくドアを閉めて出ていった。

アリスは抑えきれずに両手に顔をうずめた。涙がとめどなくあふれ落ちる。

私はダニエルの愛が欲しい。

それ以外は絶対に受け入れられない。

5

「いったいどこへ行っていたんだ？」

アリスは無言のまま、ドレスと同じグリーンのボンネットと手袋を執事のレイノルズに渡してから夫に向き直った。あれから一週間、名ばかりの夫であるダニエルは今、応接室の戸口に立って物思わしげに若妻を見つめていた。

アリスにとっても長くつらい一週間だった。二人のあいだで愛が育ってほしいという願いは、ダニエルの移ろいやすい気分に翻弄《ほんろう》されて繰り返し打ち砕かれた。礼儀正しく気配りしてくれるかと思うと、次の瞬間には、アリスが誓いを新たにしたことにいらだって痛烈な言葉を投げてくる。

「私が一人で馬車に乗って出かけたことがお気に召さないんですね？」アリスは明るく答えて応接室に入った。後ろからそっとドアを閉める音が聞こえた。

「昼食の時間に遅れたからだ」ダニエルは険悪な声でそう言うと暖炉の前に立った。今日は暖かいので暖炉に火はない。「しかも行き先を誰にも言わずに出かけた」けしからんと言わんばかりだ。

アリスは眉を上げた。「言わなければいけなかったのですか？」

「当たり前だ！」ダニエルは罵《ののし》りの言葉をのみ込んだ。アリスに対してだけでなく、自分自身にも腹が立ってしかたがない。アリスがいないと心配でたまらないのだ。「追いはぎに襲われないとも限らない。もっとひどいこともあり得ないわけではない」噛《か》みしめた顎がひくひくと動いている。

「私が誰かに行き先を言えば、そういうことは起こらないのでしょうか？」

「わざと屁理屈《へりくつ》をこねているな、アリス」

「そうでしょうか」アリスは肘掛け椅子に座って期待のまなざしで夫を見上げた。

ダニエルは懸命に癇癪《かんしやく》を抑えた。この一週間、何かにつけて癇にさわることばかり起こるような気がする。原因は決まって、いちいち逆らうこの新妻だ。

どうしてアリスは内気で従順な普通の妻になれないんだ？　刺繍《ししゆう》や生け花を楽しんで過ごす女ではないんだ？　夜には夫に跡継ぎを与えようと協力しないんだ？　アリスはどれもしない。彼女は毎日、領地の使用人や小作人を訪ね回っては、誰が何を必要としているかリストを作って持ち帰る。それを夫に報告して、領地の管理担当者に対応させようというわけだ。

夜は夜で……。

新婚初夜の出来事以来ダニエルは、アリスが誘ってこない限り彼女の寝室には絶対に入らないと胸に誓った。これまでのところ、誘いはない。

しかも、ダニエルはいつも置いてけぼりだった。アリスは屋敷の使用人を一人残らず彼女の崇拝者にしてしまった。あの堅物の執事レイノルズから最下層のメイドまで、みんな彼女の大ファンだ。近隣の領地の貴族が集まる社交の場に夫婦で二回出かけ、新しい伯爵夫人として紹介したところ、アリスが村人たちからも心のこもった挨拶《あいさつ》を受けるのを見せつけられた。

「お望みなら、ついてきてくださってもよかったのに」

肘掛け椅子に座って生き生きと輝いているアリスを、ダニエルは憤懣《ふんまん》やるかたなくにらみつけた。

「そういう招待を受けた覚えはない」

アリスはいたずらっぽくほほえんだ。「招待されないから望むことを我慢する、などという経験は伯爵様には一度もないでしょう」

そうかもしれない。この若妻とどうかかわっていけばいいのか、ダニエルはますますわからなくなっていた。こんなに自信が持てないのは生まれて初めてだ。アリスが馬車で領地を回って小作人たちの支援をするのは、まさにダニエルの母が尽力していたことでもある。彼も内心ではアリスに感謝し、感服せずにはいられなかった。だが、彼女の時間がそっちにばかり取られているのが無性に腹立たしい。そろそろ夫と過ごす時間を作ってもいいじゃないか。夫のことを知り、夫にもあのやさしさを惜しみなく与えてやればどうなんだ？

滑稽《こっけい》な話だ。これほど誰かを必要と感じたことはかつてなかった。未来永劫《えいごう》、誰も必要としないと決めたのは、はるか昔のことだ。

この一週間、アリスがやさしく指揮したおかげで、このウィクリフ・ホールが再び家庭としてよみがえった。これまでは墓場のように陰気だったから、ダニエルは逃げ出すことばかり考えていた。今では使用人たちも楽しげにいそいそと働いているように見える。コックは毎食、腕によりをかけて料理を作ってくれる。領地を回ると、領民たちが僕にも尊敬をこめてうれしそうに挨拶してくれる。

すべて、妻のアリスが彼らの幸せに心を配っているからこそだ。それは断言できる。

享楽的に遊んでいたロンドン暮らしがはるか昔のことのように思える。あの生活に感じていた魅力は、今やすっかり影をひそめてしまった。

今では自分も領地のことに興味が湧《わ》いてきた。秋に議会が再開されたら、登院しようかとすら考えている。友人のスタワーブリッジ公ホーク・セントクレア議員が数カ月前からそれを勧めてくれている。ただ、ある程度アリスの行動を制限しないと、領地の管理を安心して担当者に任せることができない。

なにしろ領地管理人のジェームズ・カーターは、アリスの魅力に屈しないまれな人物なのだ。

「アリス、君が知恵を絞ってこの屋敷を変えてくれたことには感謝しているんだが――」

「あら、気がついていてくださったとは思わなかったわ」アリスは温かな笑みを返した。

「もちろん気がついているさ」ダニエルは不機嫌そうに言った。「しかし、領地のことに干渉するのは困る」ぶっきらぼうに言って顔をしかめた。

アリスは何食わぬ顔でき返した。「干渉？　小作人の子どもたちが治療を必要としている状況を伯爵様に説明したことが？　それとも――」

「僕が言わんとしていることはわかるだろう、アリス。ちゃんと知っているんだぞ。来週中に領地の使用人の家を全部調べて、必要なところは改修すると君が約束したことも」

アリスは動じなかった。「誰からお聞きになったの？」

「誰だろうと関係ない」ダニエルはじりじりした。

アリスはじっと夫を見つめた。「ご領地の使用人たちの環境を少しばかり改善するということに、伯爵様は反対なのですか？」

暗にこめられた非難にダニエルはむっとした。

「そういう意味ではなくて――」

「じゃあ、ほかの誰かが反対なんですね。もしやカーターさん？　彼の仕事は、まさにそういうお世話をすることなのに――」

「アリス、この件は僕に任せろ」不愉快だ。若妻から意見されるのは気分のいいものではない。

「もちろんですわ。私は伯爵様が良識のある正義の方だと信じていたからこそ――」

「僕は実際に良識のある正義の男だ！」

「そうですよね。じゃあジェームズ・カーターも伯爵様と同じ考え方でお仕事をするように導いてくださいますわよね?」

彼女はまるで骨をあさる犬のようだ。どこまでも諦《あきら》めない。しかし、まっとうな行動ではある。「君が諦めないなら、カーターは辞めることになるんだぞ」ダニエルは険悪な顔で言った。

アリスは平然とうなずいた。「伯爵様のほうがはるかに上手にご領地の管理をなさるでしょう」

「伯爵というものは、自ら領民の雑用を支援するようなことはしない」

アリスがにっこりほほえんだ。「では、伯爵様が新しい流行をお作りになってはいかが?」

ダニエルは不本意ながら釣り込まれて、官能的な唇をほころばせた。「僕をばかにしているんだな」

「からかっているだけですわ、ダニエル」アリスがかすれた声で言った。

彼は妻に背を向けて窓に歩み寄り、外に広がる手入れの行き届いた芝生を見つめた。人にからかわれたことなどいまだかつて一度もない。アリスにからかわれるのはなぜこんなに心地よいのだろう。わけがわからない。

そうさ、いつも仏頂面のジェームズ・カーターなんか地獄に堕《お》ちればいいんだ！　そんなにいやならくびにしてやる。代わりの管理者と交代させればすむ話だ。それとも……自分が引き受ける?

ダニエルが外を見ているのをいいことに、アリスは夫の横顔に見とれていた。最初は確信がなかったけれど、この一週間で私の愛は確実に深まった。彼の顔立ちは並はずれて魅力的で、見ているだけで胸がときめく。でもそれだけではない。この一週間でウィクリフ家の内情が少しわかり、ダニエルを理解できるようになった。彼は夫婦間の愛を信用できず、避けずにはいられない背景があったのだ。

ダニエルの父、第六代スタンフォード伯の時代は、幸せな家庭ではなかったとコックが教えてくれた。

父親のジェフリー・ウィクリフ伯爵は、夫に深い愛を捧《ささ》げる妻を無視し、ロンドンに囲っていた愛人のもとに入り浸っていたそうだ。

ダニエルは美しい母ダイアナを敬愛していたと執事のレイノルズが言っていた。

村人たちの話によると、小さいころのダニエルは人気のいたずらっ子で、その後もみんなに好かれていた。ところが十年前、愛する母の葬儀の直後に父親と決裂し、それ以来ウィクリフ・ホールにはめったに戻ってこなくなったという。

母親が父親に捧げた深い愛は一方通行だったのだ。それればかりか父は冷淡に母を拒絶し、ほかの女性を選んだ。ダニエルが愛を信用しなくなったのは無理もない。妻を愛するという考え方自体を受けつけられないのだ。自分も母のように、片思いの苦悩を味わうだけだと感じているのだろう。

ダニエルの過去を知ったことでアリスの決意はいっそう固まった。私が彼を愛しているのと同じくらい、彼にもいつか愛されるようになってみせる。私がダニエルを愛していることを彼は知らない。知りたくもないだろう。でも、誰かに深く愛され、自らも誰かを深く愛することは、彼にとっても必要だ。

私は夫をこんなにも愛しているのだから、私が道を切り開かなければ……。

6

アリスは立ち上がった。「昼食が遅れてしまったのは、実は驚かせる計画があるからですわ」

ダニエルはゆっくりと窓から振り向き、警戒の目で妻を見た。「驚かせる？」

アリスは怖じ気《おけ》づく自分の弱さを断固として追い払った。「コックにピクニックランチを作ってもらったのです。ピクニックにうってつけの場所があるんですってね。川も流れているのだとか」

ダニエルはその場所をよく知っていた。昔、村の子どもたちと一緒に川に石を投げ合って楽しく過ごしたものだ。どういう子どもたちと遊んでいるかを父に知られて、禁止されてしまったが。

アリスがわずか一週間のうちに、あの太陽の降り注ぐ場所を知ったのは驚くほどのことではない。

「ピクニックに行くには年を取りすぎたよ、アリス」

「気取らないピクニックを楽しむのに年は関係ないでしょう」アリスは明るく応じた。

「午後は用事があって――」

「少しぐらいは遅らせてもいいでしょう。ダニエル、お願い」アリスは夫に近づいていくと彼の腕に腕を通し、励ますように見上げた。

あの初夜以来、アリスが自分から夫に触れたのはこれが初めてだった。熱く訴えかける濃い緑のまなざしは、ダニエルの心を動かさずにはおかなかった。陽光あふれるあの場所でアリスと二人きり……それにも心惹《ひ》かれた。

「今朝、兄のジョナサンから届いた手紙によると、継母が旅行に出かけたそうですわ。デヴォンシャーの親類を訪問するのだとか」アリスがささやいた。「そう、お兄さんご夫婦にとってはいい息抜きになるだろう」ダニエルは物憂げに言った。

「もちろんですわ」アリスはうなずいた。瞳がいたずらっぽくきらめいた。「ただ、デヴォンシャーにはうちの親類はいないのです。伯爵様のご親類はいらっしゃる？」素知らぬ顔で尋ねた。

ダニエルは肩をすくめた。「いるかもしれない」

「もしや、ペンフィールド公爵未亡人様？」

「たぶん」ダニエルはしかたなく認めた。

「やっぱり！」アリスは浮き浮きして夫の腕をぎゅっと握った。「わざわざ手配してくださったんでしょう？　ジョナサンとシャーロットがやっと夫婦水入らずになれるように。伯爵様が他人の苦境をせせら笑ったり歯牙《しが》にもかけたりしないのはただの見せかけで、本当は違うんですね」

他人の苦境をせせら笑ったり歯牙にもかけたりしない？

そういう言われ方に抵抗を感じたとしても、今のダニエルは苦情を言う気にはなれなかった。アリスがこんなにもうれしそうな温かいまなざしでじっと見つめてくれているのだから。

彼は渋面を作ってみせた。「ペンフィールド公爵未亡人は僕の大伯母でね、ノーという言葉をいっさい受けつけないんだ。それはそれは高飛車で感じが悪いのさ。君の母上の話を聞いたとき、あの大伯母とならぴったりうまが合うんじゃないかと思った。レディ・コンスタンスが大伯母に飽きたら、ほかにもまだ数人、同じくらい感じの悪い貴族の親類がいるから、次々に訪問してもらえばいい」

「なんてすばらしいこと！」アリスはボンネットと手袋をレイノルズから受け取り、ダニエルと一緒に外へ出た。ピクニック用のバスケットを載せた無蓋《むがい》馬車がすでに車寄せで待っていた。

アリスを馬車に乗せたダニエルは使用人をさがらせ、自ら手綱を握った。細い田舎道を進むころには、自分が無性に幸せな気分でいることに気がついた。美しい夏の日だった。太陽は輝き、小鳥たちがさえずっている。しかも、横に座っている新妻は夫に共感して顔を輝かせている……。

ダニエルは急いでその考えを打ち消した。アリスが僕の行動に賛成したからといって、何の関係があるんだ？　大伯母からレディ・コンスタンスに招待状を送るよう手はずを整えたのは、妻の兄をギャンブルから引き離して家庭に戻し、一族の面汚しにならないようにすることが目的だったのだ。べつにアリスを喜ばせるためではない。

本当に？

そんなことはどちらでもいい。とにかく、美しい若妻を口説く絶好のチャンスが訪れたということだ。

「なんて気持ちのいい場所なんでしょう」コックが作ってくれた特製ランチを二人でたらふく食べたあと、アリスは敷物に仰向けになって満たされたつぶやきをもらした。「ウィクリフ・ホールに滞在するあいだにもっとここに来ましょうよ、ダニエル」頭上の緑の木陰から垣間見える青空は、夫の目の青にそっくりだわ。彼女は夢心地で思った。

だが、アリスは急に目をぱちくりさせた。空の青がいつの間にか夫の目の青にすり替わっていた。魅惑の瞳に見とれていると、ダニエルが細長い草の葉をちぎって妻の首筋をゆっくりと下へたどっていった。アリスは息が止まるかと思った。盛り上がった胸元を草の葉がさまよい始めた瞬間、戦慄《せんりつ》が背筋を駆け下りた。

アリスは緊張して唇を湿らせた。「伯爵様……」

「僕のレディ」彼がささやいた。

この一週間、アリスは必死で初夜のことを思い出さないようにしてきた。あの秘めやかなひととき、彼の唇が私の胸を貪《むさぼ》り、お互いを愛撫《あいぶ》し合ったあの行為……。私はなんて大胆なことをしたのかしら。思い出すだけで恥ずかしくて顔が真っ赤になる。

でも、あの思い出を心の中から追い払うのは至難の業だった。追い払うどころか、つい思い出しては体が熱くなってしまう。彼の欲望のたくましい美しさ、指に伝わってきた彼の敏感な反応。ともに頂上に昇りつめながらも味わった彼の熱さ……。

あれ以来、夜な夜な、再びすべてを味わいたいと身を焦がしていた。

今、夫の瞳にも同じ思いが宿っているのが見える。ああ、すべてを捧《ささ》げたい……。草の葉がそっと胸のふくらみをなぞるにつれ、思いは燃え上がるばかり。息苦しくなって見上げると、夫の悩ましい官能の魔力に魅入られ、ぐいぐいと惹きつけられていく。まるでもう、木もれ日の中でともに生まれたままの姿になっているかのようだ。

ダニエルが欲しくてたまらない！　もう一度、彼の愛撫に溺《おぼ》れたい。今度こそ完全な妻となって、エクスタシーの極みを味わってみたい。

でもそれ以上に、何より欲しいのは彼の心だ。

アリスは唇が触れ合わないうちに顔をそむけた。

「もう帰らないと、伯爵様」きっぱり言って急いで立ち上がり、距離を置いた。

ダニエルは起き上がった。誘惑の途中で遮られ、じれったくて不機嫌な顔になる。「着替えをして夕食をとるまで、時間はたっぷりあるだろう」

「お風呂にも入らなくては」グリーンのドレスをまとったアリスは、黒髪のカールがこめかみやうなじに戯れ、見るからに純情な乙女そのものだった。

だがダニエルは、純情な乙女のわけがないと思っていた。今まさに起ころうとしていたことに気づかなかったはずはない。彼女は承知でそれを避けたのだ。はぐらかされた欲求不満を押し殺し、ダニエルも立ち上がって妻を見下ろした。

以前のロンドン暮らしはなんと単純だったのだろう。ロンドンではどう振る舞うべきかわかっていた。放蕩《ほうとう》者のギャンブラーという役割をこなすのは実に簡単で気楽だった。

田舎はくつろぎと休息の場であるはずなのに、このウィクリフ・ホールにはどちらもない。アリスが僕に多くを求めているのは彼女の言動から透けて見える。この若妻は狡猾《こうかつ》に、少しずつ僕を領地の運営に巻き込んでいく。領主のために働いてくれる人々の生活に僕をかかわらせようというわけだ。事実、秋の議会に登院するなら、そういう領主としての責任も果たすべきだろう。アリスがそれに気づかせてくれた。ウィクリフ・ホールや領地の管理に自ら携わることは、もともと考えていたことでもあり――。

まずい、とダニエルは思った。この調子ではアリスの期待どおりの男になってしまう。おまけに、いつの間にか彼女を愛してしまいかねない。

7

「君は行かないからだよ、アリス」ダニエルはぶっきらぼうに言い捨てた。その目は冬空のように荒涼としている。「君の居場所はこの領地だ。しかし僕は、この田舎では見つかりそうにない洗練された楽しみがないと、どうしてもだめなんだ」

私よりもっと洗練されたお楽しみの相手ということだわ。すぐにぴんと来たとたん涙がこみ上げてきた。たいへんなことになった。ダニエルがロンドンへ行ったら最後、レディ・ベンボウのもとに戻って、ウィクリフ・ホールに帰ってくるのは何週間先、いえ、何カ月も先になるかもしれない。それまで私にはチャンスがなくなる。私の愛をダニエルに見せ、彼にも同じ愛を感じてもらうチャンスが。

アリスはきっぱりと言った。「私も連れていっていただきたいわ」

「希望するのは君の勝手だ」ダニエルは荒々しく言ったが、彼女の苦悩に満ちた瞳に涙が光ったのを見

て、それ以上反対もせずに敷物をたたみ始めた夫を見て、アリスはがっかりした。「私、伯爵様に説得されたら、あと少しぐらいここにいてもいいと思うかもしれませんわ」思わせぶりに言ってみた。

ダニエルはそんなじらしには応じずに、よそよそしい表情を保った。「ロンドンへ出発する前に片づけておかなければならない仕事がいくつかあるんだ」

アリスは目を丸くした。ロンドンへ行く？　初耳だ。「まあ、私は何の準備もしていないわ。今日出発するなんて一言も言ってくださらないんですもの」

て良心が痛んだ。「これで一週間、田舎で妻と過ごしたから、そろそろ服についた雑草と雑用を払い落として、自分の好きな生活に戻るときが来た」

その一言一言がアリスの心を鞭打《むちう》った。私の心はすべて彼のもの。一生、彼のもの。でもダニエルの言葉も態度も、私の心などいらないと告げている。

いいえ、そんなことはないわ！　アリスは内心で苦悶《くもん》の叫びをあげた。ダニエルは絶対、私のことを気にかけてくれている。そうでなければ、兄が妻と継母の板ばさみになっているという私の悩みを、わざわざ解決してくれるわけがない。

アリスは背筋を伸ばし、覚悟を決めて夫をひたと見つめ返した。にらみ続けるダニエルの視線に凍りつきそうだけれど、私は目を伏せたりはしない。

「伯爵様が行ってしまわれたら寂しくなるわ」

ダニエルは意表をつかれた。「何と言った？」

「会えなくなると寂しいわ、ダニエル」せつない笑みが浮かんだ。

その笑みと言葉が、癒《いや》しの香油のようにダニエルの心をとろかせた。その瞬間、彼は悟った。この笑顔を見たかったのだ。自分にとっては空気と同じくらい、なくてはならないものがこの笑顔なのだ！

そう悟ると同時に、心臓に一撃を食らったような衝撃を感じた。ダニエルは息を奪われ、茫然《ぼうぜん》とたたずんだままアリスを見つめた。

僕を変えた美しい若妻、アリス。

思いやり深い、かわいい妻、アリス。すばらしい女性、アリス。

なんということだ、どうして僕は今まで自分の思いに気がつかなかったのだろう。

ダニエルは頭がぼうっとして首を振った。「僕はずっとこの田舎が大嫌いだった……」

「ずっとではないわ、ダニエル」すかさずアリスが言った。「子どものころは――」

「小さいころは、両親の不幸な関係を知らずにいた」ダニエルの表情は寒々としていた。「父が母の愛を完全に無視し、そのため母が深い悲しみの中に沈んでいたことを知ったのは、もう少し成長してからのことだ。しかし十一歳で学校の寮に入ってからは、母のつらさを考えるのをやめたり忘れたりすることも簡単にできた」重いため息がもれた。「休暇で帰っても、母はいつも僕には自分の悩みの深さをひた隠しにしていた」

「お母様ですもの、あなたのことを深く愛しておられたからこそだわ」

ダニエルはうなずいた。「僕も母を愛していた。しかし僕の愛だけでは足りなかったんだ。母が自ら命を絶つことを防ぐことはできなかった」

アリスはショックのあまり息をのんだ。「でも……肺炎で亡くなられたのでは？」

食いしばった彼の顎が引きつっていた。「湖に身投げしたんだ。助けられたが肺炎にかかった」

アリスは戸惑った。「でも……ウィクリフ・ホールに湖はないでしょう？」

「今はもうない。僕がスタンフォード伯を継承した時点で、水を抜いて埋め立てた。湖が存在した痕跡《こんせき》をすべて消したんだ」

姑《しゅうと》であるダイアナの非業の最期については誰もアリスに教えてくれなかった。領地の人々は真相を知らされていないのだろう。ダニエルの父が世間に知られないよう内密にしたはずだ。でも息子は、不幸にも知ってしまった。

アリスはうなだれた。「あなたがこの土地を好きになれないのも無理はないわ」

「そう、それを言いたかったんだ」重い荷物が心の中から消えたように感じながら、ダニエルは妻を見つめた。なんて小柄なのだろう。なんて若々しいのだろう。幸せになくてはならない、かけがえのない人、アリス。ダニエルはふと手を伸ばし、彼女の顎に当てて仰向かせた。彼女の瞳の奥をじっとのぞき込むと自然に笑みがこぼれた。「だが、もうこの土地を嫌ってはいない。君が変えてくれたから。感謝していると言ったのは本当だ。僕は……君の条件をすべて受け入れるよ、アリス」

アリスは面食らった。「何のお話？」

「君は、僕が求愛して君の心を手に入れることを望んだ」アリスがこの条件を出したのは結婚式前夜のことだ。「今の僕にとって最大の望みは、まさにそれだ。君が許してくれるなら、君に求愛し、君の心を射止めたい」声がうわずっていた。

アリスはぽかんとして数秒間、夫を凝視していた。度肝を抜かれ、彼の言葉が頭に入ってこない。私に求愛し、私の心を射止めたい……？

返事がないのでダニエルは堰《せき》を切ったように言った。「アリス、君を愛しているんだ！　だから、どうか許してほしい、チャンスが欲しいんだ！　君の心を射止めるチャンスが！」

ダニエルが？　私を愛している？

まさか！　あり得ない。「あなたはレディ・ベンボウのもとに帰っていくんでしょう」

ダニエルの表情がわびしくなった。「君にまでそんなふうに思われるとは胸が痛むよ、アリス。僕はほかのことはともかく、この十年間でどんな男になったにせよ、結婚したあとに浮気をするなどということは金輪際するつもりはない。どんな妻であれ、ましてや君のような妻に、苦しみや屈辱を味わわせるなんてもってのほかだ」勢いよく首を振って決意を見せた。「違うんだよ、アリス。ロンドンへ行くのは逃げるためだったんだ。君という愛《いと》しい人から逃げ、君を愛することから逃げたかった。僕は人を愛したいと思ったことがない。母は愛を拒絶されて苦しみ抜き、短い生涯を終えた。あんな苦しみに僕自身をさらすのは絶対にいやだった」

「私はあなたを拒絶したりはしないわ！」アリスは激しく遮った。

「わかっているよ。君はやさしすぎて、僕の父が母を傷つけたような仕打ちは誰に対してもできない人だ。僕は自分の心を守ろうとして君を無視した。結果的に、父の轍《てつ》を踏んでしまったわけだ」

アリスは夫の両腕をつかんだ。「そんなことはないわ！　あなたはお父様とは違う。やさしさも思いやりもたっぷり持っているから、お父様のようにできるわけがないわ。それに……」大きな深呼吸をひとつした。「私はもう、あなたを愛しているの。私が生涯愛する人はあなただけよ、ダニエル」

ダニエルは狐《きつね》につままれたように妻の瞳をのぞき込んだ。そんなことがあり得るだろうか。アリスが本気で僕を愛している？

アリスは輝く笑みを夫に浴びせた。「結婚式の前の夜、〝求愛して私の心を手に入れてほしい〟とお願いしたのは、いったいどうしてだと思って？　私はあのときすでに、なんとなくあなたのことを愛し始めていたからなの。そうでなければ、どうしてあんなことをお願いできたかしら。今ではあなたをこよなく愛しているわ。私にとってはあなたがすべてなの」

「アリス……」ダニエルの心は大空に舞い上がった。長い歳月、愛のない孤独につながれてきたが、ついにその軛《くびき》から解き放たれたのだ。

アリスは彼に背を向けると肩越しにほほえんだ。「ダニエル、ドレスのボタンをはずしてちょうだい。お願い、私のすべてを愛して。今、ここで。あなたのものになるのをどんなに待ち焦がれていたか……身もだえするほどに！」

ダニエルは震える指でドレスの小さなボタンをはずし始めた。「アリス、本当にいいのかい？　君の初めての体験だから、僕としては――」

　ダニエルは言葉を失った。新妻のドレスが足もとの草むらにすべり落ちた。すぐさまシュミーズがあとに続いた。一糸まとわぬ姿になったアリスの全身に、陽光がさんさんと降り注いだ。ほっそりとした肩、クリームのようになめらかな肌。胸のふくらみはあの夜と同じように弾んで欲望をあおっている。ウエストは細く引きしまり、ヒップは豊かに張り出している。すらりとした脚、優美な小さい足。

　愛にあふれたまなざしが夫の視線をとらえた。アリスは近づいて彼のジャケットを肩から脱がせた。次はクラヴァット、ベスト、そしてシャツ。ダニエルは草の上に座ってブーツとズボンを脱いだ。そのあいだも視線は片時もアリスから離れない。彼女は再び敷物を広げて横たわった。

　ダニエルは急いで妻に寄り添い、激しく唇を重ねた。今度こそ、彼女が与えてくれるものを残らず自分のものにできる。

「あなたはなんて美しい人なの、ダニエル」アリスが彼の背中や胸に手を這《は》わせながら感嘆したようにささやいた。「あの新婚初夜以来、またこんなふうに抱き合えることをずっと夢見ていたわ」

　ダニエルは若妻の全身をくまなく、ゆっくりと賛美し、味わっていった。足の爪ひとつひとつにキスをしたあとは、ゆっくりとふくらはぎから内腿へと上がっていく。

「ああ、ダニエル！　お願い！」アリスは自ら脚を開いて誘った。

「アリス、僕を見て。そうすれば君の快感も高まるから」彼はそうささやきながら、ゆっくりと小さなピンク色の芯《しん》に口づけした。

　アリスは両肘をついて夫を見守り、震えるあえぎ声をもらした。「これ以上快感が高まったら死んでしまうわ」ダニエルの舌がリズミカルに動くと激しいうずきが突き抜け、アリスは叫び声をあげた。

「愛しい人……自分で胸に触ってごらん」ダニエルの声もうわずっていた。

起き上がったアリスがずっしりとした両の胸のふくらみを手で包む。

「そう、それでいい。今度は自分で愛撫《あいぶ》して」

アリスは驚いて目を見開いた。「でも……」

「試してごらん、アリス、わかるから。そう、その調子だ」

アリスはそっと胸の頂をなでた。快感が一気に増幅した。あえぎ声が大きくなり、愛撫が大胆になっていく。ダニエルはそんな姿を食い入るように見つめながら彼女の芯に指を差し入れた。

ほどなくアリスに訪れたクライマックスは、想像もつかなかったほどに強烈で、苦しいほどに甘美だった。永遠に続いてほしいと彼女は思った。両手が思わず胸を離れて、ダニエルのふさふさした金髪を絡め取り、夫の顔を自分に引きつけた。

アリスは膝をついた。「今度は私の番よ」

「今はいいよ、愛しい人」ダニエルは彼女の手をつかんで遮った。あの熱い口で愛撫されたらもうこれ以上はもたない。彼はうめくようにささやいた。

「君の中に入りたい……もう我慢できない」

アリスの瞳が愛に輝いた。「私もよ、愛しい人」

「君に痛い思いをさせたくない」

「あなたになら何をされても痛くはないわ」

アリスは僕を信頼しきっている。愛の深さをありのままに見せつけられ、ダニエルは胸を締めつけられた。この美しい女性と愛し愛される……。こんな日が来るとは夢にも思わなかった。

「アリス、今度は君が主導権を握るんだ」ダニエルは仰向けになってアリスを上にまたがらせたが、高ぶる欲望の証《あかし》が彼女の腿に触れただけでうめき声をもらした。歯を食いしばって我慢する。「君が僕を迎え入れる。痛くないよう、ゆっくりとね」彼は両腕をアリスに巻きつけてたぐり寄せ、激しく唇を合わせてから放した。「さあ、僕の愛を受け取ってくれ」

アリスは燃えさかる自分の中にそっと彼を導いた。侵入が妨げられたとき、彼女はじりじりして夫を見つめた。「すべてでないといや！」

「じゃあ、すべてを奪ってくれ」ダニエルはくぐもった笑い声をもらして励ました。「急いで。お互いそろそろ限界――」アリスがぐいと体を下ろした瞬間、彼は大きくうめいた。

なんて大きいの、とアリスは思った。まるで私の全身が彼に満たされて、心臓にじかに触れられている気分……。

ダニエルがゆっくりと動き始めた。それに合わせてアリスは自分が花開いていくように感じた。夫の両肩に手を乗せ、目を見つめ合いながら自分も同じリズムを刻む。

「君の胸が欲しい……味わいたいんだ」ダニエルがうめくように言った。

アリスは身をかがめて胸のふくらみを差し出した。頂が熱い口の中に荒々しく、深く吸い込まれた。官能が急激に高まって解放の波が押し寄せてくる。アリスは叫び声をあげた。

「アリス！」ダニエルももはや我慢の限界だった。さらに深く突き進むと、彼女の欲望が波のようにうねってきてダニエルの自制を押し流した。歓喜の怒《ど》濤《とう》に全身が震えた。

「愛しているわ、ダニエル！」アリスが叫んだ。

「愛しているよ、アリス！」

しばらくして夫の胸に横たわったとき、アリスは完全に満たされた喜びを味わいながらささやいた。

「私たち、お互いに求愛し合って心を射止めたのね」

まさにそうだ。ダニエルも確信していた。愛するアリスとは一生、こうして暮らしていける。
愛する人に愛される。これほどすばらしい幸せはまたとない。

Diamonds And Desire

愛と情熱の日々

サラ・モーガン／竹内 喜 訳

サラ・モーガン

イギリスのウィルトシャー生まれ。看護師としての訓練を受けたのち、医療関連のさまざまな仕事に携わり、その経験をもとにしてロマンス小説を書き始めた。すてきなビジネスマンと結婚して、2人の息子の母となった。アウトドアライフを愛し、とりわけスキーと散歩が大のお気に入りだという。

主要登場人物

ローレン・バンク……………イベント会社の社員。
ジリアン……………………ローレンの上司。
アレクサンドロス・コザニタス……コンピュータソフト開発会社の経営者。愛称アンドロス。
エレーニ……………………アレクサンドロスの妹。
マダム・ロストロポフ…………エレーニの新しい友人。占い師。

1

「それは、みんなに急《せ》き立てられたからなんです。私は難読症だから……誰かのチェックが必要だと申し上げたはずですけど」

「事もあろうに、プリンスの名前を違えてご案内してしまったのよ」ジリアンが金切り声で言う。「いいこと、ここはモンテカルロなの、マンチェスターとは違うのよ。ここ十年間、このパーティは最も有名な重要イベントになってるの。私の評判もこれにかかってるんだから」

「大丈夫、うまくいきますわ。私はお客さまをお迎えして、ご挨拶《あいさつ》を――」

「どうやってお出迎えの挨拶ができるのよ、誰が誰かもわかってないというのに。リストはまったく使いものにならないし」

「私、顔を見分けるのは得意なんです。混乱してしまうのは、文字にするときだけで」そして、まわりが苛立《いらだ》って声を荒らげたりすると、事はますます厄介になる。

「占い師の身代わりなんて務まるわけがありませんわ！」ローレン・バンクの膝は、ばかばかしいほど丈の短いウエートレスの制服の下で震えた。「こんな土壇場になって、彼女に落胆させられたのはお気の毒ですけど、その穴埋めを私にさせるのは、どうか許してください。役に立たないに決まってますから」

「パーティ・プランナーとしての無能ぶりよりはまだましでしょう」ローレンの上司のジリアンは腹立たしげに書類の束を振ってみせた。「あなたの作ったこのリスト、完全な役立たずよ。名前がごっちゃになってるじゃない」

介になっていくのだ。学校生活、先生たち……思い出すだけで身震いが出てしまう。

ジリアンは、持っていたリストを二つに引き裂いた。「あなたには、社の被害が最小限ですむ持ち場にいてほしいの。やってくる人に、この先ずっと幸せに暮らせますよと言ってあげればいいの。あなただって、そのくらいできるでしょう」

「ずっと幸せになんて、私は信じてませんから」ローレンは言い返した。「人生は大変なことだらけなのに、それを欺くような予言はフェアじゃないし」

「人生はもっと大変なことになると思うわよ、もしこの申し出に乗らなかったら」ジリアンは、今や苛立ちに顔を紅潮させて続けた。「あなた、仕事を続けたいと思ってるの？」

ローレンは唇を噛《か》んだ。この仕事にはいやけがさしている。この魅惑的なモンテカルロへの一週間の出張でさえ、今や悪夢の様相を帯びてきた。とはいえ、人生はおとぎ話なんかじゃない。困ったときに頼みにする人など私にはいない。逃げ込める家族も、泣きつく先も……頼れる人は誰一人いないのだ。

「で、私に何をしろと？」

「来るはずだった占い師は、自称マダム・ロストロポフ――」投光照明に照らされた庭園の中、ジリアンはほとんど引きずるようにしてローレンを小さなテントに連れ込み、一着の衣装を取り上げた。「ほら、これを着て。私はあなたのやらかしたへまの修復に取り組むから。今だって十分パニックに陥った状況なのに、今夜はアレクサンドロス・コザニタスがヘリコプターで到着することになってるの。つまり、会場はマスコミでごった返すってこと」

「誰がですって？」うわの空で問い返しながら、ローレンはジリアンに手渡された衣装を信じられないという顔で眺めた。「服地の半分ほどが、あるべき場所にないんですけど」

「謎《なぞ》めいた女性に見せる必要があるのよ」

「際どすぎる衣装だわ」

「いいから、着るの！」ジリアンはぴしゃりと言った。「それと、アレクサンドロス・コザニタスという名を聞いたこともないというのが、あなたにこのテントでおとなしく身を隠しておいてほしいもう一つの理由よ。へまをやらかされると困るの」

「重要人物なんですか？」

「冷酷無情な女泣かせね。だけど、お金と権力もたっぷり持ち合わせてる。彼が顔を見せれば、パーティの成功は保証されたも同じってこと」

ローレンは、やっとのことでぴちぴちの衣装を身に着けてたじろいだ。「本物のマダム・ロストロポフって、きっと胸がぺちゃんこなんだわ」改めて自分の姿に目を落とすと愕然《がくぜん》となる。「これじゃ、まるで売春婦だわ」

「けっこう。これで男性客の振り出す小切手の金額も上がろうというものよ」ジリアンはそう言い残してさっそうとテントをあとにした。

残されたローレンは、どっと椅子に座り込んだ。本当にもうこの占い師ったら、よりによって今夜病気でキャンセルなんて。いったいどうやって占い客に、あなたの人生はずっと幸せでしょうなんて言えるのよ。自分の人生がこんな悲惨な事態に陥っているというのに。

「彼女はぺてん師なんかじゃない、私のお友達なのよ、アンドロス。だから一緒に出かけるの。彼女はお金を持っていなくて、私は持ってる。私がお金を出してあげて、どこがいけないの？」

アレクサンドロスは、その単純素朴な質問を、信じがたい思いで受け止めて歯噛みした。まったく、何の因果で妹のためにこんな尻ぬぐいをするはめになったんだ。「お前のお友達とやらの占い師は蛭《ひる》みたいな女なんだ、エレーニ。そいつはお前を利用して、自分の金はいっさい使わず、ニューヨークの休日を楽しもうとしてるんだ」

「違うわ。それに私はもう子供じゃない、十七歳なのよ。保護者ぶるのは、いい加減にして」

アレクサンドロスは、ボディガードたちに脇《わき》を守られながら、自家用ヘリコプターを降りて歩を進めていった。妹エレーニは僕の唯一の身内だ。妹のためなら何だってする。これまでずっと僕に守られてきたから、妹には世間というものが全然わかっていない。「もしも僕のほうが間違ってるとしたら、これから僕が提供しようとしている選択肢を、彼女が受け入れることはないはずだ」

「選択肢って？」

「今晩僕と付き合うこと。ニューヨーク行きの便に乗るためには、彼女は夜中になるまでにパーティ会場を去る必要がある。もしも彼女が僕の誘いを受けたら、そのフライトを逃すことになる。マダム・ロストロポフについて僕たちが知るべきことは、それで判明するってわけだ」

「それじゃ、彼女を誘惑するためにモンテカルロに飛んだってこと？」

「いや、そこまで考えてるわけじゃない」

「だけどデートに誘うつもりなんでしょう！」エレーニは激怒した。「そんなの、フェアじゃないわ。兄さんに誘われて断る女性なんていないじゃない。一目見たとたんに何も考えられなくなっちゃうんだもの。もしも私の友達を傷つけるようなことをしたら、兄さんとはもう絶対に口をきかないから」

アレクサンドロスの口元に冷酷な笑みが浮かんだ。「もし彼女が本当にお前の友達なら、僕の誘いは断るはずだ。そのフライトを逃したくないだろうからな」

「大嫌いよ、兄さんなんか」

「いや、それは違うな」アレクサンドロスは電話を切ってポケットにしまうと、見るからに名士然とした人々があふれる会場を大きな歩みで進んでいった。ティーンエイジャーの少女たちに、取扱説明書でも付いていればいいのにと思いながら。

「アレクサンドロス！」パーティの主催者の女性が駆け寄ってきた。「ご出席いただいて光栄ですわ」

何という変わりようだ、と彼は思った。十年前だったら、この社交界の女主人は、僕など相手にもしなかったはずだ。

万事は金が物を言う。

パーティ会場になっているホテルの庭園を見回すと、すっかりきらびやかな楽園に変身している。

「なかなか盛大なパーティのようだ」

「火食い奇術師や、手品師や、占い師まで呼んでありますのよ」

アレクサンドロスは冷笑を浮かべた。ぺてん師め。

「その占い師にお通し願いたいものだな」

「お尋ねにならなくても、未来ならご承知でしょうに」主催者の女性が媚《こ》びるように笑う。「世界支配の可能性でも占わせるおつもりかしら」

「まさに支配には違いないが」彼は物柔らかに応じた。「今夜は、世界というより一対一レベルのことを尋ねてみたくてね」

「占い師は曲芸師たちの後ろのテントですよ。どうぞ見つけてくださいな、あなたの未来を」

その未来なら、すでにわかっている。これから自分は、人の心を巧みに操る女に会って、ニューヨーク行き七四一便が離陸してしまうまで彼女をそばに引きつけておく。そして妹に証明してやるのだ。この女の友情は、欲得によるものなのだと。

アレクサンドロスは、テントの入口の垂れ幕を上げると、体を屈《かが》めて中に入った。

中は、深みのある赤い布が張りめぐらされている。

ほの暗い照明と、小さなテーブルの上のラバランプの液体が、次々と形を変えながら作り出す不気味な明かりに目が慣れるのに、少し時間がかかった。

やがて、占い師の姿が目に入った。

「ようこそ」占い師の声と一緒に、顔の下半分を覆う極薄のベールの上の大きな青い瞳が、彼の瞳とまともに向き合った。その瞬間、彼の体はこわばった。信じがたいほど本能的で原始的な反応。何世紀にもわたって構築した文明という名の衣が、瞬時に跡形もなくはがれ落ちる——そんなまなざしだ。込み上げる緊張にたちまち空気がじっとりと熱くなる。思いもよらなかった困惑の事態だ。

テントの外では、弾《はじ》ける花火の音と客たちの歓声が響いている。バンドが奏でる音楽と重なる甲高い笑い声も聞こえた。なのにテントの中は張りつめた沈黙が流れている。見えない糸から発散される欲望に絡め取られ、二人とも身動きできなくなってしまったのだ。

アレクサンドロスは、鉄のような自己制御で感情を内に封じ込め、今にも噴出しそうな原始の欲望を容赦なく押しつぶした。

想像していたよりずっと若い女だ。妹がころっとだまされたのもよくわかる。蝿《はえ》一匹殺せないようなこの風情。込み入った詐欺行為を画策して実行に移すなど論外だと思えるに違いない。

アレクサンドロスの視線は豊満な胸へと下りた。ぴちぴちの衣装が弾け飛びそうなまぶしい膨らみ。天真爛漫《てんしんらんまん》な青い瞳とかぐわしい体は、女性最大の武器だからな。アレクサンドロスは改めて自分を戒めた。

「マダム・ロストロポフ？」

「そ、そのとおり、私がマダム・ロストロポフです」しわがれた声に、かすかにためらいが混じる。

「あなたの未来はお見通しよ」

アレクサンドロスは、冷ややかな笑みを浮かべた。
僕には、そちらの未来こそお見通しなんだがね。
そしてその未来には、暗雲が漂っている。

2

「あなたの未来がお知りになりたい、と?」ローレンは、身代わりを引き受けたことを後悔しながら男を眺めた。「おかけなさい。私の見えるものをお教えしましょう」寄ってくる女性たちは数知れず……。あなたが歩んだ道の後ろには、捨てられた女性たちの恋の墓標がとぎれることなく——。目もくらみそうな想像がローレンの頭を駆けめぐる。

　アレクサンドロスは、上着のポケットから小切手帳を取り出した。「その恩恵に浴するには、いくら払えばいいのかな?」

「占いにお金はいただきません」ローレンは震える声で懸命に口上を絞り出した。もう、何でよりによって今夜、本物の占い師は来てくれないのよ。こんなところに一晩座って嘘《うそ》八百を並べ立てるなんて、絶対にごめんこうむりたい。「お金は闘病中の子供たちに寄付されますから、金額はどうぞご随意に。さあ、座って。まずはあなたの目を拝見します」これって、ちょっとまずいかも。だって、この男が入ってきたとたんに受けた灼熱《しゃくねつ》のまなざしの衝撃から体がまだ立ち直っていないもの。でも、いったいどうすればいいのだろう?

　彼が歩を進め、ラバランプの明かりがその顔を照らすと、ローレンは急に落ち着かなくなった。確かに見事なハンサム。でも、辛辣《しんらつ》さと冷酷さを色濃く刻んだ端整さだ。非の打ち所なく整った骨格から、たとえようもなく官能的な唇のラインまで、あらゆる顔の造作が強靱《きょうじん》さに満ちている。

　とびきりハンサムな男性が私に興味を持つなんてあり得ないんだから。改めてそう自分に言い聞かせて、ローレンはラバランプを両手で包んだが、その熱さに慌てて手を引っ込めた。ああ、熱かった！

「輝かしい未来が見えています」ローレンは物憂げな調子で切り出した。あの威張り屋の上司ジリアンに、客が男性ならこう言えと命じられた台詞《せりふ》だ。

「あなたの未来、富と成功は思いのまま」

口元にじわりと辛辣な笑みを浮かべ、彼は小切手に肉太の字を書き込んだ。「富と成功ならすでに手に入れた。僕にとって未知なことが聞きたいね」

彼が手渡した小切手を見て、ローレンは気絶しそうになった。これはきっと間違いだ。注意深くゼロの数を数えてみる。六つある。「百万ドル？」

「いくらでも好きな額をと言っただろう」

「大半の人にとって、それは十ドルということです」

「僕は大半の人じゃないからね。ところで君と取引がしたいんだが、マダム・ロストロポフ」

彼にそう呼ばれると、ローレンの体に甘い震えが走った。「どんな取引？」

「僕のごく近未来の運命をぴたりと言い当ててくれたら、同額の小切手をもう一枚書く」

「だったら、あなたの近未来は、それに仰天して気絶した占い師の蘇生《そせい》に奮闘してるってことになりそうね」ローレンは手に持った小切手でぱたぱたと顔を扇《あお》いでから、それを衣装の身頃《みごろ》にしっかりたくし込んだ。なくしたりしたら、ジリアンにどんな目に遭わされるかわからない。「ありがとうございます。これで子供たちがどんなに助かるか」

「これで僕が裕福なことはわかったはずだ。さて、僕について何がわかるか語ってもらおうか」

わかるのは、あなたが女性のことを知り尽くした男だということ。ローレンは意気地なくもそう思った。こんな閉所恐怖症を催しそうな狭いテントにいると、この男から発散させる力とエネルギーに圧倒されてしまう。「美しい女性に出会いますね」

ローレンの胸を、名さえ知らないその女性への嫉《しっ》妬《と》が鋭く貫いた。この男に誘われるなんて、どんな気持ちがするのだろう。「そして彼女とすばらしい一夜を過ごすことになる」これはかなり確率の高い予想だ。女性を玄関まで送り届け、おやすみのキスをして別れるなんて、この人に限ってはあり得ない。

「続けて」彼は促し、誘うような笑みを投げた。女性を骨抜きにし、頭をくらくらさせて別世界へ誘う笑みだ。その世界では、身代わり占い師の貧しいパーティ・プランナーが億万長者に変身――。

そんなこと、起きるはずがない。そうでしょう？

ローレンは自分を現実の世界に引き戻し、物憂げな調子で続けた。「その女性はあなたに恋をして、あなたのほうは、たぶん彼女を捨てて、彼女の人生を破滅させる」

彼は片眉をつり上げた。「君が占っているのは、その女性の運勢なのかな、それとも僕の？」

ローレンは一瞬凍りついた。「声に出してるつもりじゃなかったのに」

「ことによると、彼女の人生を破滅させるどころか、人生最高の夜を与えることになるかもしれないんだが、それも考えてみたのかな？」彼はいきなり手を伸ばすと、ローレンのベールに手をかけてぐいと引いた。薄く柔らかな布がはらりと床に舞い落ちる。

だが二人とも、それにはもう目もくれなかった。彼の危険なまなざしに射すくめられると、ローレンは自分がひどく無防備で、対処しきれない深みにはまった気になった。完璧《かんぺき》な仕立てのタキシードの下に息づく生々しい男の力と強靭な筋肉。まるで壊れたエンジンのように鼓動が乱れ始める。「あのベール、私の隠《かく》れ蓑《みの》だったのに」

「自分を偽占い師だと認めているわけか？」

それを否定することに意味があるだろうか？

「そう、完全なまやかしだわ」きしむ声で打ち明ける。「でもあくまで子供たちへの寄付集めのためよ」

それに、もし断れば、解雇されてしまうのだ。

「つまり、本当のところは、僕の未来について皆目見当がつかないってことか？」

本物のマダム・ロストロポフだったら、どう答えるのだろう。「とてつもない未来が待っていることは確かだと思うわ」ローレンは弱々しく答えた。

「すべて順風満帆、障害物一つなく人生を歩んでいくタイプの人に見えるもの」

彼の視線がローレンの口元に下りる。「君の人生には障害物があるということ？」

「私の場合、人生自体が巨大な障害物そのものね」

「ところで今晩ここで、まやかしの占いに引っかかった犠牲者は、目下のところ何人？」

「そう多くはないわ。この経済状況では、パーティで最高ランクに位置づけされているお客でも、未来のことなんて考えたくないと思うわ」彼女はラバランプをもてあそびながら続けた。「それとも、私の語る占いがまずかったのかも。たぶんそうね」

固く結んだ彼の口元にかすかな笑みが兆した。

「どんなことを語ったのかな、マダム？」

ローレンはちょっとためらってから言った。「最初の女性客には、あなたは小麦色の肌をした長身でハンサムな男性に出会うでしょう、と言ったの」

「喜ばなかったのかい？」

「喜んだわ。でもまずいことに、テントの外で待っていた背の低い金髪の恋人はお気に召さなかったみたいで、怒鳴られてしまったの」ローレンは大きな息をついた。「それからは、もっと一般的な話題にしようと思って。一人か二人にダイヤモンドのことを。それから夢について曖昧《あいまい》な話でお茶を濁して」

罪悪感に駆られ、嚙《か》み跡のある爪に目を落とす。

「一度は少し興奮してしまって、欲望についての話をしたの。低俗なおとぎ話のくだらない受け売り」

「おとぎ話は信じてない？」

「ええ、そう。もっとも、人生の大変さに負けて、ちょっと指でも突き刺して、百年間眠っていられたらいいのにって思うことはあるけど」

アレクサンドロスの口元が緩みかける。「そして王子さまのキスで目を覚ます？」

「私の場合、王子さまはいつも同性愛者《ゲイ》だっていうおちがつくの。だって魅力的な男の人って、決まってゲイか既婚者なんですもの」ローレンはそこで自制心を取り戻した。「ごめんなさい。こんな話を聞くために、あなたはお金を払ったんじゃないのに。でも正直に言うと、あなたは他人に自分の将来をとやかく言わせるような人には見えないわ」彼の全身からは自信と権威がみなぎっている。誰かに指図を受ける場面など、およそ想像できないのだ。

ローレンを眺めながら、彼は椅子に背を預けた。

「君は、僕の想像とは違う人物だった」

「あなただって、占い師のテントを訪れるタイプには見えないわ」とはいえ、偽占い師の私がそんなことに詳しいはずもないけれど。「お金、お返ししましょうか？」

「いや。それより君の未来を予言したいね」

「それなら簡単よ。私は、へまをやらかすの」耳の奥に花火の音がこだまする。これはテントの外の花火の音？　それとも私の内側で何かが弾《はじ》けたの？

この人にこんなふうに見つめられると、体は呼吸を忘れ、頭は分別を忘れてしまいそう。「私、いつもへまばかりなの」

「今夜は違うよ。君は今夜、小麦色の肌をした長身でハンサムな、そして裕福な男に出会う」ほの暗い明かりの中で、彼の瞳のきらめきは謎《なぞ》めいた危険な色を帯びている。「君は今晩その男と過ごし、男は君の望みを何でも叶《かな》える。夢もダイヤモンドも欲望も、一夜のうちにお望みしだいだ。ようこそ君の未来へ、マダム・ロストロポフ！」

3

アレクサンドロスは目の前の偽占い師を凝視した。熱い怒りは、今やそれとは別の焼けつくような猛烈な感情に取って代わっている。むき出しの欲望だ。彼女がわざと選んで身に着けているに違いない、ぴったりしすぎた衣装にさえ、いやでも欲望をあおられてしまう。

信じられないような見事な体。残念なのは、モラルの欠如だ。

ティーンエイジャーの妹と急に親密になったというのも、金に惹《ひ》かれてのことだろう。それを証明してみせるために誘惑の罠《わな》を仕掛けてやる。この女の友情が妹の信頼どおり本物なら、僕の誘いを断って真夜中までにここを離れて、妹の待つニューヨークに飛び、二人でショッピングの週末を楽しむはずだ。

この女の友情を本物だと信じるには、金銭が人を堕落させる例をあまりに多く見てきている。

富への誘惑に負けない女性など、いまだかつてお目にかかったことがない。

「ところで」彼はテーブルを回ってローレンのそばに寄り、手を取って立ち上がらせた。「僕が君にダイヤモンドと欲望の夜を提供したいと言ったら？」

「完全にばかげてるわ」ローレンの声は低くかすれ、目が笑っている。「あなたの名前さえ知らないのよ。それに私は今夜は占い師の役で、基金集めの役割を担ってるわ。夜中まではここにいないと」

そして妹の金をだまし取るために飛行機に乗る。

「基金はどのくらい集めようとしてるんだい？」

「ええと、とにかく大金じゃないかしら。このパーティは、小児病院に新しいCTスキャナーを贈るためのものだから、いくらでも歓迎なの」

「そのCTスキャナーの値段は？」

ローレンはぽかんと口を開けて彼を見た。「よ、よくは知らないの。たぶん私の想像を絶する額でしょうね」

「でも、僕にとっては想像できない額じゃない。そのCTスキャナー、僕が買わせてもらうよ。そうしたら君は、店じまいしてよくなるだろう。今この瞬間から、占い師の拘束は解かれ、僕だけのものになる」

ローレンは唖然《あぜん》となった。「あなたがCTスキャナーを買うですって？　まさか」

「なかなかいい金の使い道だと思うけどね」

「確かに。それでも……まあ、すごい！　なんて気前がいいのかしら」

「これで君が今晩僕と過ごさない理由はなくなったわけだ。ほんの数時間のことだしね」ゆっくりと言いながら、頭の中ではフライトに間に合わなくなる時刻をきっちりと計算する。「こんなところに閉じ込められてるなんて、君がかわいそうだよ、外には楽しいアトラクションがあふれてるのに」

ローレンはまじまじと彼の顔を見つめた。「あなた、さっきまでシャンパンを飲んでいた？」

「いや、一滴も。なぜだい？」

ローレンは警戒心たっぷりの表情だ。「だって、銀行の預金残高のチェックもしないでCTスキャナーなんかを買える人物が、私のような女に興味を示すなんて、普通はあり得ないことだもの」

アレクサンドロスは、薄手の衣装にかろうじて収まっているローレンの柔らかな胸の膨らみを見下ろした。「とても魅力的だよ、君は」

ローレンの唇がかすかに開き、誰かを捜すかのように肩越しに後ろを見やった。「私のこと？」

「このテントにいるのは、僕たちだけだよ」

ローレンは大きく目を見開いて彼を見つめた。

「誰かを嫉妬《しっと》させようとしてるとか?」

彼はため息をついた。「違うね。君を賞賛しようとしているだけだ。別に難しいことじゃない」

「だってハンサムで裕福な男の人って、たいていは私を魅力的だなんて言わないものだから。疑《うたぐ》り深くなってたら、ごめんなさい」

他人の言動の真意について、自分と同じくらい懐疑的な人物に出会ったことに興味を覚えて、彼はほほ笑んだ。「たぶん君には鏡が必要だね」

「たぶんあなたには、もっと明るい場所が必要ね」

ローレンは顔にかかる髪を無造作に払いのけた。髪型がどうなろうと構わないという仕草が何とも爽快《そうかい》だ。ヘアドレッサーを従えていないと、旅行することさえ渋ったこの前の恋人とは、たいした違いだ。実際、もしこの女が妹を食い物にしているという事実がなければ、好感だって持ったところだ。

「僕は夜間視力が抜群でね」

彼の言葉にローレンが目をぱちくりさせる。

「そうでしょうとも。きっと暗いところで物を見ることに熟達してるのね」

「すべての感覚を使うからね。で、どうする、今から夜中までこのテントで一人くすぶってるつもりかい? それとも、めいっぱいパーティを楽しむ?」

ローレンの視線がまた注がれる。用心深いそのまなざしの中に、彼は、自分と同類の対人不信を垣間見た。彼女はいったいなぜ、周囲との間に警戒のベールを一枚挟むようになったんだろう。皮肉なものだ。自分とずいぶん似通った人間観を持っていそうな人物の、仮面をはがすはめになったとは。

ローレンは唇を湿らせた。「本気で、私を今晩デートに誘っているの? 冗談じゃなくて?」

二度も誘う必要など体験したことのないアレクサンドロスは狼狽《ろうばい》した。「冗談なんかじゃない」

ローレンはほんのしばらく彼を見て、すぐに首を振った。「ごめんなさい、やめておくわ。ここへは、誰かと一緒に来てるんでしょう。あなたみたいな人なら、きっとスリムな美女をどこかで待たせているはずだわ」

「そんな女性はいないよ。目下のところ一緒にパーティを楽しむ相手は誰もいないが、今すぐにでも状況を変えたいと思っている」

彼の腕に飛び込んでいくどころか、ローレンは後ずさりした。「あなたの言葉、滑らかすぎるんですもの。そういう人って信用しないことにしてるの」

誰か彼女を傷つけたんだ、それも、ひどく。彼はそう思った。

「そんなことはない」アレクサンドロスは、今日の地位を得るためにがむしゃらに働いた長い苦闘の年月を思った。「断じて滑らかなんかじゃない」

「でも強引に押し通すところはあるわね」

「必要な場合に限ってはね」彼が微笑を挟む。「そうでないときは、猫みたいにおとなしい」

「厳密に言えば、虎《とら》のほうね」ローレンのまなざしが、かすかなからかいを込めてきらめく。「あなたは猫なんかじゃない、私が本物の占い師じゃないのと同じようにね」

やりとりに興じて、彼はローレンの手を取って自分の方へ引き寄せた。「今晩、一緒に過ごしてくれないか」

「なぜ？」

「君のことをもっとよく知りたいからだ」それはもはや妹のためだけではない。彼女の人生にどんなことがあってここまで用心深くなったのか、それが知りたくなっている。

いったいどうやって妹と知り合ったのか。何か理由があって金を必要としているのか。トラブルにでも巻き込まれているのか。それとも、単なる貪欲《どんよく》さからなのか。

「いいわ」わずかに首を傾《かし》げてローレンが言った。

妹を落胆させることになるその返事に、見る限りでは、何のためらいも後ろめたさも存在しない。この件さえなかったら、ずいぶんと心惹かれる女性のはずなのに。

彼女がためらったのはほんの一瞬、それも、かろうじてそれとわかる程度のものだった。「確かに、ここで仕事を続けることにはなってるんだけど、あなたがぽんと大金を払ってくれたから――」

「仕事のあとの予定は？」

「特に大事な予定はないわ」

あるはずの妹との予定があまりにも無造作に無視され、彼の胸にかっと怒りが湧《わ》き起こった。

「賢明な決定だ」彼は平静に答えて、紙に何かを走り書きした。彼女の人生に何が起きたのか、そんなことはどうでもいい。どうしてそんなに警戒心が強いのかも、知ったことじゃない。自分が気遣うべきは妹のことで、この女のことじゃない。

ローレンはその走り書きに目をやった。「〝自分の未来を占うため、占い師は不在〟？」

「これをテントに貼《は》っておけばいい。誰も尋ねてこないよ」

ローレンは笑いながらその指示に従った。「不思議だわ。なぜあなたの申し出を承知したのかしら。あなたの名前さえ知らないというのに」

「僕のことはアンドロスと呼んでくれればいい」彼は淀《よど》みなく言った。「君にとって一生忘れられない夜が、これから始まるんだ」

4

「こんなパーティ、初めての経験よ」

　ローレンはおとぎ話の世界を歩いているような気がした。ホテルの庭園は光きらめく魔法の楽園に変身している。何百万という小さなイルミネーション・ライトが木々を飾り、空には花火が色とりどりの花を咲かせ、耳をつんざく破裂音を響かせている。

　何だか頭が混乱してくる。テントに押し込められて占い師の身代わりをさせられていたかと思うと、次には、とびきりハンサムな男性と腕を組んで歩いているのだ。体はいやでも熱くなる。すべてが夢のよう。すてきすぎて現実とは思えない。

「ローレン！　あなた、いったいどういうつもり？」ジリアンの声がナイフの刃《やいば》のように空想を切り裂いた。夢の世界がたちまち空中分解して舞い落ちる。そうよね。こんなこと、現実のはずがない。

「あ、あの……」きっと解雇される。この男性と過ごす数時間のために、すべてを危険にさらしてしまったのだ。よくもそんなばかなことを。

　現実という冷たい風にぴしゃりと横面を張られ、思わず後ずさりしようとしたとき、男性の力強い腕がさっと彼女をとらえて脇《わき》に引き寄せた。

「彼女は僕と一緒にいた」詫《わ》びる気などない断固たる声。何か文句でもあるのかという挑戦的な言葉が、怒りに燃えるジリアンに無造作に投げかけられた。

　筋肉質の彼の体に引き寄せられ、ローレンはその腕から逃れようと空《むな》しくあがいた。密着する二人の太腿。彼の強靭《きょうじん》な筋肉をいやでも感じて息が詰まりそうだ。下腹部に妖《あや》しい感覚が広がっていく。ローレンの耳に、悪態をつく彼の低い声が聞こえた。

「もぞもぞするんじゃない」

ローレンは顔を赤らめ、運命に身を任せることにした。「ジリアン、これにはわけが――」

「もしかしたらミスター・コザニタスですか？」ジリアンの口から喉を締めつけられたような声が出た。「この暗がりで、お顔がよく見えなかったものですから。お邪魔したりして、申し訳ございません」

コザニタス？　ローレンは呆気《あっけ》にとられ、今やしっかりと自分を捕まえている男の顔を見上げた。ジリアンの突然の困惑の理由が今わかった。

「この占い師さんは僕が誘拐していたが」断固たる意志を柔らかな言い回しでくるんで彼が言う。「何か不都合があるかな？」

「いいえ、そんな」ジリアンは困りきって顔をゆがめた。「よかったですわ……お楽しみが見つかって」

彼女は慌てて後ずさりし、二人の保安要員にぶつかりながらその場を離れた。

「彼女に比べたら、恐ろしいロットワイラー犬すら、かわいい縫いぐるみに思えるわ」ローレンは呆然《ぼうぜん》とジリアンの後ろ姿を見送った。「次の仕事を探さなきゃいけないみたい」

「もし彼女が君を解雇したら、知らせてくれ」彼の声は冷徹そのものだった。

おそらく解雇されることになるだろうと思いながらも、ローレンの心には温かなものが広がった。この人、私の味方をしてくれた。こんなこと初めてだ。これまでずっと、人生は一人で闘って切り開くものだと思ってきたのに。

「ありがとう」ローレンはぶっきらぼうに言った。

すると、彼は驚くほど親密な体勢で彼女を引き寄せた。「何であんなに偉そうにさせておくんだ？」

「彼女に雇われている身だからよ」

「辞めてほかの仕事を見つければいい」

事がそんなに簡単ならどんなにいいか。「億万長者みたいな言い方ね」ローレンはぎこちなくほほ笑んでみせた。「あなた、自分の名前はアンドロスだと言ったわ」

「アレクサンドロスを縮めた呼び名だ」

「そう。それじゃ、あなたがあの恐怖のアレクサンドロス・コザニタスなのね」

彼は冷ややかに笑った。「恐怖の、僕が？」

「恐怖のスペリングだわ」招待客リストの作成に悩まされたことを思い出してひそかにつぶやく。「あなたが今夜現れたことで、みんなが焦って飛び回ってる。私の上司なんか正気を失ってるわ」そして私自身も。アレクサンドロス・コザニタスみたいな男と一緒に過ごすのを承知するなんて、本当にどうかしてる。「次の仕事が見つかるまでは、簡単に辞めるわけにはいかないのよ。といっても、あなたみたいな人にわかってもらえるとは思わないけど」

「わかるとも」笑みを宿していた彼の瞳は、今や血も凍るような冷徹なものになっている。

その変わりように狼狽《ろうばい》してローレンは目をそらした。「あなたに貧困の体験があるなんて、想像もできないわ」

「それは、貧乏など二度と味わわないために、あらゆる努力を払ってきたからだ」

それで今はこんな大富豪なのね。アトラクションを楽しみながら連れだって歩いていると、女性客たちの嫉妬《しっと》のまなざしをいやでも感じてしまう。

「いったい私をどうするつもり？」ちょうど上がった花火の炸裂《さくれつ》音にローレンは飛び上がった。弾《はじ》けた何百万もの小さな星が夜空を流れ落ちていく。「あなたはダイヤモンドをまとった人を連れて歩いていればいいのに」

「それもそうだ」アレクサンドロスの口元が緩む。

「それじゃ、君にダイヤモンドをまとってもらおう」

彼はローレンの手を取って、厳重な警備に固められたテントへと導いた。そこには、世界のトップデザイナーの手になる超高級なダイヤモンドの品ばかりが並んでいた。

「ばかなこと言わないで」ローレンは立ちすくんで彼の瞳を覗《のぞ》き込んだ。喉がからからだ。会場は行き交う客でにぎわっているのに、目に入るのはアレクサンドロスだけだ。やがて彼に引き寄せられ太腿が触れ合うと、ローレンの体は熱を帯び、じりじりと感覚が焦がされ始めた。これまで味わったことのないすさまじい官能。体の奥に痛みが走るほどに募る欲望。ローレンはあえぐように息を吸い込んだ。

混乱と危険な魅惑に翻弄《ほんろう》され、ちらりとアレクサンドロスの口元を盗み見たとたん、ローレンはひどく欲しいものがあることに気づいた。ダイヤモンドよりずっと欲しいもの――そう、彼のキスが欲しいのだ。試してみなくてもわかる、彼は女性へのキスを知り尽くした男。そして私は、それを味わう女性になりたいのだ。

彼の顔がゆっくりと下りてくると、ローレンの体は小刻みに震えだした。

「ダイヤモンドをまとう心の準備は？」そう尋ねる彼の声も、同様に衝撃的な欲望に彩られている。

心臓の鼓動が乱れるのを感じながら、彼女は答えた。「ええ、いいわ……」

たやすいものだな。ダイヤモンドのネックレスを首の後ろで留めてやるときのローレンの瞳の輝きを見守りながら、アレクサンドロスは内心でつぶやいた。この偽占い師が道徳的ジレンマに陥っているそぶりは、これまでのところ見当たらない。この女、出費はすべて妹持ちのショッピングツアーをためらいもなく放《ほう》り出して、もっと豪華な収穫のある僕との時間を選んだらしい。

その強欲な心が引き起こすことになる妹の嘆きを

考えると、彼の心に怒りの炎が揺らめいた。人の心の移ろいを学ぶのはつらいものだ。だが妹が早いうちに懐疑的な人間になってくれれば、僕が保護の手を差し伸べる機会も少なくてすむというものだ。

「こんなもの、いただけないわ」彼の予想を見事に裏切って、女は両手を首の後ろに回し、留め金を外そうとしている。「納得できないもの」

「気に入らないのかい？」

「ネックレスのことじゃなくて、これを買ってくれたということがね。こんなプレゼントには代償がつきものよ。私には払いきれない代償だわ」

「外さないで」アレクサンドロスはそっとローレンの両手を留め金から離すと、彼の方にくるりと向き直らせた。「よく似合ってる」

「受け取るわけにいかないわ。仮に受け取ったとしても、どこへ着けていくっていうの？」

僕と過ごすベッドへ。即座に頭をよぎったイメージに、彼は愕然《がくぜん》となった。この女とベッドを共にすることなど、当初の計画にはなかったのだ。

「それを着けられるところへ君を連れていくよ」言ったとたんに、本気でそうしたくなった。周囲の目のある場所でのこの茶番とおさらばして、二人だけの場で彼女の真の姿を暴きたい。

彼女はしばらくアレクサンドロスを見つめてから片手を上げ、その頬骨に指を走らせた。「私に何をしてほしいの？」

大きく見開かれた青い瞳を見下ろすと、アレクサンドロスの胸を鋭い罪悪感が貫いた。自分がしたいと思っていたのは、妹が新たに得たという親友が実は貪欲《どんよく》な偽りの友だと証明することだった。ところが急に優先順位が変わって、今やまったく違うことをしたくなっているのだ。

「君に何をしてほしいかだって？」彼はためらわずローレンの艶《つや》やかな髪に指を差し入れ、あっという間に唇を重ねて激しくむさぼった。むき出しの欲望が伝わる熱いキスは、ローレンのためらいがちな問いに対する雄弁な答えだった。

5

彼の巧みなキスに、ローレンの唇から思わずうめきがもれた。二人を見ていたまわりの人々が息をのむのがわかったが、突然の夢心地に陥った今、彼女の頭から周囲のことなど吹き飛んでいた。わかっているのは、今こうして彼にキスされているということ。そして憎いほど確かで見事な唇の動きに、全身がたまらなく熱く、とろけてしまいそうになっていることだけだ。密着した彼の体はたくましく、髪に分け入ったまま頭を支えている彼の両手は、この続きの行為への情熱を語っていた。

欲望で朦朧《もうろう》となったローレンの耳に、時を告げる時計の鐘が彼方《かなた》から聞こえてきた。そして彼がゆっくりと唇を離した。

「午前零時だ」彼の口調は、まるでその時間に何か重要な意味でもあるかのようだ。

何か大事なことでもあったんだっけ？　ローレンはぼんやり考えた。「何かあるの、午前零時に？」

彼は答えず、不自然なほど身じろぎしない。しばらくしてようやく彼は言った。「ここを出よう」

彼がローレンと指を絡ませてテントを出ると、見守っていた女性たちからいっせいにため息がもれた。

「どこへ行くの？　私、まだネックレスを着けたままよ」ローレンは、よろめきながら懸命に彼の歩調に合わせた。「泥棒で捕まるなんてごめんだから」

「そのネックレスは君のものだ」

「そんなわけないでしょう。代金も払ってないのに」

パーティが提供するあらゆる催しを楽しむ名士たちの間を縫い、二人は笑いながら芝生を走った。

「大丈夫、僕は上得意客だからね」

　にわかに胸を貫く疑惑にローレンの足は止まった。

「その言葉、聞かなきゃよかったかも。私、いったい何をしてるんだか。これで解雇は間違いなしよ。私ったら、完全におかしくなっちゃったんだわ」

　彼はセクシーな熱い瞳を向けた。「まだなっていないけど、すぐにそうなるよ、いとしい人《アガペ・ムー》。僕の家に着いて二人きりになったら、君を完全におかしくさせてみせる。約束するよ」

　とんでもないことになっているのはローレンにもわかった。口はからからになり、胃の中で不安が爆発している。パーティ会場の打ち上げ花火より、よっぽど派手な爆発だ。「あなたの家ですって？」ここなら高級ホテルという安全空間で、周囲にはパーティ客もいて安心できた。これまでは、ちょっとした陽気なお楽しみという気分でいられた。でもここを離れて彼の家に行くなんて、考えただけでみぞおちのあたりが変になってくる。危険だわ。これは陽気なお楽しみなんかじゃない。事態は深刻だ。

　アレクサンドロス・コザニタスは、当たり障りなく付き合って、お行儀のいいおやすみのキスでその夜の幕を引くような、お人好《ひとよ》しの男性ではない。彼は大人の男性そのもの――強靭《きょうじん》で活力がみなぎり、自分の欲しいものをよく知っていて、目的のために容赦なく突き進む。望むものは、何でも手に入れる男だ。「あなたのお宅、ギリシアにあるんじゃないのね？」

　彼はほほ笑んだ。「フェラ岬の海岸に別荘があるんだ。ギリシアの家より近くだよ」

　家は一つじゃないんだわ。当然よね。ローレンはロンドンでも指折りの治安の悪い区域にある自分の賃貸アパートメントを思い浮かべ、込み上げるヒステリックな笑いを懸命にこらえた。「今にも目が覚めてしまいそう――いつもの私の部屋のベッドで」

「目が覚めるには、まず眠ることが必要だね。だが一つはっきりしているのは、これからの僕たちの行動に、眠るという選択肢はないということだ」彼の何もかもに性的なオーラがみなぎっている。焼けつくようなまなざしから、危険なほどに整った唇まで……。ローレンは陶然となっている自分に気づいた。

「ここにいるほうがいいんじゃないかしら」

「臆病《おくびょう》なんだな」

「そうね」すっと喉元に下りてきたアレクサンドロスの唇に、ローレンは思わず息をのんだ。彼の温かな息が肌をくすぐる快感にぞくっと震えて目を閉じる。「不安を感じないとしたら、相当な愚か者だと思うわ」そして、たぶん私は愚か者だ。行き着く先は決まっているのに、この人が選んだダイヤモンドのネックレスを着けたままこうしているなんて。神経が張りつめていたローレンは、弾《はじ》けた花火の音に驚いて飛び上がった。アレクサンドロスは低く笑って再び彼女の手を取り、きらびやかに着飾った人々の間を縫って歩きだした。

「ここを出よう。肝心なところへたどり着く前に、心臓麻痺《まひ》なんかで死んでほしくないからね」

彼女は甘美なパニックにのみ込まれた。「荷物は全部ホテルの部屋に置いてるの。このばかみたいな占い師の衣装しか、身に着けるものが何もないわ」

「ダイヤモンドがあるじゃないか、アガペ・ムー」彼は甘い声で言うと、ヘリコプターへと急き立《せ》てた。彼の会社のロゴ入りの黒っぽいスマートな機体だ。「身に着けるものは、当分それだけで十分だ」

ヘリコプターが夜の闇《やみ》の中へ鳥のように飛び立つと、ローレンは座席にしがみついた。きらびやかなパーティ会場が、はるか下方へ遠ざかっていく。

ダイヤモンドと欲望……。それにしても、どんな代償を払うことになるのだろう。

アレクサンドロスの別荘は、湾を見下ろす丘陵地にあった。ローレンはずっと彼に手を取られたまま花々の香り漂う庭を抜け、噴水や青くライトアップされた、海に続いているように見えるプール《インフィニティ・プール》の横を過ぎ、開け放たれたガラス張りのドアをいくつも通って、優雅なベッドルームへと案内された。大きな天蓋《てんがい》付きベッドが空間を圧している。四方には薄手の白い布がひだを作って下がり、いくつものシルクのクッションが積まれている。

　下方にあるビーチから聞こえてくる穏やかな波の音を聞きながら、ローレンは立ち尽くしていた。目の前の光景にいやでも想像がかき立てられ、体の奥で欲望が頭をもたげてくる。こんなベッドで愛し合ったらどんなふうだろう。それも彼のような男性と。

　時間が止まり、募る期待が彼女の体を疼《うず》かせる。

「アンドロス――」

　彼は腰のくびれにさっと手を回してローレンを引き寄せてキスをむさぼり、唇を合わせたままで囁《ささや》いた。「横になって、眠り姫。糸車が現れて君の指を突き刺すまで、百年の間キスをし続けるよ」

　あっという間に抱き上げられ、ローレンは息をのんだ。「おとぎ話の中身がこんがらがってるわ」

「構わないさ。どのみち君も信じていないだろう」

　ローレンは信じかけていた。

　ハッピーエンドのおとぎ話を。彼の腕の中にいると、何でも信じられる気持ちになってくる。性的エネルギーが満ちてきて、それがたまらないほど沸き立って、全身全霊が自分は女性なのだと叫んでいる感じだ。そっとクッションの上に下ろされると、ローレンは危険な輝きを宿す彼の黒い瞳を魅入られたように見つめた。淀《よど》みも迷いもなく彼が体を覆ってくる。彼の意図にもはや疑いの余地はない。

「身に着けてるものが多すぎるな」彼はかすれ声で言い、薄手の衣装にくっきりと浮き出ているローレンの胸の膨らみに唇を寄せた。そして「ごめん」と言うだけ断ったかと思うと、襟元から裾《すそ》まで一気にその衣装を引き裂き、素早く下着を取り去った。それから、片方の胸の膨らみを手で包んだ。「このほうがいいね」

部屋に息苦しいほどの熱気が立ちこめ、ゆっくりと腹部を下に移動する彼の愛撫《あいぶ》の手が、ローレンの中に熱い疼きを生んでいく。下腹部を伝い下りた彼の指が太腿の間でふっと止まったかと思うと、やがて憎いほど正確で巧みな愛撫が始まった。ローレンはぴくっと体をこわばらせ、うめきと一緒に彼に唇を重ねた。

情熱に駆られてやみくもに彼のシャツを引きはがすと、強靭な筋肉と生々しい男の力があらわになった。彼の黒髪がなぶるように胸の膨らみの先に触れる。目覚めさせられた欲望に全身が舞い上がり、ローレンは体をのけぞらせ、彼の張りつめた下腹部に夢中で腰を押し当てた。

滑らかで温かなアレクサンドロスの背中に伝わせた手を彼の下腹部に回し、情熱の源をそっと片手で覆ってみる。そんな！　これって、大きすぎるんじゃないかしら。ローレンは急に不安に襲われた。

「力を抜いて」唇を合わせたまま彼が囁く。「僕に任せていればいい」彼は緩やかなキスでローレンの体に炎をかき立て、やがて耐えがたい欲望の嵐《あらし》の中に追い込んだ。

彼が避妊具に手を伸ばしたのを、朦朧とした意識の中でとらえたとたん、ローレンは太腿の内側に、硬いものが当たるのを感じた。

「来て」彼のたくましい肩に爪を立てながら、ローレンは訴えた。「お願い、早く……」

6

ローレンは胸を高鳴らせて彼の瞳を覗《のぞ》き込んだ。

ついに訪れたんだわ、このときが。私は今、この人と結ばれる。いつもの私なら、なぜこの人となのかと考えてしまいそう。でも今はごく自然に、彼の日焼けした肩に唇を押し当てている。そうよ、この人。この人が私の運命の人だったんだわ。

この人が欲しい。男性に対してこんな気持ちになったのは初めてだ。静かに続く官能的なキスと巧みな愛撫《あいぶ》に、欲望はさらに募っていく。

体を駆け抜ける熱いものに翻弄《ほんろう》されて腰を浮かせると、彼の欲望のしるしが太腿をかすめる。実はセックスは初めてなのだと打ち明けるべきかしら。いえ、たぶん黙ってるほうがよさそう。そんなことを思う間にも、彼はローレンの顔にかかる髪をかき上げ、信じられないほど巧みなキスで全身を至福に包んでいく。一生かかっても習得できるとは思えない絶妙のテクニックだ。

高まる喜びに目を開けていられなくなり、もれる喘《あえ》ぎは重ねられた唇に吸い込まれていく。こんなにすてきなものだとわかっていたら、もっと前に経験していたのに。でも、誰かにこんな親密な気持ちを抱いたことなんて、これまで一度もなかったし、いつだって自分を守ることに忙しかった。朦朧《もうろう》となりながら、今回はこれまでと何が違うのだろうと考えてみるが、そんな思考は霧散してしまう。そして、やめないでと口走りそうになったまさにそのとき、彼が中に入ってきた。ゆっくりと滑らかに進んでくる。熱い塊が確かな圧迫感でひめやかな道を奥へとたどる甘美な圧迫感……。

強烈すぎる衝撃だ。そう思ったとき、再び彼の唇が重ねられ、焦《じ》らすようなキスで、急に訪れたローレンの緊張をほぐし、興奮を頂点へと追い立てた。次々に襲ってくる熱いうねりに翻弄されて、感覚が貪欲《どんよく》になる。いつしかローレンは彼の体に脚を絡ませ、無言で彼を促していた。

だが彼は、情熱的な求めにすぐには応じず、頭を上げて彼女を見下ろした。黒い瞳に物問いたげな光を宿している。

そんな問いには答えたくない。今、この状況では。「アンドロス」ローレンは言った。体の奥深くに、強く息づく彼の情熱のしるしと、一目でそれとわかる親密な気遣いを同時に感じる。「続けて。あなたが欲しいの」そう言って体を弓なりにそらすと彼が低くうめき、ローレンの腰をすくい上げてさらに深く体を沈めた。そしてしっかりと絡ませた体を優しく動かし始めると、ローレンはまったく新しい官能の世界に引き込まれていった。熱く滑らかな彼の体。繰り返される力強い交わりに、息も絶え絶えになってしまう。歓喜の波が自制心の防波堤を乗り越えてひたひたと足もとを洗い始め、信じられないような感覚が次々と弾《はじ》けていく。

アレクサンドロスが指を絡ませ、唇を重ねた。体の動きの完璧《かんぺき》なリズムに合わせた濃密で巧みなキスがさらに興奮をかき立てる。彼が進んでくるたびに、喜びの感覚が全身を駆けめぐる。部屋は二人の熱気で揺らめき、ベッドは、開け放ったドアの先にあるプールの照明を受けてきらめいている。

「とてもきれいだよ」彼の声がかすれ、射すくめるような漆黒の瞳が向けられた。彼の腰を引き寄せると、ローレンの世界は、体の奥深くのせめぎ合いから弾ける歓喜の色に染まった。肩に回した指の下でうごめく彼の筋肉、全身に広がる熱いうねり。生まれて初めて味わう圧倒的な官能の世界だ。動きのリズムの一拍ごとに歓喜の坂を駆け上った二人は、ついに絶壁に追いつめられ、目もくらむような高みから同時に身を躍らせた。

強烈な歓喜の波が繰り返し襲いかかる。ローレンは彼の肩に爪を立てながら、痙攣《けいれん》にも似た甘美な震えに彼と一緒に身を委《ゆだ》ねた。二人で身を投じた官能の喜びのすさまじさ。きっともう、これまでと同じ自分ではいられない。

喜びの波間を漂う間にも、彼は唇を重ね、体を抱きしめた。ローレンのすべてを思いのままに自分のものにした。

そして、心までも。

アレクサンドロスは電話の音で目が覚めた。

愛し合ったあとの快い眠りに目をこすって別れを告げ、相手の電話番号を確かめる。

妹からだ。

ギリシア語で低く悪態をつきながら、枕《まくら》に体を預け直す。何という間の悪さだ。まさにデリケートとしか言いようのない会話を始める心の準備などできていない。妹はニューヨークの空港で新しい親友を待っているに違いない。あいにくその親友は、それよりさらに魅力的な僕の提案に喜んで乗ってきた。

強欲で自分勝手な女だと言い放つのがためらわれて、横に眠る女性を見やる。どうやら初めよりはるかに事を複雑にしてしまったようだ。

「エレーニか」

「兄さんには謝ってもらわなくちゃ」

眠気を振り払って集中しようと彼は頭を振った。

「すまなかったな」抑えた声でぶっきらぼうに答える。隣の女性を起こしたくない。「お前の言うとおりだ。してはいけないことだった」

「そんなことない、私はしてくれて喜んでるのよ」

その意味がのみ込めず、彼は顔をしかめた。「喜んでる？　動揺してはいないのか？」

「何で動揺するのよ。正しかったのは私で、間違ったのは兄さんでしょう」何とも独りよがりに思える妹の言い分だ。「こんなの初めてよ、兄さんが何か間違えるなんて。だから大威張りさせてもらうわね」

「エレーニ――」

「友人の占い師がそもそもあのパーティ会場にはいないとわかって、兄さんの昨日の夜は台無しになったでしょう。彼女はね、フライトまでのスケジュールがきつすぎると思って仕事をキャンセルしたの。兄さんがヘリでモンテカルロのパーティ会場に着くころには、もう空港に行ってたのよ」

アレクサンドロスは呆然《ぼうぜん》となった。「空港なんかに行ってるわけがない」マダム・ロストロポフは、一晩ずっと僕と一緒だったのだ。

「だって、そうだったんだもの。彼女がニューヨークの空港に時間どおり降り立ったのを見て、私がどんなに興奮したか――。ちょっと、聞いてる？　どうかしたの？」

彼は乾いた唇をなめた。「時間どおりに着いた？　乗り遅れなかったのか？」

「もちろんよ、ここにいるんだもの。兄さんはまだ言うつもりなんでしょう。彼女は私のお金に興味があるだけだって。でも彼女はそんな人じゃない。なんだったら、彼女と話をする？」

アレクサンドロスはぐっと目を閉じた。「やめておくよ。お前の言うとおりだ。そろそろお前自身の目で人を判断するべき時期だよな、エレーニ」

こちらにも、それどころじゃない問題が発生した。貪欲な占い師が妹とニューヨークで楽しんでいるとすれば、僕が一夜を共にした女性は誰だ？

ベッドの隣にいるこの女性はいったい誰なんだ？

7

　それからの数日は、二人にとってまさに官能の至福をうっとりと味わう時間だった。朝はゆっくり起き出してテラスで朝食をとり、フェラ岬にあるビーチや沿岸の小さな町々を散策して回る。

　ほかのどこよりローレンが気に入ったのは、別荘の下に広がるプライベートビーチだった。「全部あなたのものだなんて信じられない」身を屈《かが》めて貝殻を拾ったとき、彼のポケットで響くバイブ音に気づいて彼女は眉根を寄せた。「電話に出ないの？」

「いいんだ、今は君との時間だ」

　抱き寄せられたローレンは夢心地だった。彼のような男に求められるとは。「自分が経営者で幸運ね。誰もあなたを解雇できないもの。で、どんなお仕事なの？」

「コンピュータ・ソフトの開発さ」

　ローレンは顔をしかめた。「きっとすごく頭がいいのね。私なんてコンピュータに嫌われてるけど」

　アレクサンドロスはほほ笑んで、回した腕に力を込めた。「そこが間違いなの。コンピュータには感情なんてないよ」

よ。とびきり重要な仕事をするのを待ってて、そのデータをぱくっとのみ込んじゃう。そうしたらもう二度と見つからないんだから」

「行方不明のファイルなんて、簡単に見つかるよ」

「私にはだめ。そういうことにはまるで役立たず」

　彼はローレンの髪に指を差し入れ、からかうように唇を合わせた。「だけど君は、この数日に会った人物の名前を全部覚えてるじゃないか。そして、みんな君の虜《とりこ》だ。経理部長なんて、電話で三十秒話したただけで結婚したいと言い出す始末だ。君は本当に特別な女性だよ」

「平凡な女よ」

その言葉に、彼は口元を緩めた。「見る限り、それは違うな。そのビキニ、よく似合ってる。鮮やかなピンクが映えるよ」

「買ってもらった服は、みんなとってもすてき。でも、あんなにたくさんじゃなくてもよかったのに」

「君の占い師の衣装でずっとは過ごせないからね」

「あれだって私のじゃないのよ！　本物の占い師はずっと小柄ね。そして間違いなく透視能力は私より上だわ。だって私には、こんなことになるなんて想像もつかなかったもの」そう、突飛な夢にさえ出てこない展開だ。ローレンは彼の首に腕を回して眉をひそめた。「どうしたの？　そんな怖い顔して」

「何でもない」彼は平静に答えた。「さあ、ランチの時間だ。戻るとしよう」


ローレンは迷っていた。予約をしたニース発のフライトまで丸一日もないことを、彼に念押しすべきだろうか。彼は自分の予定については何一つ言ってない。でもいつまでも電話を無視し、この地中海の楽園に身を浸しているわけにいかないのは明らかだ。

彼には彼の生活が控えている。それは私も同じだ。そして二人の生活に、重なり合う部分はない。

海岸伝いに別荘に戻りながら肩越しに振り返ると、二人の足跡は次々と波に洗われていく。満ち足りた心に兆す陰りに、ぶるっと体が震えた。二人があそこにいたことも嘘《うそ》のよう。キスしたことさえも。すべてはすでに思い出と化した束《つか》の間《ま》の夢想……。

現実がすさまじい勢いで心に押し寄せ、夢を散り散りに吹き飛ばす。

すてきすぎて、現実ではあり得ない。これって、まさにその決まり文句どおりじゃないかしら。私なんかに、こんなすてきなことが起きるはずがない。

「イカロスの話を知ってる？」

「もちろん。僕はギリシア人だよ。彼は太陽に近づきすぎて、翼を焼かれて地上に落ちてしまった」

空高く昇ればそれだけ落ち方も激しくなる。

彼はローレンの顔を両手で包んで覗《のぞ》き込んだ。

「君は違うからね。絶対に落ちたりはさせない」

「もう休暇を使い果たしちゃったわ。予約してあるフライトは明日なの」

「行かせない」彼は唇を重ねながら言った。「君はここに残って僕と一緒にいるんだ」

ローレンは激しい衝撃を受けた。そんなことできると思う？　私には仕事があるのに。でも本当に彼とのことをあきらめられる？

テラスでのランチの最中、急に物音がして黒髪のかわいい女性が現れた。「アンドロス」

彼の顔に緊張が走ったのを見て、ローレンがまず思ったのは、昔の恋人の登場だった。胸がつかえ、思わず飲み物を置いて立ち上がる。

「座って」落ち着いた彼の声。だが表情はサングラスに隠れている。「ローレン、妹のエレーニだ」

「妹さん？　まあ、そうなの」妹の存在さえ聞かされていなかったことは衝撃だった。だが、きっといろいろと事情があるのだろう。

エレーニはつかつかと兄のところに歩み寄り、胸に指を突きつけた。「計画は見事に裏目に出たわね。占い師を誘惑するためにわざわざヘリで飛んだのに、彼女の顔さえ見られなかったんだから」

ローレンは口の乾きを覚えた。「占い師を誘惑するですって？」

「私、占い師の友人がいて、ニューヨークに誘ったの」自分の話がもたらす衝撃など気づきもせず、エレーニは兄に不遜《ふそん》な笑みを投げた。「だけど兄は、彼女のことをお金目当てだと決めつけて、それを証明するために、もっと甘い誘いを提供しようとしたの。残念ながら、その計画は失敗したわ。友人はその夜、仕事に行かなかったんですもの。兄が会場に着いたころには、彼女はもう空港でニューヨーク便を待っていたの。で、過保護な兄上さまは、空《むな》しく退屈な夜を過ごすはめになったわけ」

アレクサンドロスは動揺のにじむ手でサングラスを外した。「退屈な夜なんかじゃなかった」

ローレンの口は乾き、急に耳鳴りまでしてきた。頭が混乱して突然立ち上がると、その勢いでテーブルのグラスが鳴った。暑い日中なのに氷のように体が冷え、胸を貫く鋭い痛みで息もできない。

「失礼するわ。タクシーを呼ばなきゃ」パーティ業務での臨時収入は、それで吹き飛んでしまうだろう。自業自得ね。ローレンは内心でつぶやいた。夢と現実を混同したのは私だもの。

「私、お邪魔するつもりなんかじゃ……」エレーニが申し訳なさそうな視線を向けた。

そのとき、ローレンはすでにテラスを去りかけていた。アレクサンドロスがギリシア語で何やら妹にわめいているのが聞こえる。ローレンは喉に込み上げるものをのみ込みながら、携帯電話を取りだしてタクシー会社のナンバーを押した。

「ローレン」彼女の背後でアレクサンドロスが立ち上がる。奇妙なほどうろたえた声だ。「違うんだ」

「私の強欲ぶりを証明したくて誘ったわけじゃないとでも言うつもりなの？」どうしようもなく手が震え、携帯電話が大きな音をたてて床に落ちた。

「君を誘った理由はそれだった——最初は」

彼の正直な答えに、ローレンは乱れる心で電話を拾い上げた。こんな硬い床に激突して、なぜ何ともないの。私の心は、実際に叩《たた》きつけられたわけでなくても粉々に砕け散ったというのに。

「一つだけ聞かせて。私が問題の占い師じゃないことがわかったのは、正確にはいつだったの？」

「最初の朝だ」

「なのに何も言ってくれなかったの？」

「関係なかったからだ。僕が君をここへ連れてきた理由は、そんなものじゃなかったから」

聞くものですか。ローレンは必死で心を閉ざした。彼といると、いつもの自分でなくなってしまう。溺《おぼ》れることを——そう、信じ、夢見ることを自分に許したし、感情に身を任せることだって。会って間もない相手と、そんなふうになれるわけがないのに。

「すてきすぎて現実ではあり得ないって思うときは、まさにそのとおりだったりするのよね。未来はお金では買えないわ。人との絆《きずな》もね」ずたずたに傷つき、折れそうな心に耐えて、ローレンはダイヤモンドのネックレスを外して彼に突き返した。「美しい夢でも何でもなかったわ、ダイヤモンドも欲望も。あったのは卑劣な心だけ」

8

アレクサンドロスは拳《こぶし》でドアを叩《たた》いた。極端な緊張のせいで、いつもの冷静さは影を潜めている。もしも彼女が引っ越していたら、どうしよう？　もしも……。

　ドアを開けたローレンは、驚きに目を見張った。

「ど、どうしてこんなところに？　私、タクシーを待っているところなのよ」

　彼はローレンの目の下のくまに気がついた。彼女も眠れない夜を過ごしているのか。「君はダイヤモンドのネックレスを突き返した」そんなことをした女性はこれまで一人もいない。

「ダイヤモンドの意味するものがいやだったからよ。あっ、タクシーが――」

「待たせておけばいい」アレクサンドロスはローレンの腕をつかんだ。鼻をくすぐる髪の香り。ああ、彼女をこの胸に抱き寄せ、熱烈なキスでこの問題を解決してしまいたい。抗しがたい誘惑をぐっとこらえる。「あの夜、君がフライトを逃す時間まで引きとめていたのは事実だ」押しつぶしたような声でようやく切り出す。「妹を守ろうとしてのことだったから、それについては詫《わ》びるつもりはない。だがその後の展開は純粋に僕たち二人の問題で、ほかとはいっさい関係のないことだった」

「だけど私のことを、とてつもなく強欲な女だと思いながら抱いてたわけでしょう。いったいどういう人なのよ、あなたって！」

　彼女の声には痛みがにじんでいる。はらわたをえぐられるような思いに、彼の声はかすれた。「僕は人を信じるのが苦手で……すんなりそうできない人間なんだ。見るところ、君も同類だと思う。だったらわかってくれるはずだ。もし君が人を簡単に信じられる人間なら、あんなに簡単に出ていきはしなかっただろう」

ローレンは身動きしなかった。「どうやって私の住んでるところを？」

「君の上司に聞いた」

「元上司よ」

「解雇されたのか？」彼の全身を強烈な怒りが貫いた。「即刻取り消しを求めよう」

「解雇されたんじゃないの」ローレンが静かに言った。「私から辞めたのよ。あなた、言ったでしょう。何で威張られっぱなしになってるんだって。そのとおりだと思ったの。彼女の下にあれ以上いたら、私は完全な自信喪失に陥ってたわ」

「僕に何とかさせてくれ」彼はローレンの背後の狭い部屋にちらりと視線を走らせた。ここで苦労しながら独り暮らしなどさせたくない。「君には対人関係のすばらしい才能がある。仕事を紹介するよ」

「仕事ならしてるわ」声にプライドがにじむ。「あの晩の占い客で金髪の恋人と一緒だった女性のことを覚えてる？　その彼がたいした男じゃないとわかって、彼女はテントを出たあと彼と別れて、私に仕事を持ちかけてきたの。彼女、ジリアンの会社の最大のライバルなのよね」

アレクサンドロスはローレンの後ろのスーツケースに気がついた。「仕事に行くところなのか？」

「信じられないかもしれないけど、彼女の今回の仕事というのが、またもモンテカルロでのパーティのアレンジなの」そこが一番行きたくない場所だということは、彼女の目が語っている。「ところで、あなたはどうしてここに来たの？」

実は彼のほうも、さっきから同じことを自問し続けていた。「僕がどうしてあんなことをしたか、君にわかってもらおうと思ったんだ」

「そんなことしてくれなくたって――」

「母が死んだあと、父は悪賢い女詐欺師に引っかかって財産をすべて失ったんだ。そして酒に溺《おぼ》れた」彼は鋭く息を継いだ。「父が死んだとき、エレーニはまだ六カ月だった」

長い沈黙のあと、ローレンは彼の手に指を絡ませた。「大変だったのね」

「僕は十六だった。妹を手放すことだけは絶対にするまいと心に誓ったが、それは容易なことじゃなかった」そのへんのことについては、これまで誰にも語ったことはない。「どんなに大変だったか、君には想像もつかないと思う。やがて、一気に大金を稼ぐようになると、何もかもが変わってね。人間のひどく醜い面を見せつけられた」

「妹さんは、あなたという保護者がいて幸せね」ローレンは彼を見上げた。「で、本物の占い師は妹さんを利用していたの？」

「さあね」アレクサンドロスは、それさえも気にからなくなっている自分に気づいた。「見極めるのはエレーニ自身だ。現実の世界から彼女を守るのは、もう終わりにしないとね。君にも謝らなくては」

「妹さんを守って謝る必要はないわ」

「君には家族がいないんだろう」居所を調べる過程でわかったのだ。ローレンが親に捨てられ、孤児院で成長したことが。

「いないわよ」短い一言が、その人生のすべてを語っていた。ローレンが手をほどこうとすると、彼の手に力が込められた。

「君を愛しているんだ、ローレン」今まで一度も口にしたことのない言葉だったが、驚くほどすんなりと言えた。「結婚してほしい」

ローレンは一瞬言葉を失った。それからあえぐような息を一つして、小さく頭を振った。「ばかなこと言わないで」

「僕は君を愛している――」

呼吸のたびにローレンの胸は大きく上下した。

「そんなの、あり得ないわ」

「そして、君も僕を愛している」

ローレンはゆがんだ笑みを浮かべた。「そうじゃないかもしれないわよ。あなたのお金に興味があるだけかも」声が涙にくぐもる。「仮に結婚したとしても、あなたには私の本心がわからないでしょう？　ずっと確信が持てないままになるわ。あなたの人生はおとぎ話の世界。でも私の人生は現実そのものなの。もう行かなくちゃ、遅れるわ」ローレンは彼と目も合わせずに手を振りほどくと、待たせてあったタクシーに乗り込んだ。

客の間を回りながら、ローレンは考えずにいられなかった。新しい会社での初仕事がこの場所でなければよかったのに。本当に残酷な運命のいたずらだ。黒髪で長身のスーツ姿の男性を見るたびにたじろぎ、花火が弾《はじ》けるたびに心臓が破裂するような気がする。

「見事な仕事ぶりよ、ローレン」パーティも半ばを過ぎたころ、新しい上司のデイジーが声をかけた。「頼みたいことが一つあるの。占い師のテントへ行って、うまくやってるか見てきてくれない？」

ローレンは青ざめた。「いえ、それは――」だがデイジーは、グラスをのせたトレーをひっくり返したウエートレスの手伝いに走り去ったあとだった。

これも運命とあきらめ、ローレンはテントの垂れ幕を押し分けて中に入った。

「どうも。順調にいってます？」

若い占い師がベールの上の目をローレンに向ける。

「あなたは出会いますね。長身で黒い髪をしたハンサムでお金持ちの男性に――」

「待って」ローレンは片手で制した。「私は様子を見に来ただけよ。未来のことが知りたいわけじゃ――」

「そしてダイヤモンドの指輪をプレゼントされる」

ローレンはかっとなって言い返した。「いったいどうしてそんなことがわかるのよ」

「その彼がすぐ後ろに立っていて――」突然聞こえてきた男の低い声がこう続ける。「指輪をはめようと待っているから」

ローレンがそっと向き直ると、占い師はほほ笑んでテントを離れた。「アレクサンドロス！」

「これは君のものだ」その黒髪の彼がローレンの手を取り、指輪をはめる。

彼女は言葉を失ってダイヤのきらめきに見入った。

「そしてこれも」今度はダイヤモンドのネックレスを首にかけて留める。「この二つを売れば君は大金持ちだ。だから、もはやお金は問題外だよ。君が僕との結婚を断る理由は何もない」

ローレンは息もできず彼を見上げた。「でも……」

「僕は君を愛している。そして君も僕を愛してる」

ローレンの胸は高鳴った。「まさか、こんな。とても現実のこととは思えないわ」

すっと彼の唇が重ねられると、やがてローレンは頭が朦朧《もうろう》としてきた。

「今はどう思う？」彼の声がきく。

「まるでおとぎ話だわ。おとぎ話は信じてないんだけど」

「おとぎ話なんかじゃないよ、いとしい人《アガペ・ムー》」彼は両手でローレンの頬を包んだ。「これは現実なんだ」

「でも私の生きる世界じゃない」ローレンは自分が何者で、彼が何者であるかを考えた。「あなたと結婚なんてできない。私は平凡な女で、おまけに難読症よ。あなたの名前さえきちんと書けないの」

「それが何だ」

それでもまだ、信じられない気持ちだ。「私はあなたが望むものを与えてあげられないわ」

「僕の望みが何なのか、まだきかれた覚えはないけどね」彼は自分の額を彼女の額に押し当てた。「僕は君を甘やかし、守り、愛したい。これまで与えられなかった分まで、思いきり君に愛を注ぎたい。それが僕の望みだ。ダイヤモンドの意味するものがいやだと君は言ったが、あれは愛のしるしだったんだよ」

彼の瞳を見つめるうちに、ローレンの心はゆっくりと幸福に包まれていった。最高にすてきなおとぎ話だわ。「占い師に、私たちの未来を占ってもらわなくちゃ」

「君の未来なら僕が教えてあげよう。ダイヤモンドと欲望だよ、アガペ・ムー」彼はゆっくりと続けた。

「そう、ダイヤモンドと欲望——愛と情熱の日々だ。それがずっと続いていく、二人の命のある限りね」

Tuscan Seduction

絶頂行きの寝台列車

アンバー・カールズバッド／立石ゆかり 訳

アンバー・カールズバッド

南カリフォルニアで生まれ育つ。お気に入りの旅先からインスピレーションを得て多くのエロティカ小説を執筆する。

主要登場人物

ジーナ……………失業中。アメリカ人。
カルロ……………イタリア人。

自分の想像を遥《はる》かに超えていた。

　イタリアの七月は南カリフォルニアと変わらないくらい暑い。だからこそ、私はこの月に動くことを決めた。太陽が大好きだし、湿度の高い時期は観光客も少ないらしい。ローマ法王でさえ、ヴァチカン市国の暑さを逃れるために、比類なき歴史と美しい教会を有するローマを離れてアルプスに逃げ出すほどだ。

　私にとって、今回の旅はただの休暇旅行ではない。アパートを引き払い、それなりの収入を得られるけれど大して面白くもない仕事を辞めた。私が入れあげる価値のなかった男とは縁を切った。三十歳になった頃には、あまりに多くの気まぐれな恋人たちが私の人生を通り過ぎていっていた。ジェフはそういう男たちとは違った。悲しいことに、自分の大胆な行動で唯一後悔の念にかられているのは、彼を失ったことだった。彼は初めて長く付き合った恋人とい
　アブルッツィとヴェネツィアをつなぐ線路を旧式の列車がのんびりと走っていく。目的地にあっという間に到着してしまう超特急列車よりも、満足感はずっと大きい。もちろん選んだのは私自身だ。

　自分のルーツを探るための冒険を夢見て眠れぬ夜を過ごしていた私は、そのための費用を一年の大半をかけて必死で貯《た》めた。数えきれないほどの旅行ガイドも読んだけれど、そよ風を受けて揺れる金色のひまわり畑や、なだらかな丘の中腹に広がりシルバーブルーに光るオリーブ畑、石畳の小道に沿ってそびえ立つ糸杉やプラタナスの並木といった、息をのむほど美しい景色を目にしたときの感動の深さは、

うわけではなかったけれど、間違いなく一番いい人であり、一番の年上でもあった。私とは十九歳離れていた。彼との出会いはいわゆるお見合いデートで、特に夢中になるものもなかったせいもあって急速に彼と親密になった。彼はこの上なく満足のいく男で、私はすっかり罠《わな》にはまった気分だった。

自分の人生に不満があったわけではない。大きな花束をもらったり、高級レストランで食事をしたり、劇場の一階席でバレエを見たりするのは、週末の過ごし方としては決して悪くはない。その後のセックスについては特に取り立てて言うことはなかった——そして豪華な食事で摂取したカロリーを燃焼できるほど激しいものでもなかったのは確かだ——けれど、誠実だった。何カ月間にもわたって自分に言い聞かせた——礼儀正しくて、落ち着いていて、控えめなのが大人の振る舞いだと。愛情表現は、明かりを落とした寝室で、糊《のり》とアイロンのきいたカバーをかけた布団の中で示すべきもの、というのがジェフの持論だった。

単調さに耐えられなくなり、彼と距離を置いて次のステップに踏み出したいという言葉にしづらい思いをどうにか口にしてみた。するとジェフは私のことを自分勝手で考えの甘すぎる夢想主義者だと非難した。確かに彼の言うとおりかもしれない。君の子供じみた気まぐれに付き合う気はさらさらない、君が本気なら私たちは永遠に会うことはないだろう、というのが彼の返事だった。

私より人生経験を遥かに積んでいる彼の姿勢は理解できる。彼の最後の言葉は今でも耳に残って離れない。〝私ほど君のことを大事にする男はいないよ〟その言葉の意味をずっと考えてきたけれど、外を走る車のエンジン音に耳を傾け、大事にされる以上のことを望みつつ毎晩一人でベッドに横になっている自分を消し去りたいという欲望は抑えきれなかった。

私はまだ、高級レストランの料理を味わい、週末ごとに劇場に行ってすまし顔で客席に腰かけ、バレエを鑑賞するような年齢ではない。耳をつんざく大音量のロックコンサートで大勢の観客と一緒に絶叫し、雷鳴のようなその音楽に体の奥底まで身を震わせたい。コンバーチブルに乗ってヨーロッパを疾走し、快楽主義らしさが満載のビーチではしゃいで、地中海で真っ裸になって泳ぎたい。そして何よりも、膝の力が抜けてしまうような快感を味わいたい。生きている歓《よろこ》びを実感したいのだ。

超特急とは違い、この旧式の列車は各駅停車だ。線路沿いの古い村々を見て楽しもうという気がない限り、苛立《いらだ》たしいことだろう。私はヴェネツィアの大運河沿いにある築六百五十年というホテルに向かっている。決して急ぐ旅ではない。旅は冒険の一部だ。ヴェネツィアは私の旅にさぞかし花を添えてくれるはずだ。

窓から風が吹き込んでいるにもかかわらず、私の肌は汗で光っていた。薄いサンドレスはどうしようもないほど肌にくっつき、ストラップ付きのハイヒールは滑って足が安定しない。エアコンのきいた涼しい部屋にいられたらと、今日だけでも何度、夢想しただろう。イタリアへ来てからはそれほど考えたことのない贅沢《ぜいたく》だ。

二、三列先に一人の老女が座っている。長いあいだ力仕事に携わってきたのか、手の指が節くれ立っていた。足元には、堅焼きパンが顔を覗《のぞ》かせた、取っ手付きの買い物袋が置かれている。まぎれもないイタリアンチーズのつんとしたにおいをかいだとたん、飛行機で果物とチーズを食べてから、何も口にしていないことを思い出した。老女は真っ黒な服に、やはり真っ黒なスカーフをつけてロザリオを握り、何かをぶつぶつつぶやいている。懺悔《ざんげ》だろうか。今、ここに許しを請うべき者がいるとすれば、より青い草原を求めて居心地のいい籠から飛び出した〝自分勝手な〟私のような気がする。

列車が緩やかな長い坂を上りきり、下り始めると、イタリアの特徴的な大教会堂や尖塔《せんとう》が見え始めた。あの谷のあたりが、次の町なのだろう。

この旅が始まってから一度も開かないまま膝に置いてあった本をしまい、私は車両の前部へと向かった。小さな化粧室があり、ぬるいお湯が出るシンクがついている。軽く顔を洗って鏡を見たとたん、思わず苦笑いを浮かべた。オリーブ色の肌に、琥珀《こ》色の瞳、キャラメル・コーヒー色の髪の私は、いかにもよそ者の顔をしている。とはいえ、何年も感じたことのなかった期待と楽観に光り輝いてもいた。黙っていれば、私が外国から来たイタリア人を装うニセ者で、これまで出会ったことのないものや人をひそかに探しているなどとは、誰も気づきはしないだろう。


座席に戻りながら、中年のカップルの様子を観察した。非の打ちどころのない服装をしているけれど、額にしわを寄せてじっと本を見つめている。窓の外のすばらしい景色には目もくれようとしない。人生のすばらしい瞬間が通り過ぎていっていることに気づいていないなんて、なんともったいないことか。

列車がガタガタと揺れながら駅に近づいていく。体も心も満たされたい——そんな欲望を体の奥に感じていた。地平線の向こうに、自分の運命がぼんやりと姿を現しているような不思議な感覚を覚える。絶対ないとは言えないわ。今度こそは、現実になるかもしれないもの。私を前に進ませるのは、ちらちらと見え隠れするわずかな希望だけだ。

列車が止まったのは、海岸に程近いアコナの村だ。窓から石灰岩の広場を見渡した。ブリーフケースを大事そうに抱えて列車に乗り込んでくるのは、デザイナースーツを着たセンスのいいビジネスマンのグループ。少しもおとなしくしていない幼児たちの手を握って列車に乗ってきた主婦は、申し訳なさそうにおどおどして見える。輝く甲冑《かっちゅう》に身を包んだ私の王子様の姿はどこにもない。言いようのない喪失感に心が沈む。自分の夢想家ぶりにあきれて、ウェットティッシュで首と額の汗を拭いた。私はいったい何を期待していたのだろう。

　やがて雲一つない真っ青な空に煙を吐き出しながら、列車が再び動き始めた。煙は海から吹く風によって瞬く間に散っていき、瞬《まばた》きをしている間にすっかり消えてしまった。列車は険しい崖の上をよろよろと進んでいく。切り立った砂岩の崖からは、きらきらと輝く水面を見下ろせる。いつ崩れてもおかしくないように見えて、何千年も崩れることなくその形を保っている岩山。まるで自分がこの美しいフレスコ画の一部であるような気がする。私という存在が絵の中に永遠に刷り込まれ、人々に鑑賞されるのを待っているような、そんな感覚。もし今この列車が数百メートル下の海に落下したとしても、少なくとも私は夢を見ながら死ねるだろう。

　しかし、そんなことを考えていたのも、次の駅、ラヴェンナに到着するまでのことだった。モザイク画で有名なこの町は、遠目から見るとまるで色のついた蜃気楼《しんきろう》のよう。煉瓦《れんが》色の建物の窓辺は、凝った作りの錬鉄製の植木箱と色鮮やかなゼラニウムによって彩られ、狭い石畳の道までこぼれんばかりに伸びたツタの葉が趣を添えている。屋上の物干しにかけられたシーツが風になびいていた。ダンテがラヴェンナを楽園と呼んだのもよくわかる。

　サン・ヴィターレ教会のすぐ近くで列車が止まった。急に落ち着かなくなり、歩きたい気分になった。荷物を座席の下にしまい込んで立ち上がり、車両の前方へ向かった。老女はあいかわらず祈っていて、カップルは本を読み、子供たちは昼寝をしている。

私はタイル張りのプラットホームに降り立ち、つんとする海辺の空気を胸いっぱいに吸い込んだ。気持ちのいい風に吹かれて肌の熱っぽさが静まり、サンドレスのすそが太腿に絡みつく。

かっぷくのいい車掌が愛想よく手を振りながら通り過ぎた。ハイヒールとビザンティン風のタイルは相性が悪いことに気づき、柱にもたれかかって、周りを眺めた。広場の中心にジェラートの店がある。目を覚ました親子連れに追い越されるのではないかと不安に思いつつ——生まれ持ったアメリカ人的妄想に違いない——私は急いだ。そんな心配は無用だった。

年若い店員にコインを手渡したが、彼がやたらと私を見ている気がしてならない。店員がゆっくりと笑みを浮かべたとたん、薄っぺらいサンドレスが私の体に張り付いていることに気づいた。エスプレッソのような茶色い彼の瞳は、私のむき出しの肌からどうやっても視線を引き離すことができないらしい。彼に無用な興奮を与えているのかもしれない——そう思っただけで、レースのブラジャーに触れている乳首が硬くなっていき、不道徳な思いに背筋がぞくぞくした。

「グラツィエ——ありがとう」精一杯色気を出して礼を言うと、わざと彼の指に触れて罪深いチョコレートクリームのジェラートを受け取り、さっとその場を離れようとした。だが、ガタガタした地面をヒールで歩くのは容易ではない。案の定、段差にヒールがひっかかり、まるでばかみたいによろけた。マズい、ジェラートが——まだ一口も味わってないのに！

膝から地面に倒れ込むと思ったその瞬間、どこからともなく現れた鋼のような腕が私の腕をつかんだ。私は驚きながらもどうにか持ちこたえ、恩人の顔を見上げた。見たこともないほど魅惑的なハシバミ色の瞳が私を見下ろし、私を引き上げてくれている。まさに私のヒーローだ。

「シエテ・マーレ――ケガはない？」深みのある美しいイタリア語で彼がたずねた。

恥ずかしさのあまり、私はただ笑みを浮かべてうなずいた。ジェラートを台無しにしていたら結果は違ったかもしれないが、ありがたいことに、私もジェラートも無事だった。

輝くような白い歯を見せながら、彼も笑みを浮かべて言った。「イ・ヴォストリ・タルーニ・ソノ・トロッポ・アルティ――ヒールが高すぎるんだよ！」うっとりするようなその瞳を見開きながら、彼が私のサンダルを指さした。イタリア語はわからないが、翻訳してもらう必要はない。私は軽く笑ったけれど、体の中はジェラートよりも急速に溶けていった。

長めの黒髪が襟元でカールしていて、その笑みは、アドリア海よりも魅惑的だ。彼が何か言うだけで、卒倒しそうになった。イタリア語でも愛の言葉なら理解できる。

「シエテ・アメリカーノ――アメリカ人かい？」私の腕を軽く抱えたまま、彼が言った。

「スィー――ええ」私の肌をつかむ彼の長くて茶色い指をうっとりと見つめていると、あることに気がついた。まさか、本当に？　そう、彼はもう一方の手に、列車の切符を持っていた。

あれほど派手に転びかけた私が無傷なことが信じられないかのように、彼は私を近くのベンチへ連れていった。ぴったりとくっついたまま腰をかけ、私はお礼の意味を込めて彼にもたれかかった。巨大な糸杉の影の中にいる私たちは、新婚旅行中のカップルだと言っても通用しただろう。彼は何も言わずにその大きな手で私の脚に触れ、足首をじっくりと調べていた。彼に触れられると、まるでそこから炎が出ているかのような熱を感じる。

ここぞとばかりに、私はじっくりと彼を観察した。細身で背が高く、肩も広い。白いワイシャツは胸元が開いていて、引き締まった胸に金色の十字架が下がっている。色あせたジーンズは、薄くなるべきところが薄くなっていて、長くて力強い脚を想像させてくれる。かがんで足を診てくれているせいで、シャツが引っ張られ、筋肉質の背中に張り付いていた。近いせいで、彼の肌からバラの香りの石鹸《せっけん》のにおいがする。体の奥が柔らかくなり、そして震え始めるのを感じつつ、これからはバラの花のにおいをかぐたびに彼のことを思い出すのかもしれないと、ぼんやりと思った。

ようやく彼は調べるのをやめて体を起こした。私の足首はなんともないと判断したようだ。「シエテ・ベニッシモ――美しい人だ」

溶けかかったジェラートを急いで舐《な》めながら彼にお礼を言った。今度は彼が私を観察しているようだった。舌の上で溶けていく濃厚なチョコレートを味わいながら、彼がその翡翠《ひすい》のような瞳を曇らせて私のサンドレスを脱がしていくところを想像した。ただの妄想じゃない――本当にそういう目つきだもの。私は、ハンサムな男と上等のチョコレートだけが引き起こす妄想に押し流されていった。そんな私の気持ちを読み取ったかのように、彼がにやりと笑みを浮かべた。目尻には細かなしわが広がり、唇は魅惑的なカーブを描いている。ジェラートのことなど、とうにどこかへ消えていた。

彼は私の手から紙カップを取り、最後の一口を自分の口へ運んだ。彼がごくりとのみ込むのを見て、私の体温は一気に上昇した。舌で唇を舐めたかと思うと、またすぐに引っ込める彼の様子に、体の奥がトロトロになっていく。

列車の汽笛が鳴り響き、私は驚いてベンチから飛び上がりそうになった。機関士が四角い窓から私たちに向かって手を振っている。私はふと怖くなった。列車に乗ったら、この目の前のハンサムな男性は、現れたときと同じくらい瞬く間に私の人生から消えてしまうのではないだろうか。

立ち上がって、サンドレスの乱れを直すと、列車を指さした。彼はいぶかしげに私を見ている。

「エ・クエロ・イル・ヴォストロ・トレーノ――あの列車に乗るのかい？」彼は私の肘をつかみ、列車まで誘導してくれている。私は自分ではとても列車まで歩けないと思われているらしい。あれに乗るのだと私はうなずき、雲に乗っているような気分でふわふわとプラットホームを進んだ。

車両の空席は最後尾の三つだけで、窓際が私の座席だ。

彼は私の座席の隣に座り、通路に自分のバックパックを置いた。

「イル・トゥオ・ノーメ――名前は？」薄暗い車内で、彼の目が怪しく光った。

私はパスポートを取り出して、彼に手渡した。明かりに向けてパスポートを傾け、私の写真をじっと見ている彼を観察する。

「ジーナ」

彼の口から名前を聞いただけで、蒸し暑いにもかかわらず背筋がぞくぞくする。

「セイ・モルト・ベロ――綺麗《きれい》な人だ」

お腹《なか》の中で火花が弾けた。私が綺麗ですって？ああ、なんという皮肉。

「ソノ・カルロ――僕はカルロ」彼が差し出した手は、私の手が消えそうなほど大きくて、握った手は温かで固かった。

列車が動き始めた。ラヴェンナに別れを告げながら、自分の幸運を実感していた。こんなにもすてきなお土産を手に入れられたのだ。ミケランジェロのダヴィデ像を思わせる生身の男性を。今のところ、彼の肉体は本物のダヴィデ像に勝るとも劣らず、むしろ、ダヴィデ像を超えたすばらしさがありそうな気がする。世間話をしようとしたけれど、本当に基本的なことしか会話にならない。でも、それで十分だった。私たちの体がすでに会話を始めていたから。

日が落ちるにつれて、遠くに見える海の色がコバルトブルーからアクアマリンへと変わっていく。その間も列車はのろのろと走り続け、やがてこの世のものとは思えない金色の光が車両に差し込む頃には、私の腿をこする、硬いデニム地で隠れた彼の腿を痛いほどに意識し始めていた。腿と腿がこすれるたびに、電気ショックのような衝撃を覚え、落ち着かなくてつい周囲を見まわしてしまう。老女は首を傾けて、静かな寝息をたてていた。

外が暗くなってくると、カルロもそわそわし始めた。二人の間の肘掛けを上げて指先で私の頬を撫《な》でると、顔にかかっていた髪をかき上げて私の肩に顎をのせた。私は体を震わせ、彼の視線を追う。サンドレスのすそがずり上がり、日焼けした太腿が露《あら》わになっている。乱れた髪が彼の顔を隠すと同時に、手が私の膝に伸びてきた。ゆっくりと、官能的に撫でられ、心臓が今にも飛び出しそうだ。小さなダイヤのような玉の汗が、胸の谷間を流れ落ちる。

彼はかすかな笑みを浮かべて私の目をじっと見上げた。私はその場で凍り付いたように動けないまま、待っていた。彼が身を寄せてくると、バラの花びらのつんとした香りに包まれた。彼の滑らかな唇が私の唇に触れる。最初は優しく、それからしっかりと、そうして私の閉じた唇を引き離していく。彼の口は温かくて、ヴェルヴェットのように柔らかで、舌と舌が触れ合ったとたん、体の中を激しい欲望が駆け巡った。彼の手は膝から上の方へと移動していき、今は内腿を撫でている。欲望に火がついたのは一瞬のことだった。明らかに興奮している彼に気づいたとたん、体中の力が抜けた。

ヴェルヴェットの生地に描いたミッドナイトブルーの絵画のように黄昏時《たそがれどき》が迫ってきた。真っ黒の空に何百という星が浮かんで見える。列車の中では、薄暗い明かりが非現実的な光景を浮かび上がらせていた。私はついさっき出会ったばかりの、とてもセクシーな男と抱き合っている。相手のことは何も知らないけれど、それにもかかわらず、今までにないほど興奮している。まるで官能的な夢を見ているかのようだ。革の座席を通して走る列車の振動が伝わってくることと、体中が燃えるような欲望に脈打っていることを除けば。これは夢ではない。この感覚は本物だもの。彼に下唇を噛《か》まれ、私ははっと息をのんだ。

「ヴォーリオ・ピアチェーレ・スィー――君を悦《よろこ》ばせたい」彼が熱い息を吹きかけながら、耳元でそっとつぶやいた。

意味はよくわからなかったけれど、構わなかった。私はバラの香りのする彼の首元に顔を埋めた。礼節などどうでもいい。自分の本能に従おう。すぐにそう決めた。彼の大きな手が私の太腿の間に滑り込んできた。誰にも見られていないことを確認したいのに、顔を上げることもできない。胸元に唇を這《は》わせる彼の髪が首をくすぐる。彼の親指に薄いナイロンのパンティーを撫でられたときには、声をあげないよう堪えるので精一杯だった。彼は私の耳元に息を吹きかけつつ、わざとゆっくりと指を動かしている。もはやじっと座ってもいられない。彼に触れられたところから沸き起こった熱によって、太腿が震え始めると同時に、お腹の奥がきゅっと縮こまっていく。

ディープキスをしながら、彼は指をパンティーの内側に潜り込ませ、滑りやすくなった秘所に差し入れた。

ああ、なんてこと——私は両手で肘掛けをつかんだ。信じられない。こんなことが起こっているなんて。息もつけずにいると、彼は指を引き、今度はぶるぶると震える私の中心部を円を描くようになぞり始めた。「シエ・コズィ・ドルチ——君は最高だ」

欲望の激しい波に襲われ、つま先を丸めずにいられない。イッてしまいそう。彼の執拗《しつよう》な指の動きに体を震わせ、唇を重ねたまま私はあえいだ。彼はイタリア語でささやきながら、リズミカルに指を動かし、唇にキスをする。私はとうとう息さえつけなくなり、何も考えられなくなった。

目を開けると、静寂に包まれていた。車両の最後部なので、それなりのプライバシーは保たれているようだ。できるだけ静かに、一定の呼吸を保つことに気持ちを集中させたいのに、彼は私の秘所に指を当てたまま、私の官能の波をすべて吸収しつくそうとしている。情熱で瞳をくすぶらせ、彼が私の顎を持ち上げた。緑色がかった金色の瞳の奥底へと吸い込まれそうだ。やっぱり二人きりになりたい。

「ヴェヌート・コン・ミィ——一緒に来て」そう言って立ち上がり、彼の手を引っ張った。足を震わせながらつま先立ちで後部の出入口に向かい、ドアを開けて穏やかな夜気の中へと足を踏み出す。突然の風にスカートが膨らむと、彼はそれを押さえるかのように私を抱き締め、冷たい唇で頬をこすった。彫りの深い彼の顔を見上げたとたん、また体中の力が抜けた。すると彼はまるで飢えたオオカミのように私をむさぼり始めた。

彼の熱い舌が私の唇をもてあそぶ。唇と唇の間に舌を差し入れ、私の頬と歯と舌を繰り返し撫でまわす。情熱的なキスに、私は文字通り息もつけなくなった。彼は私を鉄の手すりに押しやって屹立《きつりつ》した情熱のあかしをお腹に押し付けた。薄いサンドレスの上から両手で乳房をもみしだく。私たちの下で地面がぼんやりと流れていった。

「スィー、カルロ、スィー――いいわ、カルロ、お願い」そうつぶやいたが、声は風に消される。

この列車の中は、今の旅に退屈し始めたときすでに探検している。彼の手首をつかみ、短いけれど危険な通路を通って、使用されていない寝台車へ向かった。洗面台――どれも水は出ない――のある小さな部屋がいくつか並んでいる。私の抜け目のなさににやりと笑いながら、彼は寝台車のドアを閉めた。

戸惑っている時間はなかった。彼は私を腕に抱き上げて、一番近い個室へと入り込み、さっきまでの続きを開始した。私のサンドレスをめくり上げてブラジャーを下げ、私の乳首を露わにした。先端がバラ色になり硬くなった乳首は、彼のその熟練した手で触ってほしいと訴えている。

「シエト・マニフィチ――君は最高だ」両手で私の体を撫でまわしながら、燃えるように熱い口を左右の乳首に交互に当てて吸ったり舐めたりを繰り返す。あっという間に体中の力が抜け、彼の足元にくずおれそうになった。

私たちはものの数秒でシャツとサンドレスをはぎ取った。私は彼の滑らかな胸を情熱的に撫でまわした。彼の小さな乳首からみぞおち、引き締まったへそ、さらにそのもっと下まで、月明かりで見る、波打つ彼の美しい肉体を堪能しながら。ズボンの縁で一瞬手を止めたものの、彼に促され、ジーンズの前をそっと撫でてから急いでボタンを外した。デニムの下の硬く張りつめたものをじれったい思いで感じながら。

鼓動が彼にも聞こえるのではないかと思うくらい、私の心臓は激しく動いていた。彼は後ろに一歩下がると、しなやかな動きでジーンズとブリーフを一度に脱いだ。彼の裸体はあまりにすばらしかった。私が衝動にかられて行動するより早く、彼が私を抱き上げて寝台の上へ横たえた。もし乗客の誰かが間違ってこの客車に足を踏み入れたらどう思うだろう――そう思ったのも一瞬のことだった。彼が床に膝をつき、私のパンティーを脚から外したのだ。もはや理性のかけらも残っていなかった。午後五時はとっくに過ぎていて、車両の中は闇に包まれている。彼の存在を示すのは、かすかな人影と、敏感になった私の内腿に当たる彼の荒い息だけだ。ぷっくり膨れ上がった外唇を柔らかな舌で舐められると、私はもうあえぐことしかできない。彼が私の内側にすばやく舌を差し入れた。最初は浅く、私をからかうようにすぐに引いたものの、次の瞬間には、私の体の奥深くへと舌を押し込んだ。直前まで私の口にしていたように。強く、激しく、探るように。

まさに至福のような攻撃に身もだえしながら、私は叫び声をあげた。欲望に震える私の体を彼は容赦なくその柔らかな口に含む。その直後、まるで熟した果実を割るように、両脚が左右に大きく広げられ、蜜を思い切り吸い取られた。私の体はコントロールがきかないほどにぶるぶると震え、自分の悲鳴が耳をつんざいた。

「ヴェニタ・ミィ、デゾーロ――今度は君の番だ」

窓の外に見えていた星空がかすみ、目がくらみそうなほどの光を放って闇が爆発した――もちろん、列車は何事もなかったかのように進んでいく。

彼の髪に指を絡ませ、彼の体を上へ引っ張り上げた。彼の唇は濡《ぬ》れてきらめいている。彼は片方の手を私の乳房に当てて、もう一方の手で私の脚を開き、私の震える太腿の間に、彼の細い腰を押し付けた。屹立した彼のものは鍛鉄よりも硬く感じる。私は露に濡れた先端を指で撫で、シルクのように湿っていて滑らかな彼自身を上下にこすり始めた。

彼を立たせ、唇を濡らしてバラ色の先端をそっと噛んだ。彼を温かな口に含み舌で味わう。彼は手で竿《さお》の上部を持って支えながら、体を震わせた。腹筋が引き締まり、肌に汗が光る。何かイタリア語でつぶやいたが、私はそのまま彼の硬いお尻を撫で続けた。彼の太腿がこわばり、唇で挟んでいる硬いコックの先端部分が膨れる。

彼が突然、体を引いた。「ノ・ナコーラ」まだだ。

私は意地悪な笑みを浮かべ、寝台に横たわった。

彼は私に覆いかぶさり、力強い腕の一方で腰を持ち上げ、もう一方の腕は私のうなじの下に差し入れた。名前をささやかれたとたん一気に興奮が高まり、早く入れてとばかりに私は脚を開いた。しかし彼は私をじらすように、蜜がしたたる入口にペニスを当ててこすりつけるだけ。しだいにバラ色の海で溺れているような気分になっていった。

もう耐えられない――そう思った瞬間、彼が押し入ってきた。マグニフィチ！　列車の不規則な振動と彼の完璧な動きが、ときにゆっくりと、そして急に激しさを増して私を刺激し、信じられないような感覚へと導いていく。低く、そして長く響く列車のエンジン音と、私を引き裂かんばかりに体の奥深くへと差し込まれる滑らかな剣の激しい衝突音とが混じり合う。彼が体を起こして私を見下ろした。私は無我夢中で彼の背中をつかみ脚で彼の腰を抱え込んで、彼をさらに奥へと引き入れた。

私の顔の両側に置かれた彼の腕がぶるぶると震え始め、彼が長くて低い唸《うな》り声《ごえ》をあげた。力強い突きが一瞬弱まったかと思った直後、「ヴィエニ！」と言う彼の声が聞こえ、私の震える子宮に熱いものがドクドクと当たるのを感じた。

すっかりふしだらになった私の体は三度目の絶頂を迎えようとしていた。思わず彼にしがみついた直後、体の奥が爆発し、ついにオーガズムに達した。小刻みに震えつつ、激しい快感の波にのまれていく。

彼が私の上に倒れ込んだ。バラの香りのする彼、たった一度の優しさによって無意識のうちに私の幻想を満たしてくれた彼。どうすれば私の感謝の気持ちを伝えられるのだろう。

窓の外を見やると、水平線のすぐ上で満月が輝いている。私は頬をくすぐる彼の髪の感触を楽しんだ。彼の激しい鼓動が私の胸に直接響いてくる。重なった肌の温かな湿り気ほど、親密さを感じさせるものはない。彼の力強い背中に指を這わせ、彼の肺が広がったり、縮まったりするのを感じつつ、呼吸を合わせる。彼が頭を起こしてそっとキスをしてくれた。体中が温かくなり、頭がぼんやりとする。この寝台から離れたくない――絶対に。できるものなら、ずっとここにいたい。彼のすてきなにおいと安堵《あんど》感に包まれながら。

時間はゆっくりと過ぎていった。三十分？　それとも一時間だろうか。ついにどちらからともなく体を離したものの、私はすごく悲しくなった。彼は寝台に肘をついて横向きになり、私の方をじっと見つめている。私の悲しみを感じ取っているのだろうか。薄青くジグザグした月明かりを受け、彼の瞳がきらりと光る。

「ジーナ、イル・ミオ・ドルチ――僕の愛《いと》しい人」

彼の声にとろけそうになって気づいた――私は恋に落ちてしまったのかしら。

こうしていられるのもヴェネツィアに到着するまで。彼との別れを思うと、胸が張り裂けそうな映画のシーンの数々が脳裏をよぎる。戦争に駆り出される若い兵士と、家に1人残され、悲しみにくれる花嫁。無実の罪で不当な判決を言い渡される被告人と、それを嘆き悲しむ婚約者。列車が終点に着いたとたんに引き裂かれる私と彼のように思えてしかたがない。

私も横向きになり、彼にもたれかかった。力強い腕が私の腰を包み、もう一方の腕は私の枕になった。私たちはぴったりと寄り添い、静かに眠った。それでも迫り来る痛ましい別れのシーンがどうしても頭の中から消えない。どうして私はこんなふうに自分を苦しめているのだろう。私の見果てぬ夢は実現できたというのに、まだそれ以上のものを求めている。

私たちの神聖な場所に、夜明けが近いことを示す灰色の光の筋が差し込んできた。私たちは黙ったまま体を離し、沈黙の中で衣服を身につけた。

個室を抜け出し、ひび割れて薄汚れた鏡を覗《のぞ》き込んで、最低限の身だしなみを整えた。寝不足のせいでクマはできているが、肌には艶がある。カルロがすぐ後ろに立ち、私の腰に手を回して首にキスをした。まるで昔からの恋人のような、よく見知った友人のような気分だった——出会ったばかりの見知らぬ相手ではなく。

私が先に出た。朝の冷たい空気が私の顔を叩《たた》く——残酷な現実を思い知らせるかのように。母親は子供たちがむずかり始めているので、食べ物と飲み物でなんとか静かにさせようとしている。ビジネスマンたちは、それぞれのブリーフケースを握って背もたれに背をあずけ、まだ眠っている。中年のカップルの横を通ると、二人は何か言いたげに私を見つめた——きっと妬ましく思っているのだろう。黒衣姿の老女は肩越しに私を振り返り、スカーフの下で顔をしかめている。私を非難する気持ちがその目に現れていた。非難したければ、すればいい。

座席に腰かけ、バッグに手を入れてウェットティッシュを取り出し、顔と手を拭いた。口紅を塗ろうかどうしようかと考え、結局つけないことにした。口紅がなんだというの？　口紅をバッグに戻したところへ、カルロが戻ってきた。人々の冷ややかなまなざしを、気取った半笑いで返している。私の隣に腰をかけると、安心させるように私の手に手を重ねた。彼に触れられると、春につぼみが開花したかのような気分になってしまう。こんなことはしないでほしいのに――別れがより一層辛くなるだけだ。

私たちは何も話すことなく、ただ座っていた。早朝の霧が晴れていき、百を超える小さな島々が目に飛び込んできた。ヴェネツィアだ。私の心をわしづかみにする美しい光景。会いに行く友人もいるし、まだ訪れたことのない場所もある。でも、彼と一緒にいられるのなら、喜んでそのすべてをあきらめる気がする。

ヴェネツィアの町に近づいた。早朝にもかかわらず港は活気づいている。リアルト市場は買い物客で賑《にぎ》わい、運河にはゴンドラがあふれ返っている。寺院の時計塔が八時を知らせているが、私には魔の時も同然だ。

列車は順調に郊外を進み、橋を渡って、ついにサン・マルコ広場に到着した。台座の上から批判的な視線を向ける有翼の獅子《しし》をにらみつけ、それから勇気を出してカルロの方を見やった。彼も唇にかすかな笑みを浮かべて私を見ている。あの唇だ。昨夜のことを思い出し、私は体を震わせた。

他の乗客たちがぞろぞろと列車を下りていく。私はわざとゆっくり荷物をまとめ始めた。要は時間稼ぎだ。カルロは座ったままで立とうともしない。とうとう車両に二人だけになった。すると彼は愛情を込めて私の手を握り、満面の笑みを浮かべた。

「ドヴェ・オラ?――これからどこへ行く?」

私の心臓が喉元まで飛び上がった。

ハーレクイン®

恋する真夏のシンデレラ
2018年8月5日発行

著　　者	ローリー・フォスター　他
訳　　者	川井蒼子（かわい　そうこ）　他
発 行 人	フランク・フォーリー
発 行 所	株式会社ハーパーコリンズ・ジャパン 東京都千代田区外神田 3-16-8 電話 03-5295-8091（営業） 0570-008091（読者サービス係）
印刷・製本	大日本印刷株式会社 東京都新宿区市谷加賀町 1-1-1
装　　丁	髙橋まり子

ISBN978-4-596-74256-8 C0297

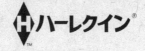

絶対君主のプロポーズ	ジェニファー・ヘイワード／麦田あかり 訳	R-3346
純潔を買われた朝	シャロン・ケンドリック／柿原日出子 訳	R-3347
個人秘書の花嫁契約	ミシェル・スマート／漆原　麗 訳	R-3348
城主と塔の上の乙女	メイシー・イエーツ／片山真紀 訳	R-3349

ハーレクイン・イマージュ
ピュアな思いに満たされる

泣きながら眠る夜には	キャロライン・アンダーソン／北園えりか 訳	I-2525
午前零時の花嫁	スカーレット・ウィルソン／西江璃子 訳	I-2526

ハーレクイン・ディザイア
この情熱は止められない！

甦った情熱の贈り物	カレン・ブース／中野　恵 訳	D-1813
富豪とあやまちのキス	トレイシー・ウルフ／すなみ　翔 訳	D-1814

ハーレクイン・セレクト
もっと読みたい“ハーレクイン”

悪魔に捧げた純潔	サラ・クレイヴン／茅野久枝 訳	K-559
この恋、絶体絶命！	ダイアナ・パーマー／上木さよ子 訳	K-560
シンデレラの過去	キャシー・ウィリアムズ／茅野久枝 訳	K-561

薔薇の伯爵とワルツを	サラ・マロリー／深山ちひろ 訳	PHS-188
夜が明けるまで	ゲイル・ウィルソン／下山由美 訳	PHS-189

※予告なく発売日・刊行タイトルが変更になる場合がございます。ご了承ください。

8月9日
発売

ハーレクイン・シリーズ 8月20日刊

ハーレクイン・ロマンス

愛の激しさを知る

断罪のギリシア富豪	ヘレン・ビアンチン／若菜もこ 訳	R-3350
愛なき君主の手に堕ちて	キャロル・マリネッリ／川上ともこ 訳	R-3351
悪魔を愛したシンデレラ	タラ・パミー／中村美穂 訳	R-3352

ハーレクイン・イマージュ

ピュアな思いに満たされる

悩める秘書の微熱	カトリーナ・カドモア／神鳥奈穂子 訳	I-2527
涙はあなたの肩で (ベティ・ニールズ選集21)	ベティ・ニールズ／有沢瞳子 訳	I-2528

ハーレクイン・ディザイア

この情熱は止められない！

億万長者の献身	キャサリン・ガーベラ／北岡みなみ 訳	D-1815
十年目の告白 (ハーレクイン・ディザイア傑作選)	エリザベス・ハービソン／野木麻美 訳	D-1816

ハーレクイン・セレクト

もっと読みたい"ハーレクイン"

天使と出会った夜に	マギー・コックス／井上絵里 訳	K-562
氷と炎	キャロル・モーティマー／青海まこ 訳	K-563
嘆きのウエディングドレス	ミシェル・リード／水間　朋 訳	K-564

文庫サイズ作品のご案内

◆ハーレクイン文庫…………毎月1日発売

◆MIRA文庫……………毎月15日発売

※文庫コーナーでお求めください。